国家社科基金项目(15BWW025)阶段性研究成果

当代印度英语通俗小说研究

A Study of Contemporary Indian English Popular Fiction

张玮 著

中国科学技术大学出版社

内 容 简 介

进入21世纪以来,印度英语通俗小说写作生机勃勃。作家们在借鉴、吸收西方小说写作方法的同时,以本国读者为服务对象,注重继承本地区的文学传统,描写本地区社会现状,作品表现内容与本国社会现实紧密结合。本书以奇坦·巴哈特(Chetan Bhagat)、阿奴佳·觉杭(Anujia Chauhan)、曼珠·卡普尔(Manju Kapur)、阿什温·桑基(Ashwin Sanghi)和阿米什·特里帕蒂(Amish Tripathi)五位具有代表性的作家及其作品为例,在细读文本的基础上,从叙事学、小说类型学、文学社会学的角度展开讨论,介绍当代印度英语通俗小说的写作情况,从不同方面展现了当代印度社会文化的基本特征,是了解当地文化、民众生活的窗口,小说揭示的社会问题对我国经济建设、文化发展也有可借鉴之处。

图书在版编目(CIP)数据

当代印度英语通俗小说研究/张玮著. —合肥:中国科学技术大学出版社,2022.8
ISBN 978-7-312-05437-2

Ⅰ. 当… Ⅱ. 张… Ⅲ. 英语文学—小说研究—印度—现代 Ⅳ. I351.074

中国版本图书馆 CIP 数据核字(2022)第 110321 号

当代印度英语通俗小说研究
DANGDAI YINDU YINGYU TONGSU XIAOSHUO YANJIU

出版	中国科学技术大学出版社
	安徽省合肥市金寨路96号,230026
	http://press.ustc.edu.cn
	https://zgkxjsdxcbs.tmall.com
印刷	安徽省瑞隆印务有限公司
发行	中国科学技术大学出版社
开本	710 mm×1000 mm 1/16
印张	11.5
字数	201千
版次	2022年8月第1版
印次	2022年8月第1次印刷
定价	78.00元

前　言

　　20世纪80年代以来,印度英语流散作家群体发展壮大,他们在国际文坛取得的成就,扩大了印度文学的国际影响力,也激发了印度国内英语作家的写作热情,印度英语小说经历了一种范式的转变,在大众文化发展的触发下,在出版、发行方面出现新的局面,通俗小说写作获得了生机。20世纪90年代以来,印度英语通俗小说成为印度文学大家庭中蓬勃发展的一股力量,出现了像奇坦·巴哈特(Chetan Bhagat)、阿奴佳·觉杭(Anujia Chauhan)、曼珠·卡普尔(Manju Kapur)、阿什温·桑基(Ashwin Sanghi)和阿米什·特里帕蒂(Amish Tripathi)等本土英语作家。他们以印度国内读者为创作服务对象,在借鉴、吸收西方小说写作方法的同时,注重继承本地区的文学传统,描写本地区社会现状,作品内容与本国社会现实紧密结合。本书就五位作家新千年以来创作的作品,从叙事学、小说类型学和文学社会学等角度展开讨论,以帮助读者了解当下印度英语通俗小说写作情况。

　　本书讨论的作品是通俗小说。它们"常常与'popular',即'大众'一词相联系,属于大众文化之一,也被称为'流行文学''商品文化'或'快餐文化'"[①]。从流行的角度看,这些小说"往往被认为是人人都读的书……它以显著的销量表明其跨越巨大的社会和文化差异并取得商业成功的令人印象深刻的能力"[②]。它们"在内容上以传统心理机制为核心……在功能上侧重于趣味性、娱乐性、知识性和可读性,但也顾及'寓教于乐'的惩恶劝善效应;基于符合民族欣赏习惯

---

① 王晶.西方通俗小说类型与价值[M].昆明:云南人民出版社,2002:1.
② GLOVER D, SCOTT McC. The Cambridge Companion to Popular Fiction[M]. Cambridge: Cambridge University Press. 2012:1.

的优势,形成了以广大市民为主的读者群"①。一部小说流行的原因很多,"一方面牵涉流行小说本身的文本特点,如语言的通俗性,情节的曲折性,内容切合大众的需要——无论是情感上的需要还是知识上的需要"②。可见,流行小说的语言简单、通俗,情节曲折、引人入胜,是读者喜爱的休闲、娱乐文学,"流行"一词,能体现这类作品的大众文化特征。

  本书讨论的通俗小说包括多种类型。"小说类型是一组具有一定历史、形成一定规模,通常呈现出较为独特的审美风貌并能够产生某种相对稳定的阅读期待和审美反应的小说集合。通常我们可以把小说类型中那些具备相当长的历史时段,具有稳定的形式或者内涵样貌,具有一系列典范性作品,同时又在读者心目中能引起比较固定的阅读期待的小说样式叫做'类型小说'。"③本书主要讨论成长小说、琪客小说、家庭小说、惊险小说和奇幻小说等类型,从作品的叙述方法、叙事内容和叙事效果等角度解读,分析作品的类型特征。一种类型小说并不只具有单一的模式特征,它们会结合其他类型小说元素,形成丰富的亚类型作品。如,阿什温·桑基的惊险小说,就结合了历史小说的叙事元素,多样地利用"过去的事实并不是为了满足一种过去的兴趣,而是为了满足一种现在的兴趣"④,他的小说呈现出透过历史理解现在生活的兴趣。

  近年来,中国国内对印度英语小说研究颇有收获,而对印度英语通俗小说的研究尚在起步阶段。从2002年起,北京大学外国语学院的东语系博士研究生就开始研究印度英语小说,相继完成数篇博士论文(表0.1),研究领域涵盖从早期印度英语小说到20世纪初的作家作品,以重点作家、作品研究为点,较为全面地介绍了印度英语小说在印度独立前的初始阶段和独立后的发展阶段的创作情况。这些作家的创作引导了印度英语小说的发展,并在作品中发现了一个全新的世界,印度小说的发展在很大程度上得益于他们的努力而获得坚实的基础和自我的身份。他们确定了印度小说的运作领域,并使其与西方最新的小说相差无几。他们确立了主题思想、写作方式、人物概念,这些都赋予了印度小说独特之处,他们的作品为印度英语小说奠定了基础,"每一部小说都以其独

---

① 范伯群.中国近现代通俗作家评传丛书:总序[M]//范伯群.中国近现代通俗作家评传丛书.南京:南京出版社,1994:1.
② 陶东风.大众文化教程[M].修订版.桂林:广西师范大学出版社,2012:183.
③ 葛红兵.小说类型学的基本理论问题[M].上海:上海大学出版社,2012:31-32.
④ 本纳德多·克罗其.历史与编年史[M]//田汝康,金重远.现代西方史学流派文选.上海:上海人民出版社,1982:334.

特的内容和形式,给印度人的体验带来了个性化的维度"①。20世纪90年代以来对于印度英语小说的研究,中国学者的关注重点在于流散作家、作品,以及一些获得国际文学奖项的作品,相继有一些国家社会科学基金项目立项。② 这些研究有助于读者了解印度英语通俗小说写作的基础。国内学者也开始注意到印度英语通俗小说创作,发表了为数不多的论文讨论奇坦·巴哈特的小说情况。

表0.1　北京大学东语系部分印度语言文学博士论文

年度	作者	论文题目
2005	杨晓霞	《独立前印度英语小说研究》
2006	王春景	《R. K. 纳拉扬小说研究》
2006	刘朝华	《拉贾·拉奥小说研究》
2007	张玮	《M. R. 安纳德小说研究》
2008	王鸿博	《维克拉姆·赛特长篇小说代表作〈如意郎君〉研究》
2009	李美敏	《安妮塔·德赛的女性小说研究》
2011	王荣珍	《沙希·塔鲁尔的文学创作研究》
2017	张璐	《阿米塔夫·高希前期小说研究:以〈阴影线〉和〈饥饿的潮水〉为解读中心》

与中国国内学者相比,国外学者早就注意到印度英语通俗小说写作快速发展、类型化写作日趋丰富的趋势。"在琪客文学(Chick Lit)、犯罪文学、侦探小说、神话故事小说、青春和城市小说等领域,英语小说的出版量显著增加。"③这些小说以通俗的语言和生动的故事吸引着不同的读者群。2011年在夏威夷召开的美国亚洲研究会(AAS)和国际亚洲学者大会(IASC)联合会议上,其中一个分组的议题是"印度英语小说:新主题和新方向,2000—2010"。在此次会议的论文集中,有文章认可巴哈特作品对印度青年现状的描述以及对年轻人起到

---

① RAO K R. The Fiction of Raja Rao [M]. Aurangabad: Parimal Prakashan, 1980:144..
② 项目有:"印度当代文学与后殖民主义"(03BWW008)、"20世纪印度女性文学研究"(14BWW019)、"印度裔美国女性作家小说研究"(16BWW084)、"印度英语小说中的底层叙事研究"(17BWW039)、"印度布克奖小说研究"(18BWW034)。
③ VARUGHESE E D. Genre Ficiton of New India: Post-millennial Configurations of Crick Lit, Chick Lit and Crime writing[M]. // Alex Tickell. South-Asian Ficiton in English. London: Palgrave Macmillan, 2016:163.

的激励作用。① 学者瓦鲁格斯(E. Dawson Varughese)侧重从类型小说角度分析新世纪以来的印度英语通俗小说,就琪客文学、犯罪小说、图像小说等类型进行作品解读,帮助读者了解印度英语通俗小说的多样性。国外学者尽管率先开展对印度英语类型小说的研究,但主要以介绍作品为主,并没有涉及作品文学性、艺术性等方面,流于表面介绍。

  本书选择当代印度英语通俗小说代表性作家、作品展开研究,以叙事方法为研究切入点,并结合类型小说的叙事模式和叙事特点,考察相关小说的叙事内容、叙事效果,具有一定创新意义。"在传统批评领域,类型小说属于通俗文学的范畴,常常与 popular、mass 等词联系在一起,也被叫做大众文化、快餐文化。在传统文学批评领域,通俗文学是肤浅、保守、模式化的代名词。但是进入20 世纪 60 年代以后,西方学术界对通俗文化的研究逐步重视起来,特别是美国通俗文化学会的成立,进一步提高了通俗文化在学术研究中的地位和作用。"②本书以新千年以来的印度国内一些作家的新创作、新出版的英语通俗小说为研究对象,基于类型小说的特征对作品归类、研究,在个案分析的基础上,从类型小说、区域小说等整体角度探讨作品的文学性、艺术性以及文化、思想意义。这种研究对象和研究视角贴合当下文学发展趋势。通俗小说的主要目标是唤起读者情感、娱乐读者。印度英语通俗小说是当代印度大众文化的重要组成部分,作家们在类型化创作中构建故事,反映读者的期待,重申大众价值观,表现了当代社会中广泛存在的文化元素。本书讨论的作品,从不同方面展现了当代印度社会文化的基本特征,是了解当地文化、民众生活的窗口,小说揭示的社会问题对反思我国经济建设、文化发展中的相关问题也有助益。尤其值得一提的是,这五位印度本土通俗作家充分利用印度传统文学的叙述策略、叙事元素,使作品既具有时代性又充满民族文化特色,带有鲜明的印度标签。博大精深的中华文明是中华民族独特的精神标识,是当代中国文艺的根基,也是文艺创新的宝藏,如何立足中国大地,讲好中国故事,也是中国当代作家思考的问题,印度英语通俗小说的创作模式不无参考价值。

  考察印度英语通俗小说写作既要考虑其文本的特点,也要考察影响其发展的外部因素,既涉及"小说本身的文本特点,如语言的通俗性、情节的曲折性、内

---

① DHAR S. Inspiring India// SEN K, RITUPARNA R. Writing India Anew. Amsterdam: Amsterdam University Press, 2013:161.
② 梅丽. 当代英美女性主义类型小说研究[M]. 上海:复旦大学出版社,2013:17.

容切合大众的需要——无论是情感上的需要还是知识上的需要；但另一方面显然也涉及文本之外的因素，比如科学技术的发展、媒介手段的发达、现代社会的商业消费乃至文化策划与管理能力等"[①]。因而，本书第一章分析了印度古代文学对当下英语通俗小说写作的培育与影响，同时也介绍了印度大众文化的发展，如英语出版、发行业对通俗小说写作的推动作用。在第一章中，同时还分析了第一部印度英语小说《拉贾摩汉的妻子》在作品类型化、语言地方化和内容时代性等方面表现出的通俗小说的创作特色。在第二章至第六章中，本书就奇坦·巴哈特、阿奴佳·觉杭、曼珠·卡普尔、阿什温·桑基和阿米什·特里帕蒂等作家的作品展开讨论，解读他们作品的内容、思想以及叙事和类型特点，以了解印度英语通俗小说写作概况。这些作家的叙事策略具有鲜明的个人特点，在类型性、流行性等方面显示出各具特色的一面，而他们的作品内容都紧密贴合印度社会文化问题，这也是作家们写作具有共性的一面。

[①] 陶东风.大众文化教程[M].修订版.桂林：广西师范大学出版社，2012：183.

目　　录

前言 ………………………………………………………………（ⅰ）

第一章　印度英语通俗小说写作 ……………………………（1）
第一节　印度古代文学中的通俗元素 …………………………（2）
第二节　当代印度大众文化的培育 ……………………………（8）
第三节　《拉贾摩汉的妻子》：印度英语通俗小说写作先例 …（13）

第二章　奇坦·巴哈特的成长小说 ……………………………（29）
第一节　印度英语小说中的成长叙事 …………………………（30）
第二节　巴哈特小说中青年成长的契机 ………………………（35）
第三节　巴哈特小说的叙述层次与"巴哈特"的交流功能 …（44）

第三章　阿奴佳·觉杭的琪客小说 ……………………………（53）
第一节　印度英语琪客小说写作简介 …………………………（53）
第二节　觉杭小说中的女性视角与类型写作 …………………（59）
第三节　觉杭小说中的女性视角与本土化叙事内容 …………（66）

第四章　曼珠·卡普尔的家庭小说 ……………………………（74）
第一节　印度英语小说中的家庭叙事 …………………………（74）
第二节　卡普尔小说中的家庭关系与人物形象 ………………（80）
第三节　隐性叙事进程与卡普尔小说的传统文化指向 ………（89）

第五章　阿什温·桑基的惊险小说 ……………………………（96）
第一节　印度英语小说中的历史叙事 …………………………（96）

第一节 《克里希那密钥》:正文与章前副文本双线叙事……………(102)

第二节 《考底利耶的圣歌》:双线互文叙事…………………………(108)

第三节 《锡亚尔科特传奇》:双重双线叙事…………………………(114)

第六章 阿米什的奇幻小说……………………………………………(124)

第一节 史诗、神话的重写传统和当代形式…………………………(125)

第二节 罗摩系列小说:多重叙述视角与悉多形象……………………(133)

第三节 希瓦三部曲:互文叙事与湿婆原型的改造……………………(146)

结语 舶来品落地生花………………………………………………(161)

参考文献……………………………………………………………(168)

后记……………………………………………………………………(173)

第一章　印度英语通俗小说写作

考察通俗小说创作时，文本自身的特点和文本之外的因素都需兼及。一方面，从文本来看，要考虑作品语言的通俗性、情节的曲折性及吸引力、内容是否能从情感上和知识上满足读者需求等因素。另一方面，文本之外的原因对通俗小说写作的影响也不可忽视，如：科学技术的发展，发达的传播媒介以及现代社会的商业消费能力、文化策划能力、管理能力等，都是通俗小说写作的推动力。本章主要分析促使当代印度英语通俗小说写作产生的外部因素，从作品传播、作家构成和作品写作几个方面进行简单介绍。第一部印度英语小说《拉贾摩汉的妻子》(Rajmohan's Wife)带有鲜明的通俗性和娱乐性，印度英语小说发展虽逾百年，但这些文本特点仍然是当下通俗小说不可或缺的。

"文学就其本质而言，是以'通俗'起家的"[①]，印度文学源远流长，印度英语小说写作也有了100多年的历史。印度英语通俗小说受印度古代文学与印度英语小说等多重滋养，成为21世纪印度文坛的耀眼势力。本章主要简述印度

---

① 范伯群,孔庆东.通俗文学十五讲[M].北京:北京大学出版社,2003:1.

古代文学、当代印度大众文化对通俗小说写作的影响。

第一节 印度古代文学中的通俗元素

印度古代文学灿烂辉煌,大林深泉,各个时期的文学作品中都含有多样的通俗文学元素,这是当代印度英语通俗小说写作的丰富源泉。

一、两大史诗的故事与神话

在古代文明世界中,印度是当之无愧的文学大国,产生了印欧语系最古老的诗歌总集和宏伟的两大史诗,还有丰富的神话传说、寓言故事、抒情诗、叙事诗、戏剧与小说等。"印度文学中的古典传统基本是世俗的"①,两大史诗、梵语文学、民间文学以及地方语言文学等都有着无与伦比的艺术力量,滋养着当代印度文学,印度英语通俗小说也深受其益。

《摩诃婆罗多》(*Mahabharata*)和《罗摩衍那》(*Ramayana*)是印度文学的瑰宝,两大史诗的主线故事与插话通俗易懂,含有多种小说类型模式。《摩诃婆罗多》以印度列国纷争时代为背景,描写婆罗多族的两支后裔般度族与俱卢族为争夺王位继承权而展开的种种斗争,最终导致大战。在《摩诃婆罗多》中,持国天生眼瞎,因而由持国的弟弟般度继承王位。持国生有以难敌为首的百子。般度有坚战、阿周那等五子,他的五个儿子是他的妻子招来天神生下的。般度死后,持国摄政,国民们都盼望坚战登基为王。难敌企图霸占王位,设计想烧死般度五子,兄弟们逃入森林。在森林中,阿周那比武获胜,赢得黑公主②为妻。在母亲的安排下,黑公主成为五位兄弟共同的妻子。坚战兄弟们在持国分给他们的土地上建立天帝城,并将它治理得井井有条,还举行了王祭。难敌野心勃勃,妒忌坚战的势力与影响。难敌和他的舅舅设下圈套,使坚战输掉了他的王国、兄弟,最后还输掉了王后黑公主。黑公主被难敌当众侮辱,她发誓要血洗羞辱。

---

① 巴沙姆.印度文化史[M].闵光沛,陶笑虹,庄万友,等译.北京:商务印书馆,1999:246.
② 黑公主又名德罗帕蒂。

坚战兄弟被流放森林12年。第13年,他们隐姓埋名到婆蹉国充任仆役,之后获得国王支持。坚战以此为据点,在黑天的帮助下,要求难敌归还国土。难敌拒绝了坚战的要求,双方各自集结盟邦,在俱卢之野展开大战。最后,坚战在黑天的计谋帮助下战胜难敌,成为君王。《摩诃婆罗多》的主线故事包括多种故事类型:般度五子与难敌兄弟之间的矛盾,是复仇、复国的政治斗争故事;他们在流放过程中屡经磨难,有着各种奇异冒险,是历险传奇故事;般度五子经历成功、失败,不断探索学习,也是王子们的成长故事。

《罗摩衍那》相传由诗人蚁垤编写定本,内容主要讲述阿逾陀国王子罗摩和妻子悉多的故事。阿逾陀国王十车王有3个王后,生有4个儿子,长子为罗摩。罗摩比武获胜,娶了弥提罗国公主悉多。十车王年迈,决定立罗摩为太子,继承王位。二王后吉迦伊受侍女怂恿,竟提出流放罗摩14年和立她的亲生儿子婆罗多为太子的非分要求。由于十车王有诺言在先,必须应允二王后的要求。罗摩为使父王不失信义,甘愿被流放。悉多为了夫妻之情、十车王的小王后的儿子罗什曼那为了兄弟之谊,也愿意一同被流放。他们三人离开都城不久,十车王抑郁而终。吉迦伊王后生的儿子婆罗多不了解内情,被召回继承王位。他得知真相后,痛斥母亲,举行完父亲葬礼后,亲自去森林寻找罗摩,让他继位。但罗摩坚决不肯,一定要等流放期满再回去。婆罗多只得带回罗摩的鞋子供在王座上,并代为摄政。罗摩三人在森林中历尽艰险。楞伽岛十首魔王罗波那劫走悉多。罗摩与猴国结盟,在猴王座下神猴哈奴曼及猴群相助下,终于战胜魔王,救回悉多。但罗摩怀疑悉多的贞操,让她投火自明。火神从熊熊烈火中托出悉多,证明了她的贞洁,夫妻团圆。流放期满,罗摩回国登基为王,阿逾陀城出现太平盛世。但波折又起,罗摩听到民间又传悉多不算贞女,为不违民意,忍痛把怀孕在身的悉多遗弃在恒河岸边。悉多得到蚁垤仙人的救护,住在净修林里,生下一对孪生子。罗摩举行马祭,蚁垤仙人安排孪生子与罗摩相会,并向罗摩辩明悉多的贞节,但罗摩仍认为无法取信于民。悉多无奈,向大地母亲呼救,说如果自己贞洁无瑕,请大地收容她。大地顿时裂开,悉多纵身投入大地怀抱。最后,罗摩升入天国,复化为毗湿奴神。《罗摩衍那》表现了印度古代宫廷内部和列国之间的斗争,是政治题材类型故事。罗摩和悉多的爱情故事经历了相爱、受阻、再团圆的发展过程,是典型的言情小说模式。而史诗中神猴哈奴曼的故事,也是很好的奇幻小说题材。

两大史诗里穿插了不少神话传说和小故事,在描绘自然景色、战斗场面上着墨较多,故而篇幅宏大,为后代作家提供了丰富的创作素材。印度人民对两大史诗中的故事耳熟能详,这些故事也丰富了印度通俗小说的写作内容。

二、古典梵语文学

除两大史诗外,印度古典梵语文学同样蕴含着丰富的通俗文学内容。梵语戏剧、诗歌和小说中有很多脍炙人口的故事,不乏言情、惊险等类型特色,故事生动有趣,充满世俗生活情趣。

古印度梵语戏剧家跋娑(Bhasa,约 2—3 世纪)的作品场景描写生动,情节起伏,人物个性鲜明,代表了古典梵剧成就。1909 年发现的 13 部戏剧,被称为"跋娑十三剧"。这些剧作分别取材于两大史诗、黑天传说、优填王传说以及民间传说。其中,六幕剧《惊梦记》(*Dream Vasavadatta*)是一部历史剧杰作。剧中描写犊子国遭敌国入侵,负轭氏施展计谋,取得摩揭陀国援助,击败敌王并收复国土的故事。女主人公牺牲个人幸福,经受了巨大的精神痛苦后,成功地从强敌手里救出丈夫优填王。《惊梦记》融合了政治斗争、言情和惊悚等通俗小说元素,故事跌宕起伏,富有吸引力。三幕剧《五夜》写般度诸子乔装流亡摩差国期间,协助毗罗吒王击退难敌的侵扰。剧作使用了《摩诃婆罗多》的一段情节,明显带有神魔剧、斗争剧的特点。跋娑另外两部取材于民间故事的六幕剧《宰羊者》(*Avimaraka*)和四幕剧《贫穷的伽鲁达多》(*Daridracarudatta*,又译《穷善施》)充满生活气息。《宰羊者》写一位王子与一位公主秘密相爱,最后结成姻缘的故事。《穷善施》描写穷婆罗门商人善施与妓女春军相爱的故事,戏剧包含言情、惊悚的元素。后来,首陀罗迦(Sudaraka)的《小泥车》(*Mrcchakatika*)进一步丰富了这个故事。《小泥车》的前四幕情节与跋娑所描绘的善施的故事基本相同,但增加了一些细节,使情节更富有冲突性,进一步提升了戏剧性。《小泥车》中,除了善施与春军的爱情主线外,还交织写了牧人阿哩耶迦起义这条副线,使戏剧内容更加丰富饱满,题材叠加也衍生出侠义、冒险等类型特征。

梵语文学家迦梨陀娑(Kalidasa)的戏剧和诗歌同样富有类型文学的特征。他的名剧《沙恭达罗》(*Abhijnanasakuntala*)代表了梵剧的最高成就,故事大意是:国王豆扇陀外出行猎,和净修女沙恭达罗一见倾心,两人遂以干闼婆的方式(不经父母之命、媒妁之言的自主婚姻)成婚。国王离开净修林时,留给沙恭达罗一枚戒指作为信物。分别后,沙恭达罗思夫情切,无意中怠慢了仙人达罗婆娑。仙人大怒,诅咒国王丧失记忆,直到见到信物时方能与沙恭达罗相认。怀有身孕的沙恭达罗进城寻夫,国王果然拒认。她想拿出信物却无法找到,原来途中不慎失落河中。她呼天喊地,求告无门,被她的母亲、天女尼诺伽救到天上。后来渔夫从捕获的鱼腹中发现戒指,送交国王。国王看到戒指恢复记忆后,找到沙恭达罗,一家人团聚。豆扇陀与沙恭达罗的爱情故事,经历了甜蜜爱恋、遇阻失恋和真相大白后团圆,情节波折起伏,是典型的言情小说的类型模式。

古典梵语小说是在两大史诗、古典梵语叙事诗和民间故事的基础上发展而成的。现存最早的梵语小说产生于六七世纪,有苏般度(Subandhu)的《仙赐传》(*Vasavadatta*)、波那(Bana)的《迦丹波利》(*Kadambali*)和檀丁(Dandi)的《十王子传》(*Dasakumaracarita*)等代表作品。它们在题材上继承了民间故事的世俗性,在叙事方式上继承了两大史诗和民间故事集的框架式结构,内容精彩纷呈。拿《仙赐传》来说,小说写王子爱魁梦见一位美丽少女,醒后得了相思病。他的好朋友花蜜见劝说无效,就同意他的请求,陪他出去寻找梦中少女。在文底耶森林里,他们从两只鸟的谈话中得知花城公主仙赐未能在选婿大典上找到意中人,却在夜间梦见一位名叫爱魁的青年,陷入相思。爱魁赶往花城,借夜幕进入王宫,见到仙赐,两人由于兴奋而晕倒。苏醒后,仙赐的朋友告诉爱魁,花城王已将仙赐许给持明王子,明天一早就要成婚。爱魁当机立断,与仙赐乘魔马出奔。他们经过一夜奔波,到达文底耶森林,在一座凉亭下躺下休息。爱魁午间醒来,发现身旁的仙赐不见了,他绝望之余,决定投海自尽。这时天上传来仙音劝阻他,说不久他会与情人团圆。爱魁怀抱希望,四处寻找仙赐。一天,他看到一座状似仙赐的石像,情不自禁用手抚摸,仙赐复活。仙赐告诉他,那天她醒后去林中采果子,遇见两帮土匪。土匪们为了争夺她而互相厮杀,结果同归于尽。路过的苦行者认为她是祸根,便诅咒她变成石头,只有被她的爱人抚摸后咒力才会消失。爱魁和仙赐团圆后返回故乡,过着幸福的生活。小说写爱魁、仙赐相爱、分离和再团圆的过程,不仅有言情小说的叙事模式,也充满奇幻、惊险成分。

《迦丹波利》也是一部充满浪漫和幻想色彩的长篇小说,描写两对恋人生死相爱的故事。因为它"艺术想象力无边丰富,堪称是古典梵语文学中旷古未有的一大'奇书'"①。

檀丁的《十王子传》讲述了古代印度摩揭陀国和摩腊婆国发生战争的前后经过。摩揭陀国王先胜后败,避入山林。在那里,国王与四位大臣各得一子,并陆续收留了弥提罗王和三位大臣的五个孩子,合起来有十位王子。这十位王子在山林中长大成人,文武双全,摩揭陀国王遂派遣他们走出山林征服世界。十王子在路途中失散,遭遇种种艰难险阻乃至生命危险,但凭借自己的勇力、智慧和计谋,各自征服了自己的敌人,获得了功绩与爱情。最后,他们重新聚首,协助摩揭陀国王击败宿敌摩腊婆国王,九子扶持国王之子继承王位,齐心协力统治天下。《十王子传》是一部富有传奇色彩的小说,十王子经历种种艰难最终收获成功和爱情的故事,属于成长小说的模式。他们的历险故事也带有探险小说的影子。小说带有强烈的现实主义精神,展现了印度古代宫廷政治斗争和社会生活的方方面面,显示了作者关注社会、关注民生的写作态度,这也是印度作家传统的文学创作态度。

三、故事文学

印度古代故事文学十分发达,有寓言故事和世俗故事两大类。寓言故事最初是口头创作,长期在民间流传,后来才由文人编订成卷。婆罗门文人编订的《五卷书》(Panacatantra)和佛教徒编订的《佛本生故事》(The Story of a Buddhist Student)都以寓言故事为主。随着商业发展、城市繁荣,世俗故事的创作日益发达,产生了《故事海》《僵尸鬼故事》《宝座故事》和《鹦鹉故事》等以世俗故事为主的故事集,它们的直接目的是娱乐听众。印度古代故事文学的一些故事母题和框架式叙事结构产生过世界范围的影响。

"按照印度传统说法,《五卷书》是《统治论》的一种,它的目的是通过一些故事,把统治人们的法术传授给皇太子们,好让他们能够继承衣钵,把人民统治得更好。为了达到这个目的,皇帝们让人把人民大众创造出来的寓言和童话加以改造,加以增删,编撰起来,交给太子们读。"《五卷书》在 4 世纪成书,作者可能是叙述者毗搜钮舍哩曼,他的国家是德干的伐卡塔卡帝国。《五卷书》的类型为"插图小说",具有讽刺性。故事讲的是如何用事例向三个厌烦正规教育的青年

---

① 黄宝生.印度古代文学[M].北京:中国社会科学出版社,2020:522.

王子传授正道(niti),进行说教。① 在书里,每一个故事都有一定的道德教训和一定的伦理意义。印度通俗小说看似娱乐、休闲的内容里往往夹杂着教育的内容。如在《五卷书》里有赞颂金钱的诗:

> 只要手中有钱,
>
> 没有什么事情办不成;
>
> 聪明人必须加倍努力,
>
> 为金钱而拼命。②

这种追求金钱的想法同样也存在于巴哈特、桑基等人小说中的主人公身上,但他们也像《五卷书》中的老鼠一样,失去金钱的狂热后看清人生、生活的意义。《五卷书》使用的梵语是通俗的,里面的故事也大多采自民间,这些故事的原始语言是俗语(民间语言)。语言通俗易读是印度古代故事文学的特点,这也被后来的通俗小说作者所借鉴,用通俗的语言讲与大家生活相关的故事。

印度古代规模最大的一部故事总集是德富(Gunadhaya)的《伟大的故事》(*Brahtkatha*,或译为《故事广记》)。《故事广记》大约创作于公元前100年,德富使用的语言是与佛教徒的巴利语关系密切的鬼语(毕舍遮语),故事背景和内容都同古老的佛经故事所讲的相近。德富的文本已经失传,但从被后人所引的片断,以及梵语、马哈拉什特拉语和泰米尔语种的释义来看,《故事广记》没有冗长乏味、支离破碎的讲述方式。巴沙姆的《印度文化史》一书中写道:

> 《故事广记》虽然是虚构的,但由于它把历史人物优填王当作想象的英雄纳拉瓦赫那达塔的父亲而好像是历史著作,优填王是般度族末代后裔(公元前5世纪)中的一员。他的惊险活动多半发生在当时真实的城市,性格的刻画是现实主义的。另一方面,却又插进了超人的"术士",其中的一位叫马纳萨维伽的人劫持了那位英雄的心上人马达拉曼丘卡。这最终导致了喜马拉雅山外的战争,纳拉瓦赫那达塔从一个成为自己朋友的术士那里获得飞行本领后战胜众"术士"。然而,比这种偶尔获得财富和权力更重要的是英雄26次赢得爱情。小说游离于现实世界的阴谋、斗争与大量属于"科幻小说"(奇妙科学和"太空机械"的构造)领域的古怪梦想的实现

---

① 佚名.五卷书[M].季羡林,译.北京:人民文学出版社,1981:1-2
② 佚名.五卷书[M].季羡林,译.北京:人民文学出版社,1981:13.

之间。①

除了这里说到的《故事广记》含有的科幻小说类型的特征外,从故事内容来看,它也有惊险传奇的成分。英雄26次赢得爱情的故事,可以说是言情浪漫故事的一次次搬演。所谓的"鬼语"表明这些故事主要是民间创作,最初使用的是民间语言,后来才被改写成梵语。佛经典籍用散文讲述故事,故事里充满神奇想象,幽默和讽刺随处可见。此外,马鸣的《佛所行赞》(*Buddhacarita*)、《美难陀传》(*Saundarananda*)中的一些神通故事,也不乏奇幻小说的特质。马鸣还有一部有着虚构男主角月赐的剧作,里面写了一些富家子弟的艺术技能,还有节日、小丑、流氓、妓女和侍女之类形形色色的内容,充满生活气息。

印度古代文学以其灿烂的成就和丰富多彩的内容,从多个方面滋养了当代印度作家和印度各语种文学。古代吠陀文学的神话故事与佛教文学、民间文学里的传说,充满奇幻色彩,激发了作家天马行空的想象力。两大史诗含蕴的各种类型的故事,给文学创作提供了取之不尽的素材。梵语文学里浪漫、炙热的情感是作家及其作品细腻感情的源泉。当代印度作家在古代文学的熏陶下,他们的作品具有故事性、想象力和社会现实性。

第二节 当代印度大众文化的培育

印度是一个人口超过13亿的国家,有着多样化的、充满活力的文化。20世纪90年代以来进行的经济改革,使印度成为拥有众多购物中心、呼叫中心、科学家、软件专家且名人文化浓郁的国度。全球文化、地方文化和国家文化相互交流,产生了存在于各个层面的包容性文化。印度大众文化也有了巨大的发展,作为大众文化的重要组成部分,英语通俗小说写作获得很大发展。进入21世纪以来,印度英语小说创作呈现繁荣多样的景象。继拉什迪(Sir Salman Rushdie)于1981年获得布克奖后,洛伊(Arundhati Roy)的《微物之神》(*The God of Small Things*,1997)、阿迪加(Aravind Adiga)的《白老虎》(*The White Tiger*,2008)和德赛(Kiran Desai)的《失落》(*The Inheritance of Loss*,2006)又

---

① 巴沙姆. 印度文化史[M]. 涂厚善,译. 北京:商务印书馆,1997:255-256.

先后获得布克奖,进一步激发了印度英语作家的创作热情。小说《白老虎》的内容富有批判现实意义,作者的写作手法融入惊险、谋杀等元素,它的获奖大大提升了印度英语通俗小说的地位,促进了通俗类型小说写作的发展。

大众文化(Popular Culture)这一概念最早出现在西班牙哲学家奥特加·伊·加塞特(José Ortega Y Gasset)《大众的反叛》(*The Revolt of the Masses*,2004)一书中,主要指的是一地区、一社团、一个国家中新近涌现的,被大众所信奉、接受的文化。我们今天所说的大众文化是一个特定范畴,它主要是指兴起于当代都市的,与当代大工业密切相关的,以全球化的现代传媒(机械媒介和电子传媒)为介质大批量生产的当代文化形态,是处于消费时代或准消费时代的,由消费意识形态来筹划、引导大众的,采取时尚化运作方式的当代文化消费形态。大众文化是指按商品市场规律去运作,旨在使大量普通市民获得感性愉悦的日常文化形态。大众文化是一个广义的概念,它包括绝大多数人所喜爱的与艺术、音乐、电影、文学、书籍等相关的活动,是一个特定社会中广泛存在的文化元素,可以包括诸多日常实践活动。大众文化的出现改变了当代社会审美风尚的基本格局,印度英语通俗小说是大众文化富有活力的组成部分,携带着大众文化的基本特点:

第一,属性的商品化。市场经济的建立有力地促进了生产力的发展和社会大众物质生活水平的提高,人们经济收入和闲暇时间增多,文化消费成为一种普遍需要,为印度英语通俗小说的产生和发展提供了现实可能性,市场经济的运行机制也为其商品化创造了适宜的条件。印度英语通俗小说是市场经济的产物,具有由文化产业机构生产、供现代大众消费的商品属性。印度英语通俗小说作为文化商品,极力开拓文化市场,以文化、审美为手段去获取最大的利润,电影制片厂、电视台、广播电台、报社、杂志社、网站等都成为小说商品的生产机构。小说不再仅仅是作家、艺术家个体创造的产物,而是一种工业化生产的结果,从创意策划、筹措资金、生产制作到宣传发行和实际消费,小说作为一种批量生产的工业产品进入市场,以追求商业价值为目标。印度英语通俗小说作品题材涵盖面广、类型多样,给作者、出版社带来商业上的成功。印度良好的英语图书出版、发行环境为英语通俗小说的销售提供了保障。印度是英语使用大国,也是世界上第三大英语图书出版国(仅次于美国和英国),"自从英语出版被介绍到印度以来,它就占据了市场的最大份额,几乎一半是英语出版物"①。除印度出版公司外,国外一些著名出版公司在印度都设有子公司,如英国企鹅出版有限公司、牛津出版社等在印度都有合资公司。图书公司都有相应的发行渠道,大部分印度图书出版公司都是自营发行。由于出版图书的投资相对较低,还可以把印度版英文图书投放到英、美图书市场,这使得很多中小型公司都把图书出版作为一种获利的重要途径。随着社会和科学技术的发展,小说不再局限为书店售卖的纸质出版物。"在车站书摊上,旅客可以买到平装本的R. K. 纳拉扬小说或泰戈尔诗集。大城市好一点的书店有……M. R. 安纳德或嫁到印度的作家露丝·普罗尔·贾布瓦拉②的作品"③,这段话说的是20世纪90年代初的情况。现在,除了书店外,印度读者也能很方便地在超市、机场和加油站等处买到英语通俗小说,还出现网络读物、多种媒体传播等方式,读者接触到小说的机会、途径增多,扩大了通俗小说的影响范围。随着网络电商的发展,网上购书也拓宽了小说的销售渠道。不少通俗小说有电子书供世界各地读者在网上购买,时尚、便携式的电子阅读版本拓展了印度英语通俗小说的接受范围。随着播客(Podcast)等自媒体形式的出现,有些小说还出版了有声版,读者可以"听"小说。作家们也纷纷利用现代社交媒体,提供个人主页或粉丝俱乐部的网址,方便读者与作者的沟通、交流和了解最新作品的写作和出版情况,读者也可以直接从作者的个人网站购书。

另外,读者群的扩大有利于英语通俗小说的传播,保障了作品的销量。印度中产阶层对英语出版物的需求一直都很大,1991年印度经济改革之后,更是扩大了中产阶层的规模并提高了其可支配收入,也让更多人能买得起书,读者群体的逐渐扩大影响着以他们为对象的文学的发展,印度英语通俗小说有针对性地满足了多层次读者群的需求。以地铁读物(Metro Reads)为例,它的出现就是为了迎合那些"花上150卢比买上一本书在上下班的时候阅读的地铁族的需求"④,因而地铁读物的类型也比较芜杂,包括言情、凶杀、探案等内容。"大约15年前,如果一本印度小说卖出一万多本,那它就是畅销书了。如今,差不多

---

① SAVTI J. Rethinking English [M]. New Delhi: Oxford University Press, 1994: 322.
② 露丝·普罗尔·贾布瓦拉(Ruth Prawer Jhabvala),德裔美国作家、编剧,她以印度为背景所创作的小说《热与尘》(*Heat and Dust*, 1975)获得1975年度布克奖。
③ IAN J. The Granta Book of India[M]. London: Granta Books, 2004: 9.
④ VARUGHESE E D. Reading New India: Post-Millennial Indian Fiction in English[M]. London: Bloomsbury, 2013: 26.

要销售 10 万本以上。"①巴哈特、桑基和觉杭等人的小说销量远超此数。巴哈特的小说销售是近年来印度图书销售的一个奇迹,《纽约时报》说他是"印度有史以来最叫座的英语小说家",《印度时报》说他是"印度出版业的巨星",他的每一本小说销量都是 10 万本以上。桑基小说的封面上,出版社醒目地印有"销量过百万"的字样。拉贾斯丽(Rajashree)的琪客小说《相信我》(*Trust Me*, 2006)自 2006 年出版以来,到 2010 年已经印刷了 14 次,销量可想而知。印度英语通俗小说还有一个共同的特点,多是价格低廉的平装书,这为英语通俗小说吸引了众多的读者。觉杭的小说一般有 400—500 面,售价均为 350 卢比。企鹅印度(Penguin India)推出的地铁读物,每本售价多为 175 卢比。巴哈特的《优等生》(*Five Point Someone*, 2004)、《电话中心一夜》(*One Night at the Call Center*, 2005)等多部小说的售价只有 95 卢比。他最新出版的小说《兼职女友》(*Half Girlfriend*, 2014)的售价也只有 176 卢比,相当于德里一场早间场电影的票价。②

第二,传播的媒介化。印度英语通俗小说与大众传媒关系密切。大众传播由专业群体使用大众媒介,大量、迅速地传播信息,对受众施以影响。大众媒介包括报纸、杂志、书籍等机械印刷媒介和广播、电视、电影、网络等电子媒介。大众媒介的应用,拓展了印度英语通俗小说的公共领域。大众媒介信息量大、受众人数多,所以通俗小说利用现代传媒,大量生产,批量复制,以此来吸引观众,招徕听众。印度英语通俗小说与其他媒体合作紧密,越来越多的小说被改编成影视作品,如获得多项奥斯卡奖项的电影《贫民窟的百万富翁》(*Slumdog Millionaire*, 2008)就改编自斯瓦卢普(Vikas Swarup)的小说《提问与回答》(*Q & A*, 2006)。巴哈特的小说《优等生》(*Five Point Someone*, 2004)被改编成广大观众所喜爱的电影《三傻大闹宝莱坞》(*3 Idiots*, 2009),尽管电影对原作改编很多,但电影巨大的成功使作家及其作品广受关注,提升了读者对巴哈特作品的期待,对其小说销量屡创印度图书销售奇迹不无裨益。电影的成功也促进了他的其他作品与影视媒体的进一步合作,小说《高潮》(*2 States: The Story of My Marriage*, 2009)、《三个傻瓜》(*The Three Mistakes of My Life*, 2008)、《兼职

---

① MENON A. Forward[M]// VARUGHESE E D. Genre fiction of New India. New York: Routledge, 2017:IX.
② 笔者发现,2016 年,德里一般影院的早间场次票价钱为 125 卢比。在孟买街头,小贩兜售的《乔布斯传》和一些畅销的成功学、营销学盗版书每本售价为 400 卢比。

女友》(*Half Girlfriend*,2015)等也被改编成电影。作品与影视两者紧密相连,互为促进,显示出媒介的巨大力量。此外,很多作家也同时担任电影、电视的制作人,如著名的琪客作家拉贾斯丽在个人网站上的自我介绍就是"电影制作人和作家"(film-maker and novelist)①。利用现代大众传播媒介,成批地制作和传输大量信息并作用于受众,是大众文化的重要特点。

第三,制作的标准化。作为大众文学的组成部分,印度英语通俗小说的制作标准化体现在作家写作与小说制作、生产两个方面。现代科学技术为小说印刷、生产提供了技术手段。高新技术的引进、器材设备的更新,尤其是电脑技术的使用,提高了小说的生产质量。同时,印度英语通俗小说的制作方式纳入了工业程序化的生产流程,日趋社会化、集团化,生产呈程序化、规模化、批量化和标准化。这不仅使小说生产具有明显的标准化、齐一化的特征,也要求作家写作标准化、类型化。再以巴哈特为例,他是一位多产作家,继《优等生》之后,他陆续出版《革命 2020:爱情、腐败和理想的故事》(*Revolution 2020*:*Love,Corruption,Ambition*,2011)、《三个傻瓜》、《印度女孩》(*One Indian Girl*,2016)等数十部小说,套用某种固定的格式,按照一定的程序来写作,形成一定的标准化模式,以缩短写作周期,增强作品内容、风格方面的整齐性。印度通俗小说制作的标准化,不仅表现在单一作家同类型产品的写作复制、生产复制方面,由于经济效益的驱使,某一类型的通俗小说还会吸引更多的写作者投入到再生产中,更多地写作、复制出同类型作品,如琪客小说,就出现了从形式到故事内容、人物都越来越趋于相同的作品。现代科技的运用,使得文化产品生产速度加快,制作周期缩短,生产成本降低,这就大大提高了文化生产的效率和经济效益。但我们要看到,文化生产毕竟不同于物质生产,精神性层面远大于物质性层面,它所达到的水准不能以生产的速度和效率以及经济效益来衡量。通俗小说作为文学作品,必须具有独创性,表现出与众不同的个性和风格,而模式化、批量化的生产方式无法达到这一目标。

作为大众文化的一部分,印度英语通俗小说同样具有审美的日常化、形式的娱乐化和趣味的时尚化等特点。畅销、流行的印度英语通俗小说与电视剧、流行音乐、广告等审美形式一样,都是大众日常生活中的中心或热点。随着其他媒介传播形式如手机、网络等与人们日常活动联系的密切程度加强,印度英

---

① 参见:http://rajashree.in/.

语通俗小说将以更新的形态、展现方式呈现在大众面前,由此满足人们审美与日常生活的需要。社会大众都是普通人,他们对印度英语通俗小说的态度,具有明显的世俗消费倾向。印度英语通俗小说注重感性愉悦,为读者提供消遣、休闲和娱乐,使他们获得轻松和满足,以娱乐大众的文化形式,达到吸引读者、获得商业利润的目的。印度英语通俗小说最初往往吸收、借鉴精英文化和民间文化的特点,创造出具有原创性的新模式,它们在内容、主题上关注、反映当下的民众需求,一定程度上会形成时尚潮流,从而获得更多的商业利益。另一方面,在这样的情况下,单一的形式或主题等都不可能长时期独霸天下,其结果是跟风模仿,走向模式化,因而大多的时尚、流行往往只能昙花一现,风光一时,难以持久。

总的来说,印度英语通俗小说带有浓厚的商业色彩,它们以大众传播媒介为传播形式,成为被大众接受的文化消费形式。一个有创造力的作家一般具有社会学家的洞察力和善于分析的头脑,准确地记录人类生活、社会和社会制度。因此,文学为人们提供了一个洞察时代文化的窗口。同时,它也服务于社会,试图为大众说话。

第三节 《拉贾摩汉的妻子》:印度英语通俗小说写作先例

1864年,印度人第一次发表了用英语创作的小说《拉贾摩汉的妻子》,这标志着印度英语小说的诞生。这也是一部具有多种通俗文学元素的作品。

19世纪初,随着英国对印度殖民统治的发展,英国人开始在印度推行西式教育并发掘、研究印度传统文化。英国的印度学研究者们证明印度具有古老而优秀的文明,这也激发出印度人的民族自豪感,鼓励他们用西方的方法去展现印度文化。小说这一文学形式成为印度人使用的方法之一。1864年,般吉姆·钱德拉·查特吉(Bankim Chandra Chatterjee)的小说《拉贾摩汉的妻子》发表在周刊《印度园地》(*Indian Field*)上,这是印度人用英语写作的第一部小说。小说主要内容为,玛达吉妮(Matangini)获悉丈夫拉贾摩汉(Rajmohsn)和地主马杜拉(Mathur)勾结,企图霸占妹夫马德乌(Madhav)的家产。她深夜去马德乌家报信,帮助他粉碎了他们的阴谋。玛达吉妮还向马德乌吐露了自己对他的爱意。两人虽惺惺相惜,但还是遵守礼法分开了,玛达吉妮回到自己家中。她回家后,为了逃避丈夫和强盗的报复误入马杜拉家,被关进阁楼。在马杜拉妻子塔拉(Tara)的帮助下,马德乌救出了玛达吉妮,马杜拉自杀。最终,玛达吉妮回到父亲家,但不久就去世了。

有学者认为《拉贾摩汉的妻子》不仅是印度的第一部英语小说,也是亚洲第一部英语小说,从语言、文化、民族性和殖民历史角度来看,它都富有魅力。[①]印度学者纳伊克(M. K. Naik)称其"有趣的是对印度语言的自由使用"[②],高希(Amitav Ghosh)评价它具有"突出的文学特性"[③],拉什迪认为它是"一部节奏合理的惊悚小说"[④]。事实上,《拉贾摩汉的妻子》还带有言情小说的类型特点,是一部集惊悚、言情于一体的通俗小说。般吉姆敏锐地捕捉到当时印度社会文化的变动迹象,利用报刊连载这一传播方式,以通俗小说的模式在叙述内容、人物塑造等方面展现时代新面貌。

一、形式:章节设置、叙事方法

《拉贾摩汉的妻子》初次发表时,以报纸连载的形式与读者见面。这种出版形式,在一定程度上对每期连载的内容、情节设置都有较高的要求,作者要在有限的篇幅空间里尽可能展现吸引读者、留住读者的内容。般吉姆结合印度传统文学中的故事性和西方连载的结构形式,使小说情节跌宕起伏以增强阅读吸引力。

般吉姆是印度近代小说的奠基者、著名的孟加拉语作家,他的孟加拉语小说至今仍受到广大读者的喜爱。般吉姆是第一位获得加尔各答大学文学学士学位的人,他在读书期间喜欢诗歌写作,作品还获过奖。不过,他觉得自己写的诗歌没有新意,就放弃写诗,潜心学习和研读英国当时出版的小说。1864年,他在《印度园地》上连载了自己的第一部小说《拉贾摩汉的妻子》,这也是他唯一的一部英语小说,小说发表后,他就改用孟加拉语写作了。《印度园地》并未"存

---

① PARANJAPE M R. Making India[M]. New Delhi:Springer,2013:99.
② NAIK M K. A History of Indian English Literature[M]. New Delhi:Sahitya Akademi,1962:106.
③ GHOSH A. The Match of the Novel Through History[J]. The Kenyon Review,1998,20(20):87.
④ PRIYAMVADE G. The Indian English Novel[M]. Oxford:Oxford University Press,2009:29.

活"多久,《拉贾摩汉的妻子》很快也湮没了。般吉姆后来试图用孟加拉语重写这部小说,但只写了前七章就放弃了。1935年,巴那吉(Brajendra Nath Banefji)在翻阅一卷1864年的孟加拉英文报纸合订本时,发现里面有一些《印度园地》周刊,上面刊登着《拉贾摩汉的妻子》遗失的前三章内容。巴那吉把孟加拉文小说的前三章译成英文,和新发现的其他部分一起出版,使小说第一次完整地呈现在读者面前。现在读者看到的版本,第一章至第三章是以孟加拉文版本为基础的英文翻译,第四章至结尾是1864年的原文。目前,这部小说有三个版本:1996年的拉维达雅拉出版社(Ravi Dayal Publisher)版,内容包括印度著名文学评论家穆克吉(Meenakshi Mukherjee)撰写的前言、后记和详细的注释。这个版本还收录了1935年版本中巴那吉所写的前言,介绍小说被重新发现、出版的过程。2009年,拉普出版社(Rapu & Co.)、印度企鹅图书有限公司(Penguin Books Ltd)又分别出版了该小说的另外两个版本。

印度作家和英国作家在小说故事要有吸引力这一点上不谋而合。印度是一个故事大国,丰富的神话故事、民间传说为作家们提供了充足的创作素材,也培养了他们讲故事的能力。印度故事旨在寓教于乐,通过生动有趣的内容宣扬宗教思想、道德教化,对叙事策略、人物塑造方法没有要求。维多利亚时期,读者们已经认可小说是虚构的叙事作品,一部好小说需要有好的故事,许多小说家更是把讲一个曲折有趣的故事视为创作的最基本要求。但是在般吉姆看来,从西方舶来的"小说"不同于印度史诗、诗歌等传统文学样式,和古代故事类作品《五卷书》也不一样。印度传统文学的故事结构以枝蔓式为主,就《摩诃婆罗多》和《罗摩衍那》两大史诗来说,它们在讲述主线故事时,会以插话的形式不断衍生出很多支线故事,这样一来,导致文本篇幅长且故事节奏缓慢,这些都不适应现代小说的文本、阅读要求。般吉姆为了使《拉贾摩汉的妻子》更符合小说讲故事的要求,他借鉴英国小说的创作方式,首先在文本构成上进行了变革。

般吉姆简化《拉贾摩汉的妻子》的文本构成,将小说分为23章,每一章篇幅都不长。般吉姆效仿当时的英国小说,给连载的每个章节都配上标题,以突出该章节的主要内容。"每章开头的标题像是客栈大门口的招牌,告诉读者他能得到些什么消遣,他如果不喜欢,尽可以跳到下面一章去。"[①]维多利亚时期最流行的小说出版形式是分期出版,一般是一月一期,后来还出现了一周一期的

[①] 申丹,韩加明,王丽娅. 英美小说叙事理论研究[M]. 北京:北京大学出版社,2005:24.

情况。般吉姆采用每周一期的方式连载《拉贾摩汉的妻子》,这要求每一期刊登出来的小说内容要相对完整,还要有冲突、高潮,在连载的章节结束时,要有吸引读者继续关注、期待下一期的悬念。般吉姆为适应小说出版方式和吸引读者(满足小说内容具有吸引力的要求),需要适合的叙事结构和技巧让小说情节曲折、悬念迭出,像情节剧一样以戏剧性抓住读者。

般吉姆运用多种叙事技巧造成张弛有致的阅读节奏,如巧用叙述介入、书信叙述(第一人称叙述)、叙述时间等,从而有效地对故事进行节奏把控和内容取舍。般吉姆在小说中主要采用第三人称全知叙述视角,并灵活地加入书信的形式以调节叙述节奏。在"书信"(A Letter)一节中,文本由马德乌收到的律师来信与马德乌读信的反应构成,第一、第三人称叙述交替进行,共同推进故事发展。此外,小说经常使用介入性评论,以"读者啊"等插入形式,打断叙事进程,拉近读者与小说的距离,增强读者的认同感和参与度,以增加叙事色彩和作品吸引力。比如,"正如我们的读者在之前的章节中所知晓的那样,马杜拉·高希在与两个妻子的婚姻中,是幸还是不幸,是主人还是奴隶或者两者都是"①。读者们已经知道马杜拉有两位妻子,尽管这在当时的印度并不是新鲜事,般吉姆在此用介入性评论,增强小说幽默感以舒缓读者对主人公命运的担心。再比如,般吉姆用"让我们把场景换一下"②这样的表述,打断上文正在进行的故事,直接跳出来,像导游一样招呼读者进入另一场景。再有:"自从上一章故事以来,已经过去三天了"③。这里不仅运用了叙述介入,也将故事时间快进,使叙述时间和故事时间产生间隔,让读者充分想象三天没有进食的玛塔吉妮的困难处境,增强读者的紧张感和担忧之情。

《拉贾摩汉的妻子》在章节设置和叙事方法上适应了小说连载的需求,而在讲故事的方法上,般吉姆则利用通俗小说的类型元素来吸引读者。

二、类型故事:惊悚和言情

《拉贾摩汉的妻子》是惊悚和言情相结合的类型小说。从惊悚方面来看,般吉姆利用惊险的情节和危险环境为读者提供惊悚的阅读体验。小说故事得以

---

① CHATTERJEE B. Rajmohan's Wife[M]. New Delhi: Ravi Daya Publisher, 1996: 79.
②③ CHATTERJEE B. Rajmohan's Wife[M]. New Delhi: Ravi Daya Publisher, 1996: 103.

展开的推动力,则来自主人公之间的情感纠葛。

1. 惊悚:情节和环境

在故事模式方面,般吉姆以玛达吉妮为主人公,通过她同恶人(拉贾摩汉、马杜拉、强盗)的周旋、对抗,最终获救而展开叙述,利用她的经历带给读者冒险体验。在故事讲述过程中,般吉姆引入西方哥特小说的类型元素,结合印度自然风光、生活习俗,进一步增强惊悚氛围。

哥特小说是18世纪60年代出现在英国的一种类型小说,它借助模式化的人物、场景设定以及故事套路,通过情节发展制造悬念,给读者带来惊悚、恐怖、神秘等阅读体验。般吉姆将哥特小说中常见的"兄弟相残"母题具体化为兄弟之间争夺遗产(土地),即马杜拉勾结强盗企图用暴力从马德乌那里获取不属于自己的遗产。小说在铺排这个主情节时,以玛达吉妮为聚焦对象描写了两段惊悚故事:一是她深夜报信,二是她被囚获救。第一段惊险故事主要包括"午夜密谋"(Midnight Plotting)和"爱战胜恐惧"(Love Can Conquer Fear)两节,写玛塔吉妮获悉强盗的阴谋,深夜报信路上的冒险经历。小说用章节内情节设置以造成悬念吸引读者,如"午夜密谋"一节的结尾处,玛塔吉妮听到丈夫和强盗的密谋后,般吉姆写强盗们"各自出发去远处的树林,在另一黑暗处再次聚合。玛塔吉妮惊恐、愤怒地瘫坐在地上"①。读到此处,读者们在担心马德乌安危的同时,也好奇玛塔吉妮接下来会采取什么行动。接下来的一章写玛塔吉妮深夜报信,她克服困难终于到达马德乌家的时候,般吉姆反而将叙事节奏放慢,以玛塔吉妮与女仆的对话结束,读者刚欣慰于女主人公脱险,继而又焦虑女仆的拖延会耽误马德乌防御强盗。"黑暗的树林"也暗示着危险的环境,让读者又增加了一份紧张感。再如,在第二段惊悚故事中,般吉姆将玛达吉妮的个人安危写得一波三折。玛达吉妮成功救下马德乌,丈夫和强盗都要报复她。在"情敌之间"(Between Rival Charmers)一章中,玛达吉妮虽然得到塔拉救助,暂时寄居在她家里,拉贾摩汉上门寻找妻子,塔拉只好让玛达吉妮回家,在章节结尾处,作者写道:"玛达吉妮被告知必须离开,她想到面临的命运时,她的血凝固了。"②读者们都知道玛达吉妮回家后可能的后果,不免担心她的命运。但在随后的一章

---

① CHATTERJEE B. Rajmohan's Wife [M]. New Delhi: Ravi Daya Publisher, 1996: 36.
② CHATTERJEE B. Rajmohan's Wife [M]. New Delhi: Ravi Daya Publisher, 1996: 88.

中,作者转而去写马德乌的情况,延迟解除读者对玛达吉妮命运的悬疑,以增加情节张力。

般吉姆为满足小说连载及内容应具有吸引力等要求,采用英国哥特小说元素进一步增强作品的故事性和惊悚小说类型特征。哥特小说作为类型小说具有固定的情节元素和故事模式,美妙的自然环境描写(让读者产生无尽的联想)配合着充满悬念的故事情节(引起读者的恐惧感),从而让读者产生强烈的情感,被激起浓厚的阅读兴趣。哥特小说的故事模式大多表现为:在诸如荒野、城堡或修道院等固定场景中,与世隔绝的弱女子要面对强悍之徒的威胁,柔弱者对抗强势恶棍,小说中的反面人物若隐若现、模糊难测,让人心生恐怖。读者借助女主人公的经历和视角,和她一起遭遇凶杀、暴力、复仇等,体验紧张、恐惧、神秘等情感。哥特小说借助一些共性的模式描写出人性深处隐秘的恐惧和其他难以言说的、或真实或虚构的人性之恶。古堡、荒野、修道院、密室、暗道等空间是哥特小说传统的环境叙事因素,它们经过陌生化处理之后,"使得读者在阅读时能够延长审美感受,生发无穷的恐惧"①,从而带来审美张力。般吉姆结合印度社会、自然环境,移花接木地将传统哥特模式中的古堡、井、修道院等场景,因地制宜地置换为印度乡村的(黑)森林、河和(被锁的)房间,用印度乡村常见的场景达到同样的效果。小说中,玛塔吉妮深夜报信,般吉姆对沿途森林、小径等自然景物做了生动描写,读者害怕吉凶难测的环境,更会对夜幕下单身赶路的弱女子的安危生出牵挂和担忧。在玛塔吉妮躲入河中、放下头发遮蔽自己时,读者既担心她在水里是否安全,又担心万一她被强盗发现后更加危险。随着小说的描写,读者们完全被故事情节吸引,进入一种紧张氛围之中,感情随着女主人公的境遇变化而起伏。玛塔吉妮利用黑暗做掩护逃出丈夫的毒手后,却误入阁楼被马杜拉监禁起来。这时,"阁楼"就像哥特小说中的深山城堡一样,营造出玛塔吉妮与强徒对峙的逼仄环境和紧张气氛。小说既有逼真的自然环境描写,也有令人紧张的主人公处境的描写,般吉姆借助超常想象力描摹出惊悚的故事,给读者造成强烈的感情冲击,使读者感到恐惧和紧张。

在两段惊险故事中,般吉姆利用人物的情感矛盾、人性的善恶、贪欲等因素造成的冲突、仇杀等情节,在小说短小、独立的章节结构以及类型小说叙事模式的基础上,将哥特小说的环境叙事元素与印度自然、文化因素结合,制造出悬

---

① 宁晓慧.英国哥特体小说研究[D].济南:山东大学,2005:19.

疑、恐惧等叙事效果,使小说具有很强的吸引力。

2. 言情:发乎情与止于礼

在印度古典文学中,尽管还没有言情小说这种类型模式,但也有很多情节跌宕起伏、情感炽烈的爱情故事。像史诗《罗摩衍那》里罗摩与悉多的爱情故事,还有《沙恭达罗》《小泥车》里男女主人公经历挫折最终团圆的故事。这些印度传统文学中的爱情题材作品大多与言情小说的故事模式相似:爱情的产生、遭受挫折、结局(或喜或悲)。在《拉贾摩汉的妻子》中,人物关系发展的主要情感线索为玛达吉妮与马德乌止于礼的相互爱慕和马杜拉对玛达吉妮发乎情(欲)的贪恋。情感线索结合财产争夺、绑架等线索,共同形成了惊悚、言情的叙事效果。

玛达吉妮与马德乌的感情注定不会有美好的结局。马德乌是玛达吉妮的妹夫,他家境殷实,生意成功。玛达吉妮通过妹妹,让马德乌给了她丈夫拉贾摩汉一份工作。玛达吉妮听到强盗的计划后,她深夜报信的动力是亲情之"爱",她担心妹妹和妹夫的安全。而在马德乌成功击退强盗后,在"相聚又分离"(We Meet to Part)一章中,两人的感情明晰为两情相悦的爱慕。但两人表明情感之际,也是分别之时。像言情小说的模式一样,人物感情发展会遇到障碍,两个人由于身份关系要克制感情,玛达吉妮怀着对马德乌的爱慕回到家中,随即遭到马杜拉的囚禁;而马德乌也只能在家里想念玛达吉妮,对她被丈夫驱赶出门而爱莫能助。即使马德乌最后将玛达吉妮从马杜拉手中救出,两人还是重复了"相聚再次分离"的故事模式,最终不能团聚。小说将两人之间的禁忌之情写得克制、感人,符合言情小说波折起伏的情感发展模式。爱情、谋杀、绑架在情节中彼此交融,使读者为人物的生命安危、情感困境而产生丰富的心理变化:紧张、难过、欣喜或遗憾,沉浸在小说营造的情感氛围中。

马杜拉对玛达吉妮的单向情感是第二段惊险故事发展的推动因素。玛达吉妮外出取水回家的路上,风吹开她的头巾,路过的马杜拉看到她的样子。玛达吉妮的美貌引起马杜拉的好奇和贪念,为之后故事的发展埋下伏笔。一天夜晚,玛达吉妮逃避丈夫和强盗跑出家门,误入马杜拉家。马杜拉利用这个机会,将玛达吉妮锁在阁楼上,企图霸占她。情节发展至此,在文本内外造成多重惊险效果:马杜拉在恶念和贪念下的行为让玛达吉妮陷入危险境地,同时也将他自己引入违法犯罪的境遇。随着马杜拉对玛达吉妮的情感由垂涎到占有、由觊觊美色到囚禁人身,读者对玛达吉妮安危的担心和焦虑也渐渐加强。读者的情感随着人物命运发展而高低起伏。

般吉姆对两对主要人物情感关系的设置,尤其是玛达吉妮对马德乌的爱恋,缺乏明确的铺垫,这是小说叙事的不足之处。作家为了制造曲折的情节和惊悚的叙事效果,过分虚构人物关系。但是,从作品描述的现实生活情景和时代变化情况来看,也有一定的可能性和可信度。玛达吉妮与马德乌之间的感情是小说情节发展的重要推动力,在完成叙事功能之外,作者并没有将故事写成"有情人终成眷属"式的结局,而是贴合当时的印度社会文化背景,让两人回到各自的生活轨道。小说这样处理男女主人公恋情的方式对以后的印度英语小说写作有一定的示范作用。

三、叙事内容:现实生活与时代变化

早期印度英语小说"采用18、19世纪英国小说的模式,尤其是笛福、菲尔丁和司各特的小说"[①]。英国小说的描写对象开阔了印度英语作家的写作视野,也让他们转而开始描写现实生活中的人和事。印度传统文学以两大史诗、神话传说为主,讲述神仙、帝王的故事,很少涉及普通人的现实生活。19世纪以来,印度史诗、诗歌、戏剧等传统文学形式在表现社会发展方面已有很大局限性,现实主义小说一方面适用于表现印度社会发展变化的需求,另一方面也能通过作品中现实主义描写向广大印度民众暴露英国殖民统治的黑暗,起到教育、唤醒民众的作用。19世纪中后期,经过英国长期殖民之后,印度社会也在发生着变化,出现了一些新事物,人们的观念、思想也有所变化,这在《拉贾摩汉的妻子》里都有体现。通俗小说在一定程度上体现了时代变化的脉搏,传达了新观念。

1. 现实生活

在《拉贾摩汉的妻子》中,般吉姆较为细致地描摹出印度传统乡村生活、家庭生活的样式,这些受到了英国维多利亚时期作品的影响。维多利亚时期现实主义作品成为小说主流,一方面,作家们以广阔复杂的社会生活作为创作基础,他们笔下多为与常人较为接近的人物,表现他们在生活中的争斗算计,以新奇

---

① NAIK M K. A History of Indian English Literature[M]. New Delhi: Sahitya Akademi, 1962: 107.

的故事带给读者更多快乐与教益。另一方面,小说经过长时间的发展,叙述方法逐渐成熟。在维多利亚时期的小说中,第三人称全知叙述视角占主导地位,米勒将此手法称作"维多利亚时期小说的标准常规"[①]。在第三人称叙述基础上,叙述方法更加多样化,作家能充分、自由地对故事背景、细节等进行周密、全面的描写,以便能创作出深刻、复杂和全面的现实主义小说。随着简·奥斯汀小说的流行,家庭现实主义作品也成为维多利亚时期小说的重要组成部分。19世纪40年代至50年代,《艰难时世》(*Hard Times*,1854)、《南方与北方》(*North and South*,1855)等作品出版,小说成为探讨社会、两性情感的主要文学类型。

般吉姆用了相当多的篇幅描写传统的孟加拉乡村生活,有家居布置、庭院景象,也有家庭、乡里间女性的交往、对话。在孟加拉农村,妇女用水罐取水是人们生活中常见的景象。直至今日,在没有自来水的乡村,它依然是生活的必要程序。这也成为孟加拉诗歌、小说内容中的一个普遍特征,使人充满浪漫联想。《拉贾摩汉的妻子》也以"取水者"(The Drawers of Water)开篇,不仅描写了女性取水的情形,也写了与"取水"相关的文化规定和生活场景。如,拉贾摩汉禁止玛达吉妮走出家门,更不允许她像其他家庭妇女一样外出取水。当女伴到家里聊天并邀请玛达吉妮一起去取水时,她碍于丈夫的规定起初不敢答应女伴的邀请,但又抑制不住对外面的好奇,最终还是与女伴一起出门取水了。这些描写写出了印度女性生活中的规约、习俗,也写出了女主人公徘徊于遵循传统与自由行动之间的心情,为下文冒险送信、反抗马杜拉等大胆行为埋下了伏笔。

印度传统的社会结构以家庭为个体单位,严格意义上是大家族聚居的形式。小说在"一个柴明达尔家族的兴衰史"(The History of the Rise and Progress of a Zemindar Family)一章中,介绍了马德乌和马杜拉家族的构成以及各个叔伯家庭的情况。这一方面介绍了人物之间的关系,说明小说主要冲突(家产争夺)产生的背景,另一方面也介绍了一般印度乡村地主家庭的普遍情况。马杜拉和家人们生活在农村,他的家庭结构也具有代表性:两个妻子、从早到晚的生活模式以及女性之间的关系等,在"竞争对手之间"(Between Rival Charmers)一章中,般吉姆不无调侃地描写了马杜拉在两位妻子的拌嘴与较量中周旋、取悦她们的情形。

---

① 申丹,韩加明,王丽娅.英美小说叙事理论研究[M].北京:北京大学出版社,2005:63.

《拉贾摩汉的妻子》中的家庭生活叙事在后来的印度英语小说里得到继承与发展。家居摆设、女性家居生活、女性间的关系等,丰富的日常生活内容体现出作品的民族性,使印度英语小说区别于西方英语小说。日常生活叙事是当代印度英语小说常见的叙述内容,尤其在流散文学中,成为异质文化中身份认同的主要工具之一。

2. 时代的变化

《拉贾摩汉的妻子》通过描写新旧两种人物形象、人物关系,突出小说的时代意义,使读者了解英国殖民统治下人们新型的生活、生产和贸易方式等。

般吉姆写作《拉贾摩汉的妻子》时,英国文学的影响不仅体现在出版形式、小说体例上,也明显地体现在写作内容和方法上,"重点在于现实主义描写和塑造复杂的人物"[①]。般吉姆在人物塑造方面吸收英国现实主义小说的创作经验,人物形象具有典型化、类型化特点,如男主人公马杜拉生性贪婪,拉贾摩汉的个性凶狠、邪恶,玛达吉妮是纤弱、善良的女性。般吉姆结合当时印度社会现状,将人物身份印度化的同时,进一步深化人物所蕴含的深层意义,让他们象征着殖民统治下经历变化的印度人,把男女形象塑造成新、旧两种类型,通过塑造新型"印度人",以人物明确、突出的形象和鲜明的性格来表现印度社会、印度人的变化。

小说里的两位男主人公马德乌、马杜拉分别代表新旧两种印度人(地主)。在"两兄弟"(The Two Cousins)一章中,般吉姆从相貌、穿着、行为举止等方面详细地描写了马德乌、马杜拉两人之间的差异。马杜拉身材肥胖,衬衫紧绷裹在身上,他浑身戴满金吉祥符、金项链、金纽扣等金质饰物,手指上还戴满戒指,这是一位典型的传统印度地主形象。马德乌则相貌英俊,衣着得体却不奢华,只戴了一枚戒指,并没有其他饰物。马德乌和马杜拉看似与祖辈一样,都要照料一个大家庭,但"新""旧"两位地主的家庭氛围却大为不同。小说分别用两章从不同角度描写他们两家的生活情况:马德乌不仅要照顾自己的妻儿,家里还有寡居的姊姊和其他拐弯抹角的亲戚,人多但不杂乱,人人各司其职,家庭事务井然有序;马杜拉家里除了各种亲戚外,还有他的两位妻子,尽管塔拉很贤惠,马杜拉的小妾仍然会找出各种理由挑起明争暗斗,造成家庭矛盾。家庭是社会

---

① AMIGONI D. Voctorian Literature[M]. Edinburgh:Edinburgh University Press, 2011:39.

的最小单位,新、旧印度大家庭的对比,从侧面展现了印度社会的变化。

新式教育与旧传统对马德乌和马杜拉的培养差异还体现在他们的身份和个性的"新""旧"不同上。马德乌在加尔各答接受了西式大学教育,他不再是传统以土地为生的地主,还在加尔各答经营生意。马杜拉认为马德乌说的所谓生意,不过就是骑着新买的马、坐着新马车,在城里到处游荡,和英国朋友喝酒享乐、挥金如土,他说马德乌"喝点洋墨水就让兄弟变成热情的老爷了"①。老爷"sahib"一词来自阿拉伯语,在印度的乌尔都语、马拉提语、孟加拉语等地方语种里都有这个词汇,它还成为英语外来词,指的就是在印度(英国殖民地)的英国人和欧洲人,后来,它也指那些受过西方教育、在殖民政府工作的印度人。被"老爷"化的马德乌表面看来是被英国教育改变了,实则是英国殖民统治对印度人、印度社会潜移默化改变的具体表现。马德乌和马杜拉"新""旧"印度地主的区别,也体现在两人对待女性的态度截然不同。他们路遇外出取水的玛塔吉妮时,马德乌没有过多打量她,更没对她评头论足,而马杜拉却向马德乌打听玛塔吉妮,还借机向马德乌打听其他女性。不难理解,在后面的故事中,马德乌拒绝了玛塔吉妮的示爱,而马杜拉则乘人之危囚禁玛塔吉妮意图不轨。只有马杜拉这样的旧式地主才会为霸占遗产去勾结强盗做出抢劫、绑架的行径。最后,强盗受到法律惩罚,马杜拉自杀了。毫无疑问,他即使不自杀,也要受到法律制裁。这位老式地主用陈旧的方式获取利益的做法失败了,他的结局也表明新制度、新规则已经形成并发挥作用。如果说马杜拉象征着传统的、父权制的、暴力的旧势力,马德乌则代表着理性的、具有现代意识的印度人,这也正是般吉姆所肯定、宣传的新印度人形象。

《拉贾摩汉的妻子》中玛塔吉妮、塔拉等女性形象具有鲜活的个性,同样也象征着"新""旧"人物类型。在玛塔吉妮身上,"新"(品格)"旧"(外表)兼而有之。玛塔吉妮并不缺乏印度传统女性之美,她的外貌符合传统的审美标准:脸庞圆润,相貌端庄;她性格温和,恪守妇道。丈夫不准许她出门,她就待在家里,轻易不出院门。尽管丈夫脾气暴躁、无能,她还是接受命运的安排,还请妹夫帮丈夫谋个职位。但玛塔吉妮在温顺的外表下,有着坚强的个性:她不顾危险,只身黑夜报信,还大胆向马德乌直陈爱意;马杜拉囚禁她、不给她食物,她不但没有屈服,反而借机绝食以示反抗。玛达吉妮的行为有着多重意义:第一,维护正

---

① CHATTERJEE B. Rajmohan's Wife[M]. New Delhi: Ravi Daya Publisher, 1996: 10.

义。即使是自己的丈夫做出不法行为,她也大义灭亲,不姑息。这种建立在西方法律意识上的是非观,和印度传统文化中的"正法"(Dharma)观有类似的地方,玛塔吉妮不唯夫命是从,也维护了印度人所坚持的正法。第二,敢于行动。她为了亲人、爱人的安危,毅然踏出家门,除了显而易见的危险外,她也意识到自己的做法是对丈夫的背叛,她的婚姻、家庭因而岌岌可危。第三,维护女性尊严。她在走投无路之际,既没求助于不敢面对自己感情的马德乌,也不屈从于乘人之危的马杜拉,最终回到父亲家里,独自面对行动后果。在般吉姆笔下,玛达吉妮是立体的"人",她不再是印度传统女性悉达、沙恭达罗那样哭啼着向男性求助的女人,在她同样美丽的外表下,蕴含着新女性独立、勇敢和坚强的个性,"在所有印度英语小说中,很少有女性像玛塔吉妮那样打动我们……她的勇气、独立和热情,不仅是她个人特点,也是形成中的印度民族的特点"。[①] 尽管塔拉的形象着墨不多,但也个性突出。她和玛达吉妮一样,背叛行为不端、不义的丈夫,支持正义。在家庭事务上,面对丈夫宠爱小妾的做法,她在心里失望的同时,却努力维持家庭和睦,不和小妾发生冲突。面对有家难回的玛塔吉妮,她尽可能地给予帮助,并不像其他人那样认为被丈夫赶出家门的玛塔吉妮肯定做错了事,她以同情、仁爱和明辨是非的能力,妥善安置玛达吉妮。

般吉姆采用现实主义手法塑造"新""旧"两种印度人,既写了像马德乌这样新兴的印度中产阶层,表现他们身上所具有的现代精神和理性意识。小说也塑造了落后、守旧的地主马杜拉,通过他揭示人性中对财富、美色的贪欲。小说现实主义风格的人物形象,侧面表现了19世纪印度社会、家庭生活中的人和事,向读者展现了从传统向现代转变中的印度。般吉姆紧密联系社会现实的写作态度,对后代英语作家不无影响。在当代,印度英语通俗小说作者同样从当下的社会生活中汲取富有现实意义的素材,使作品既具有通俗可读性,又能反映人们生活中的问题。

四、写作语言:英语杂糅印度地方语言

在介绍《拉贾摩汉的妻子》的通俗性以及故事内容的生活性、时代性之外,这里还要补充分析小说语言的印度特色,即作者以西方的语言结合印度地方语

---

① PARANJAPE M R. Making India[M]. New Delhi:Springer,2013:100.

言,以增强小说语言的通俗性,提高本土读者的接受度。

印度是一个语言众多的国家,仅宪法规定的联邦语言就有18种之多,各地还有各自的方言。很多印度英语小说家写作时,会根据方言词、句的发音以英语直译后用于小说中,这些音译方言一方面构成印度英语小说的语言特色,另一方面也在作品中发挥叙事、修辞的文学功能,同时它们也是民族文化的载体。通俗小说在语言上同样需要贴近大众读者,英语并非印度本土语言,如何让西方的语言与文学样式被更多读者所接受,将印度地方语言引入英语小说是一种很好的做法。正如上文纳伊克所说,小说自由地使用了印度语言,般吉姆率先将印度地方语言直译到小说文本中,对印度英语小说语言模式起到开创、示范作用。印度地方语言对印度英语小说通俗化同样起到很大的推动作用。《拉贾摩汉的妻子》是印度第一部英语小说,事实上,小说文本中夹杂了一些直译为英文的印度地方语言。般吉姆将孟加拉作家同行们分为"梵文派"(the Sanskrit school)和"英文派"(the English School),顾名思义,梵文派作家以印度古典文学传统为模式,而英文派作家是西方文化和思想的产物。[①] 般吉姆将自己归于英文派,但他并不排斥在作品中以适当的方法来继承印度语言、文学传统。

在《拉贾摩汉的妻子》中,般吉姆创造性地使用了直译的方法,根据印度地方语言的发音,将天城体文字拉丁化,用英文拼写方式直译后用于小说中。这时,小说作者不仅是使用英语的写作者,还是具有很强主体性、根据作品需要进行地方语言翻译的翻译者。在《拉贾摩汉的妻子》中,般吉姆主要对名词进行移译使用。这些名词主要有以下几类:

(1) 物品名称。如在"书信"一章中,般吉姆花了相当多的篇幅详细描写孟加拉地主家女眷的生活,在描写厨房场景时,他使用了一些移译词来介绍孟加拉特有的用具,如"bunti",这是一种可以立在地板上的折叠刀。在裘帕·拉希莉(Jhumpa Lahiri)短篇小说《森太太》(*Mrs. Sen's*)中,也写到了这样的刀,这是孟加拉女性常用的厨房用品,森太太随丈夫迁居美国时也带着,她经常坐在地板上用这样的刀切菜、切鱼。再如"kauta",是一种小盒子,可以是金质、银制或木质的,都是印度特有的物品。还有一些描写女性或女性用品的名词,如"khompa",指的是一种女性发型,将头发编成辫子盘成发髻。

(2) 行为名称。同样在"书信"一章对女眷家庭生活的描写中,般吉姆写一

---

① DAS S K. Indian Ode to the West Wind [M]. Delhi: Pencraft International, 2001:.26.

些年轻的姑娘们在门廊角落里玩着"agdum bagdum"的游戏。这是一种孟加拉常见的孩童游戏,孩子们围坐一圈,用"agdum bagdum"起句哼着和它们押韵的句子,类似于中国儿童玩的"你拍一,我拍一"这样的游戏。

（3）地名。如"phulpukur",这里"phul"是"花"的意思,"pukur"的意思是"池塘",作者没有把它译为"flowerpond",而是直接移译过来,这样的表示方式,也成为印度地名通用的翻译方式。

（4）人称名。如"thakurpo",指丈夫的弟弟,相当于汉语中的"小叔子"称谓。如"khuri",指父亲弟弟的妻子,相当于汉语中的"婶婶"称谓。这些被移译的词在词性上还是名词,在使用时,遵循英文单词、句子的语法规则。在这部印度人用英语写的小说中,被移译的印度地方语言显然成了"外语",它们的使用方式对文本构成和阐释都产生了影响,用以在叙事中建构人物身份,同时它们也言说出故事之外的内容,表现印度民族文化。从叙事效果上看,它们影响了读者对人物的情感和文化认同,使印度本土读者易于接受用英文写的印度故事,另一方面,语言所造成的陌生化阅读体验让非印度读者认识到身份、文化的差异性。

般吉姆在《拉贾摩汉的妻子》中使用印度地方语言的方法被后来的印度英语小说家们继承了下来。作家们的"语言转换只是文学翻译活动的外在形式,而不是其根本目的。其根本的目的,从文学层面上说,是为译入语读者提供新的文学文本"[1],这就是印度特色的英语小说文本。印度英语小说中英语音译方言是文本重要的构成部分,也是小说叙事、人物塑造等的重要手段,同时也传递出印度民族文化。印度作家在使用英语口语、书面语时都难摆脱母语的影响,安纳德(M. R. Anand)说过:"在我开始写作的时候,英语是唯一容易使用的工具,但是我试着把旁遮普语和印度斯坦语中的比喻、意象翻译成英语。"[2]安纳德小说"译印为英"的叙事手法在小说话语层面传递出独特的地域气息和民族风味。般吉姆在第一部印度英语小说中所开创的小说语言方式,经过数代英语作家的开拓和发展,体现出印度英语后殖民小说语言的多样性、后殖民叙事的丰富性,正如拉奥(Raja Rao)所预言的那样,印度式英语已经逐渐成为一种英语"方言"被世界所接受,"对我们来说,英语并不是真正意义上的外语……

---

[1] 查明建,田雨. 论译者主体性:从译者文化地位的边缘化谈起[J]. 中国翻译,2003(1):22.
[2] SINHA K N. Mulk Raj Anand [M]. New York: Twayne, 1972:122.

我们的表达方式应该是种英语方言,将来会被证明像爱尔兰英语和美国英语一样优秀和丰富。印度人用不是自己母语(英语)的语言传递着自己的思想"[1]。《拉贾摩汉的妻子》开印度英语小说写作先例,小说中印度民族语言的运用,对印度英语小说后殖民叙事起到引领与示范作用。"后殖民小说在文本语言层面通常具有鲜明的方言土语特点,代表了原住民的语言和文化历史,而这些特点一直是后殖民文化批评的关注点"[2],随着叙事学研究的跨境发展,对语言多样性进行研究是后殖民文化批评和叙事分析的相交点之一,可以借助叙事分析来解读其中所蕴含的文化意义。印度英语小说是世界后殖民文学的一个重要组成部分,考察作品中的语言现象既具有叙事分析的意义,也可以了解其所传递的文化意义。

般吉姆说过:"模仿是进步的法则,没有借鉴,谁也不能取得进步。"[3]可以说,他就是在借鉴、模仿维多利亚时期小说的基础上写出了《拉贾摩汉的妻子》。《拉贾摩汉的妻子》叙事风格鲜明,采用了哥特叙事、人物意象叙事等手法,使小说成为一部可读性很强的现实主义作品。同时也可以看出,小说在叙事手法、文本结构和人物塑造等方面也都深受当时英国小说的影响。正是般吉姆的尝试才将小说这一文学类型引入印度文学,促使印度各地方语种的作家纷纷开始写作小说。到20世纪20年代,小说已经更多地被印度读者所熟悉,印度英语小说和其他语种小说在印度民族解放斗争中发挥了宣传、鼓动作用。

《拉贾摩汉的妻子》在文本结构、故事内容和风格上明显地表现出模仿性、探索性和实践性。这部小说满足类型小说可读性强的要求,所蕴含的现实主义内容也展现出英国殖民统治下印度的社会、文化所发生的转变。《拉贾摩汉的妻子》既有文学性解读的意义,又具有文学史研究的价值。作为印度英语小说的开篇之作,尽管它在作家、评论者眼中有一些不足,但总的来说,它以明显的通俗小说特性,从出版需求到写作方式都为当代印度英语通俗小说写作提供了借鉴。另一方面,小说在满足娱乐性的同时,叙述内容展现出社会文化中的新现象,这种紧密联系社会严肃问题的写作态度,被当代英语作家吸收和发扬,在娱乐大众的同时,也通过作品表达出读者的思想诉求。

《拉贾摩汉的妻子》的文本模式,使印度作家摆脱旧框架的束缚,为印度英

---

[1] RAO R. Kanthapura[M]. New Delhi: Orient Paperback, 1970: 5.
[2] 王丽亚. 后殖民叙事学:从叙事学角度观察后殖民小说研究[J]. 外国文学, 2014(7):96-97.
[3] PARANJAPE M R. Making India[M]. New Delhi: Springer, 2013: 87.

语小说发展打下了基础。尽管现在的小说已经很少采用分期出版的方式,但随着文学与影视媒体关系日趋紧密,很多小说被改编成影视作品,同样需要章节短小、故事紧凑、每一章有明确的情节冲突等,当代印度英语通俗小说较多地继承了《拉贾摩汉的妻子》的文本特点。以巴哈特的小说为例,他的畅销小说《优等生》由 27 章构成,每一章都会以一个故事为主,如"新生冲突"(*Bare Beginnings*)、"课堂冲突"(*Make Notes not War*)等,使小说情节跌宕起伏,充满节奏感和故事性。

尽管拉什迪认为《拉贾摩汉的妻子》是"不完善的、低劣、夸张的东西"①,但它仍是一部节奏合理、经过印度化加工的哥特惊悚小说。般吉姆借鉴国外小说形式、叙事策略并结合实际情况写印度故事的做法,成为之后的印度英语小说作家常用的创作方法。20 世纪 20 年代,安纳德走上文坛的成名作《不可接触的贱民》(*Untouchable*,1923)成功地运用西方意识流手法,向读者展现了印度低种姓阶层真实的内心状态。《拉贾摩汉的妻子》以通俗小说类型描绘当时印度社会面貌,故事生动有趣,是一部成功的言情、惊悚小说。在当代印度,言情小说、哥特惊悚小说、侦探小说、史诗传奇等类型小说拥有大量读者,这些通俗小说也像《拉贾摩汉的妻子》一样,成功地用国外类型小说的"旧瓶"装入当代印度社会、经济、文化新发展的"新酒"。如,印度英语琪客小说《为比图拉而战》(*Battle for Bittora*,2010)中,女主人公从加拿大留学回来后,被身为地方政党领袖的外祖母定为接班人参加竞选。小说描写了印度大选中各种常见的争夺选票的方法,可称得上是一本印度大选教科书。

可以说,《拉贾摩汉的妻子》开印度英语小说写作先河,也为通俗小说类型写作开了先例,它在印度文学史上具有不可忽视的意义。

---

① PRIYAMVAD G. The Indian English Novel [M]. Oxford: Oxford University Press, 2009: 29.

第二章 奇坦·巴哈特的成长小说

2004年,奇坦·巴哈特出版小说《优等生》并一举成名。之后,巴哈特作品的销量屡屡创下印度出版界奇迹,他被誉为印度最畅销的英文作家。[①] 巴哈特的小说"反映印度当代青年的梦想,同时也建构他们的梦想"[②]。本章先介绍巴哈特小说所描写的年轻人的共同成长经历,继而分析小说呈现青年成长的叙事方式,在介绍小说文本构成、叙述者文本特征的基础上,分析小说叙述者在叙事交流过程中与读者的关系,解读小说内容所描写的社会发展变化对青年成长的有利与不利因素,考察巴哈特如何利用叙事技巧表达小说的价值导向、实现成长小说的社会教育功能。

---

① 奇坦·巴哈特小说的扉页印有作者介绍以及一些关于小说的评价。如,《105室的女生》的扉页上写有:他的作品售出1200万册以上,被译成20多种文字出版。《纽约时报》称其是"印度历史上最畅销的作家",《时代》杂志认为他是世界上100位较有影响力的人之一,美国《快公司》杂志命名他为商界100位较有创作力的人之一。
② 张玮.印度英语作家奇坦·巴哈特小说人物身份分析[J].吉林省教育学院学报(上旬),2014(6):108.

第一节　印度英语小说中的成长叙事

学者们普遍认同成长小说（Bildungsroman）作为文学样式之一起源于18世纪中期的德国，歌德的《威廉·迈斯特的漫游时代》是此类型小说的源头之作。"成长小说展示的是年轻的主人公经历了某种切肤之痛的事件之后，或改变了原有的世界观，或改变了自己的性格，或两者兼有；这种改变使他摆脱了童年的天真，并最终把他引向了一个真实而复杂的成人世界。"①中国翻译家杨武能在《威廉·迈斯特的漫游时代》的译序中说："这种小说写的都是一个人受教育和由幼稚到成熟的发展成长过程；当然，这儿的所谓受教育是广义的，并非仅只意味着在学校里念书，更多地还是指增加生活的阅历，经历生活的磨炼，最后完成学习和修养。"②从这些理解中可见，在成长小说中，第一，强调主人公获取知识、经验的"受教育"过程；第二，主人公最终实现身心成长与成熟。

成长小说具有稳定的叙事模式。典型的成长小说经常以一个敏感又具有天赋的人为主人公，遇到一些问题从而促使他开始认识自我并意识到自身肩负的社会责任感。主人公遇到的问题可以是丧亲之痛，或是生活条件造成的不适，或是社会的混乱等。主人公在实现自己的目标之前，会遇到很多问题，也会做出一些错误的事情。主人公经历了巨大的转变、深刻的演变后变得成熟。成长小说有经典和现代之分。"在所谓经典的成长小说概念中，不成熟的主人公在经历各种磨难之后，个性、人格日臻成熟，人生观和世界观得以完善，在社会生活中找到了一席之地。"③这种"幸福的结尾"（happy ending）是小说叙事模式的要求，也是成长小说所担负的教育、启蒙的需要。而现代成长小说考虑到人成长的多元因素和多元性结果，主人公并不能如愿成长，但现代成长小说仍然展现主人公们努力寻找自我的过程。

在印度英语小说写作中，成长叙事是其中重要的主题之一，它主要存在于

---

① MARCUS M. "What Is an Initiation Story?"[M]// COYLE W. The Young Man in American Literature: The Inititiation Theme. New York: The Odyssey Press, 1969: 32.
② 歌德. 威廉·迈斯特的学习时代[M]. 杨武能, 译. 成都：四川文艺出版社, 2017: 3.
③ 张国龙. 成长小说概念流变考察[J]. 黑龙江文艺评论, 2013(7): 61.

自传体小说和校园小说中。安纳德的自传体小说《人生七阶段》(Seven Ages of Man)以及乔希(Rita Joshi)等人的校园小说较有代表性和影响力。

自传体小说是从主人公自述生平经历的角度写成的一种传记体小说。这种小说是在作者亲身经历的真人真事的基础上,运用小说的艺术写法和表达技巧经过虚构、想象、加工而成的。自传体小说按照时间顺序反映出人物的成长变化经历,也表达人物的情感及对事情的看法,写生活中的经验教训,寓情、理于叙事之中,让读者感受到人物的成长变化,并从中吸取经验和接受教育。印度独立后,安纳德相继出版《七夏》(Seven Summers,1951)、《晨容》(Morning Face,1968)、《情人的自白》(Confession of a Lover,1976)和《泡沫》(The Bubble,1984)等自传体小说,按时间顺序记录主人公克里山(Krishan)从童年到青年时期的成长故事,描写克里山将寻找生命意义、人生价值与印度民族独立运动相结合的自我成长经历。在《七夏》中,安纳德追溯克里山有意识的前七年的童年生活,奠定了自传体小说的前提,书中介绍印度文化传统、生活方式,是一幅人文风情画。在《晨容》中,安纳德描写克里山从少年时代到青年时代的成长历程,重现克里山在世界观、人生观形成阶段,对印度思想的认识与接触西方思想时的困惑。《情人的自白》讲述克里山大学求学阶段的爱情、反抗英国殖民统治的活动,描写他对印度传统生活的理解与反叛。在《泡沫》中,克里山不仅作为一名追求学术的学生来到英国,而且还是一个仍在寻找解决印度现状答案的当代印度人。克里山体验了西方的生活方式,从确切的现实层面体会他之前在理论上了解的概念。在《泡沫》结尾,克里山意识到个人自由的理想要与寻求印度民族独立相结合。

一个人的成长变化无时无刻不受到社会环境的影响,社会的发展变化体现在个人的成长过程中,"不同国家、不同时代的成长小说必然为读者展示不同的社会问题、教育理念、时代主题、社会主导价值观"[1]等。印度英语小说发展的社会历史背景,也决定了它与成长叙事有着紧密联系。安纳德以自传体小说的形式回顾、思考了自己年轻时期的成长经历。在克里山的成长年代,印度处于社会发展的十字路口,当时的印度青年已经看到从过去继承而来的传统生活方式,同时也感受到了截然不同的西方世界现代生活观念。英国的殖民统治更加清晰地映照出被压迫、被奴役的印度与西方的差距,使当时的印度有识之士意

---

[1] 芮渝萍,刘春慧. 成长小说:一种解读美国文学的新视点[J]. 宁波大学学报(人文社科版),2005(1):4.

识到印度的困境,也更明确了争取民族独立的斗争选择。这个选择显然意味着放弃传统的、充满仪式的、迷信的社会,以换取现代的、科学的、有逻辑结构的生活方式,但实际上,这并不是一个简单的选择。克里山的故事与那个时代的印度青年息息相关,他的人生故事代表了印度社会在转型时期的典型境况,对当代印度青年也不无裨益。对于当代印度人来说,在做出选择之前,要批判性地审视印度的传统,重新认识并重构传统,以改变、建设和发展当代印度。印度的困境不是纯粹的物质上的简单选择生活方式和接受西方想法,当代的印度人通过审视他们的传统来重新解释当代的情况,安纳德在自传体小说中表达了这种努力,克里山的故事成为当代印度青年试图理解印度生活的故事。

校园小说(Campus Novel)中的故事发生在大学校园内和周围,描写大学生的生活。这些小说在嘲讽学校生活的同时,也表达对社会、政治的批评、思考和审视,向读者展现了充满活力而又不乏黑暗、矛盾的学院生活。校园小说兼具娱乐性和知识性,可读性很强,幽默之余引导读者反思教育和人生,这使得校园小说在世界范围内广受欢迎。近年来,许多印度英语作家越来越着迷于表现校园生活,通过写作实践为类型写作做出了贡献,丰富了印度英语小说写作。较为著名的作品有库瓦斯吉(Saros Cowasjee)的《再见爱沙》(*Goodbye to Elsa*,1974)、纳达库马尔(Prema Nandkumar)的《原子与蛇》(*Atom and the Serpent*,1982)、纳毗沙(Kavery Nambisan)的《巴拉特的真相》(*The Truth Almost About Bharat*,1991)和丽塔·乔希的《觉醒》(*The Awakening*:*A Novella in Rhyme*,1993)。

《再见爱沙》从主人公作为学生和老师的视角,追溯他不同阶段的学习生涯,讲述他如何最终成为一个精神不稳定的、焦虑的学者的过程和其中的痛苦。作者以讽刺的文本风格展开了一个悲剧的主题,有针对性地使用黑色幽默来说明这个问题。《原子与蛇》同样是一部辛辣的讽刺小说,描绘当代印度校园生活现实而有趣的情形,以教师为叙事对象,揭露日趋严重的道德崩塌和思想、行为的堕落。《巴拉特的真相》讲述一个名叫巴拉特的医科学生从强加的、不可逃避的生活现实中逃离的故事。小说以19岁的巴拉特为叙述者,讲述在他的人生旅程中,陆续发现他自己和这个被称为婆罗多的国家的许多方面的真相。这部小说充满了流浪汉式的幽默,但却隐含着悲伤。《觉醒》探讨了教育机构中的腐败和机会主义这一主题,并让社会注意教师对学术的忽视或缺乏关注。作者让我们对印度高等教育的现状有了深刻的了解,小说用大量的细节描绘了当代印度不良的学习环境。

在校园小说中,大学所象征的高尚道德被设定在生活在校园里的人物的实际行为上。他们和其他生活在校园之外的人一样,有着同样的欲望和自私自利的野心。校园小说中描写的这些人物及其职业,可能比在任何其他职业环境中都更具有讽刺意味。校园小说大多充满喜剧和逃避社会的元素,作者们用幽默、讽刺的方式来表达(或试图纠正)校园里有关人物的愚蠢行为。校园小说在现实主义和实验主义之间摇摆不定,它一方面关注认真的实用主义,另一方面关注包含了戏仿和闹剧元素的小说的喜剧模式。荒诞主义、浪漫主义、自我反思等文体和叙事模式以及机智、警句等表达手段共同形成了校园小说的讽刺效果,用来娱乐和教育读者。

自传性和校园生活是巴哈特的成长小说的主要构成内容,而现实主义风格和讽刺手法同样是巴哈特小说达成叙事效果的主要手段。他的小说利用印度发展过程中的社会问题、社会矛盾和一些生活阴暗面制造主人公成长过程中的障碍、挫折、磨难,让他们在克服困难、解决问题的过程中思考、选择个人内在的精神发展、思想成熟方向。这些主人公的共性特点折射出当代印度青年的共性处境,以及他们在成长过程中遇到的社会问题和个人内在冲突。巴哈特小说写当代社会发展对年轻人成长的有利因素,如女性受教育机会增多等。而小说的叙述分层手法,增强了叙述者在年轻人成长过程中的价值导向作用。小说中的主人公们渴望个体发展,而他们的发展脱离不了社会发展。在新的社会经济发展大潮中,主人公原初的生存环境、传统的家庭文化、代际关系等都促使他们积极追求发展、改变,以获取优渥的收入、更好的生活条件。他们面对新时代里经济发展骤然增多的新机会、新机遇,希望把握社会变革,实现自己的人生价值。巴哈特敏锐地捕捉到印度青年的青春活力与国家经济快速发展间的相互关系,从不同角度展现印度青年的学习、工作、爱情与生活,表现出印度的新兴活力,以及社会发展为青年成长提供的机会和机遇。

"成长小说都坚持认识论和反映论,既反映客观现实,又反映人的内在本质。"[①]在这样的社会环境下,主人公们认为"成长""成熟"是拥有金钱、社会地位的"成功人士"。随着这种价值观引导的"成长",主人公在成长过程中不得不面对社会问题与个人道德的碰撞和冲突,成长过程的曲折和磨难同时体现在人的

---

① 孙胜忠. 美国成长小说艺术与文化表达研究[M]. 合肥:安徽人民出版社,2008:285.

品格完善方面。在巴哈特笔下,不同社会背景的青年都积极争取获得尽可能多的教育。如果说象牙塔里就开始接触到的贫富、权力差异挑战了他们人性中的善良、纯真,进入社会后为了谋取利益不择手段则考验着他们的道德、人格,甚至可能扭曲、颠覆他们的本性。他们在成长过程中,逐渐丧失道德、尊严和人与人之间纯真、真挚的情感。在经历了情感挫折和自我认知的调整之后,主人公实现了内在人格的完善和成熟,实现个人全面而完备的成长。"经典成长小说表现主人公从一种精神状态到另一种状态的成长:不成熟到成熟"[1],然后有一个完美人生结局。在巴哈特的成长小说中,主人公们成长的过程往往充满曲折和磨难,但是结果基本是积极的。主人公们从年轻到成熟,在挫折、痛苦中认识自我和自我价值,接受社会的价值判断,融入社会,积极生活。这种经典成长小说式的结尾,呼应 21 世纪前 10 年印度呈现出的社会经济、文化积极发展的面貌。

成长小说也被称作"教育小说",巴哈特的小说通过描写主人公在当代南亚社会的各种经历中"受教育"和自我教育的过程,向读者传递教育意义,引导年轻人成长。这些作品借助叙事效果拉近主人公与读者的距离,使主人公成长过程中的个人感受与读者产生广泛的共情空间,让年轻人明白个人内在品质、外在形式都需要健康成长。

奇坦·巴哈特[2]1974 年出生在新德里的一个中产旁遮普家庭,父亲在部队工作,母亲是政府雇员。1997 年,他从印度管理学院毕业后,先后在一些知名金融机构工作。2004 年,巴哈特发表处女作《优等生》引起广泛关注。此后,他陆续出版《电话中心一夜》、《三个傻瓜》、《高潮》、《革命 2020:爱情、腐败和理想的故事》(下文简称为《革命 2020》)、《兼职女友》、《印度女孩》和《105 室的女生》(*The Girl in Room 105*,2018)等小说。

巴哈特作品引起印度国内外学者的兴趣。近年来,印度学者从小说的主题、文学现象等角度解读巴哈特及其作品,认为他的作品中展现出一个新印度[3],对印度社会和印度青年具有激励作用。随着由《优等生》改编的电影《三

---

[1] KESTER G T. Writing the Subject:Bildung and the African American Text[M]. New York:Peter Land Publishing,Inc.,1995:7-8.
[2] 奇坦·巴哈特的个人网站:http://www.chetanbhagat.com.
[3] DHAR S. Inspiring India[M]//SEN K,RITURARNA R. Writing India Anew. Amsterdam:Amsterdam University Press,2013:161.

傻大闹宝莱坞》在中国网络流行,中国学者开始关注巴哈特和他的作品。中国学者对他的介绍多集中在对此电影的评论上,从电影本身(电影叙事、电影音乐等)到电影所揭示的社会问题(教育问题等)进行分析。国内出版界对印度的"巴哈特现象"反应灵敏,《三个傻瓜》《高潮》《革命2020》等三部作品被译成中文出版。有学者认为小说反映出当代印度社会经济、文化变化对年轻人社会身份、文化身份的影响,尤其是其中"受过教育的年轻一代妇女……开始以独立、自信的形象定位自身的社会身份"[①],女性形象凸显出新世纪以来印度女性在家庭身份、就业等方面的变化。

中外学者较多关注巴哈特小说内容的"传道"功能。一方面,巴哈特早期的小说如《优等生》《高潮》等带有一定的自传色彩,很容易让读者将作品中的人物与真实作者结合起来。巴哈特将计就计,充分利用读者的这种认同心理,以特有的叙述分层增强小说的教导功能。另一方面,他的小说通过塑造不同类型、背景的青年形象,用人物的成长经历反映当代印度社会变化、社会问题,传递积极向上的精神,批评他们在成长过程中所犯的错误等,这些都是巴哈特小说不可忽视的特色。巴哈特小说作为商业小说呈现出明显类型化的创作特点,作品以相似的结构模式,利用叙述者的身份、所处的文本位置等形成具有特色的叙事交流关系,从而表明叙事内容,达到叙事目的。

第二节　巴哈特小说中青年成长的契机

巴哈特的小说遵循着一般成长类型小说的故事模式,主人公是受过良好教育的年轻人,为了改善生活他们开始了实现自我价值、追求成功的发展之旅。这些故事模式可以简单地概况为图2.1。

巴哈特的小说以20世纪90年代以来经济改革后的印度社会为背景,以普通印度青年为主人公,描写他们成长过程中生活、学习、爱情和工作等情况。在主人公的成长阶段,他们学习、受教育处于相同的成长起点,但有的人进入名牌

---

① 吴燕.印度当代女性身份的新变化:以奇坦·巴哈特小说中女主人公身份为例[J].吉林省教育学院学报(下旬) 2014(9):124-125.

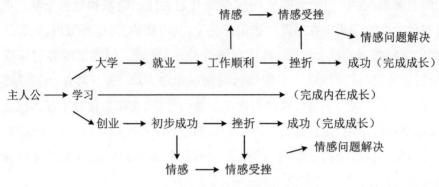

图 2.1 成长型小说的故事模式

大学学习继而获得好的职业,而有的人不得不开始自己创业,他们之后的发展,都是在挫折、成功的交替中不断成长,这其中,还伴随着个人情感发展的起伏。主人公在事业挫折、情感失利中认识自我,不断完善个人道德修养,最终达到内心和外在(事业)的成功,完成全面成长。

小说中主人公们成长过程中的条件、契机以及经历的事情等相互交错、彼此影响,既是成长的促进因素也是制约条件。随着印度社会经济发展,人与人之间关系的新迹象、新的工作机遇以及由此带来的方方面面的变化,都影响着青年的成长与发展。

一、传统社会文化因素对青年身份的影响减弱

身份(identity)这个概念已经成为心理学、社会学等学科研究中的一个关键词,和类别、角色等概念相联系,揭示的是生活在社会中的个体与社会的关系。"随着当代西方各国身份政治(表达和争取与一定特性相适应的权利的策略和社会实践)日趋盛行,身份才作为文化研究的特定议题脱颖而出。"[1]文化身份(cultural identity)又可译作文化认同,"主要诉诸文学和文化研究中的民族本质特征和带有民族印记的文化本质特征"[2]。在印度,宗教派别、种姓归属是识别人们身份的重要标准,宗教身份、种姓身份是印度人的文化身份中最具民族特征的部分。种姓制度是印度教社会特有的等级制度,具有极强的生命

---

[1] 钱超英. 身份概念与身份意识[J]. 深圳大学学报(人文社会科学版),2000(2):90.
[2] 王宁. 文学研究中的文化身份问题[J]. 外国文学,1999(4):49.

力,自它产生以来直至今日,一直影响着印度教教徒、印度教社会的方方面面,对其他宗教信仰的人也具有广泛的影响力。千百年来,宗教身份和种姓身份一直被用来界定印度人与人之间的关系,影响人们在社会中的职务、地位,既能增加人们上升的机会也能成为他们上升的阻碍。小说作为反映社会文化的文学创作,作品中的人物身份也应该呈现出印度社会特有的文化身份特点,然而,巴哈特小说弱化、模糊人物的宗教身份、种姓身份。

1. 人物的宗教身份不突出

《革命2020》里的故事发生在宗教圣城瓦拉纳西(Varanasi),小说从头至尾却没有明确告诉读者主人公戈帕尔(Gopal)的宗教身份。戈帕尔通过勾结权贵、贿赂官员、欺骗民众等卑鄙手段发家致富,这样的故事也可以发生在任何一位生活在其他城市、信仰任何一种宗教的青年身上。《高潮》中,克里希(Krish)和阿楠雅(Ananya)分别来自锡克教、印度教两个家庭,尽管他们宗教身份不同,可对旁遮普人家庭和泰米尔人家庭来说,宗教信仰差异并不比饮食口味、音乐风格差异显得重要。《三个傻瓜》是对人物的宗教身份描写较多的一本小说,以沙(Ish)珍视、保护的板球天才阿里是个穆斯林少年,他克服自己不愿同穆斯林交往的心理,甚至在宗教冲突中不惜冒着生命危险保护阿里。板球被视为印度的国球,在板球运动中,不管是来自贫民窟的人还是上层社会的人,都一律平等,这项运动有团结全部人的力量。以沙和阿里因为对板球的热爱而忽略了宗教信仰不同,板球所承载的文化才是真正凝聚他们的共同信仰。

2. 人物的种姓身份不明确

在《革命2020》中,戈帕尔的父亲是公立学校的老师;在《三个傻瓜》中,以沙的父亲在电话局上班,戈温德(Govind)的母亲是卖古吉拉特邦特色小吃的商贩。这些信息只能获知人物所从事的职业,不容易分辨出他们的种姓身份。在《电话中心一夜》中,6位主要人物尽管出生背景、生活习惯不同,但他们都以新兴的电话服务行业为平台,设计自己未来事业发展并为此付出努力。即使像《三个傻瓜》那样,写明"欧米(Omi)的爸爸是斯瓦米哈克提寺庙的祭司"[①],但这明确的种姓身份并不是为了体现种姓制度对小说人物的影响,只是为了说明

---

① 奇坦·巴哈特.三个傻瓜[M].林冠,译.北京:新世界出版社,2012:14.

"天生就缺根筋"的欧米适合从事祭司职业,而不是身为婆罗门种姓就要当一位"祭司"。《高潮》中,克里希就说"不清楚自己是什么种姓"①,阿楠雅是位泰米尔婆罗门,"出身于自古以来最最纯正的高贵种姓",但她和其他泰米尔婆罗门戒酒戒肉不同,在男朋友的宿舍里喝酒吃鸡肉。阿楠雅不遵从传统的婚嫁习惯,拒绝家庭安排的与同种姓男子的婚姻。她的种姓身份与人物不受种姓制度约束的个性形成强烈对比,冲击了人们对种姓身份的固有认识。

巴哈特的小说淡化了人物文化身份,反映出当代印度社会中传统文化形式和影响的变化,体现出印度青年对传统文化规定性的新认识,对不以宗教、种姓等文化条件来划分社会阶层的吁求。首先,教育提供了改善文化身份的可能性。在《革命2020》中,家庭贫富状况和父亲的职业地位高低并没有影响三位主人公成为好朋友,他们到彼此家去做客,甚至吃一个便当盒里的饭菜。他们从小一起上学,拥有平等的朋友关系,平等地受教育。其次,现代学习、工作和生活方式等为改善文化身份提供了环境条件。《高潮》里写道,在大学食堂里,学生们不分宗教、种姓和性别,都要排队打饭,食堂师傅们一视同仁地给大家分发食物,并不因为学生的文化身份不同而拒绝服务。阿楠雅能入职一家国际品牌公司,也不是因为她属于高种姓婆罗门。

人物传统文化身份模糊,表明当代印度青年希望有更多展现才能的机会,而不是以宗教身份、种姓身份被划分到相应的群体,限制个人发展。随着社会发展,在新的时代里,社会各阶层都有权利重新定义自己,"人类身份不是自然形成的,稳定不变的,而是人为建构的"②。在印度,尽管短期内种姓、宗教身份不会发生本质性的变化,但社会政治经济的发展,会要求人们以新的方式来处理传统文化身份。

二、教育与新兴产业拓展青年成长的空间

"印度近二十年来之所以能从一个相对封闭落后的国家突飞猛进,不断向大国迈进,其秘诀就是大力发展教育和科技。"③教育发展丰富了印度的人力资源,科技发展促进了新兴产业发展,这些都为印度青年提供了新型就业机会,印

---

① 奇坦·巴哈特.高潮[M].蔡保学,译.北京:新世界出版社,2012:10.
② 爱德华·W.萨义德.东方学[M].王宇根,译.北京:生活·读书·新知三联书店,1999:427.
③ 赵中建,等.印度基础教育[M].广州:广东教育出版社,2007:3

度中产阶层年轻人的社会身份更多地由职业和收入来界定。

1. 教育帮助青年实现成长的理想

在印度,每年都有中学生因为考试成绩不理想而自杀的新闻,还有报道称有些家长为了让孩子取得好成绩,甚至联合起来集体作弊,这些教育中存在的问题也从侧面说明教育对学生和家长的重要性,正如巴哈特小说中所描写的那样,学校教育为年轻人实现身份理想起到助力、加速的作用。

学生和家长重视教育,不惜代价进入好大学。考上一所好大学,意味着就会有好的就业机会、好的择偶条件,是未来稳定、富裕生活的保障。《电话中心一夜》中,普里扬卡(Priyanka)已进入电话中心的管理层,但她工作之余还继续学习大学层次的商务专业知识,并计划大学毕业后自己开公司。《高潮》中,克里希和阿楠雅被就读的印度理工学院视作"未来的 CEO"[①],他们两人毕业后在国际银行和跨国企业任职。《革命2020》中,戈帕尔的父亲是公办学校教师,收入微薄。戈帕尔联考失利后,父亲宁愿借高利贷也要把他送到外地考试复习机构去补习,期望他通过考试入读好大学从而获得好的前程。为了支付戈帕尔辅导班的学费,他们家的"欠款总额已经达到了 15 万卢比,放高利贷的人每个月要收 3‰ 的利息"[②]。这是当下部分印度家庭的写照,家长把孩子送入各种补习班,进入考试培训流水线。《三个傻瓜》中,戈温德就利用自己数学成绩好的优势,做家庭教师补贴家用。《兼职女友》中,马德乌(Madhav)怀揣服务家乡教育的理想到德里求学,渴望用在大都市学习到的先进知识、思想为古老的家乡带去现代气息。

巴哈特小说还揭露了印度教育中存在的诸多问题,在批判弊端的同时,它也说明教育对青年实现身份理想的重要作用。巴哈特小说都或多或少地描写了主人公在中学、大学的求学情景,在展现青年们学校生活的同时,也描写了学生要面对的联考压力、教学僵化、不良校园人文环境等问题。随着印度社会发展,传统教学模式和教学内容显示出滞后、迂腐的一面,青年人需要新鲜、充满活力的学校教学内容。《优等生》里的三位主人公就读的印度最著名的理工大学里却充斥着教条、死板的教育方法和华而不实的教育内容,教师不鼓励学生

---

① 奇坦·巴哈特.高潮[M]. 蔡保学,译. 北京:新世界出版社,2012:6.
② 奇坦·巴哈特.革命 2020:爱情、腐败和理想的故事[M]. 林冠,译. 北京:新世界出版社,2013:98.

从实际需要创新技术,却推崇死记硬背教材里的定义。从电影《三傻大闹宝莱坞》的受欢迎程度,可见小说对印度教育现状的嘲讽和批评得到广大青年的认同。随着印度城市化发展,在一些大城市的高校中,城乡差别成为学生受到歧视的原因,如,来自偏远地区农村的学生的英语口音和流利程度也会成为嘲笑对象。《兼职女友》中,马德乌的经历就揭示了印度高校里的这种现象。老师、同学们听不懂马德乌带有浓厚地方口音的英语,在体育课上,他土气的打球方式也招来同学们异样的眼光。马德乌是幸运的,他遇到了心地纯洁、没有歧视观念的丽雅(Riya),还和她成了朋友并受邀参加她的生日聚会。聚会上,马德乌在城市时尚人群中显得局促不安,这是很多在大城市奋斗的农村青年的共同感受。

2. 新兴行业为青年发展提供机遇

巴哈特小说的主人公多是大学生或刚步入社会的青年,他们受过良好的教育,在新兴的IT、工程、银行和销售等行业有着收入不菲的工作。印度政府自20世纪80年代开始实行经济政策调整以来,每年有大量青年,包括下层劳动者,通过学校教育,走入中产阶级队伍。新兴中产阶层多集中在技术性专业人员、生产和销售部门的管理人员以及大型企业中从事文书工作的人员和管理人员等,巴哈特的小说表现出当代印度青年择业的新趋势和积极创业精神。

印度被戏称为"世界办公室",尤其是电话服务中心,成千上万的印度青年投身到这个新行业中,他们的工作、生活也为印度电影、文学等提供了丰富的素材。《电话中心一夜》描写的就是一群电话服务行业里的青年工作、生活的情形。电话服务中心的接线员夜里上班,给远在美国的企业客户提供电话咨询服务,他们因为工作关系过着日夜颠倒的生活,很多人期待工作带来的高收入为自己创业打下物质基础,就像主人公希亚姆(Shyam)一样并不安于在电话中心做个接线员,他们都想从电话中心走出去实现自己的梦想。《高潮》的男女主人公是毕业于名校的金融精英,在跨国公司里实现了自己的人生价值。

印度经济发展给年轻人提供了创业机会。《三个傻瓜》中,三位主人公的家庭并不富裕,以沙家的"电话有很多,但不代表收入也有很多"[①],欧米的父亲"为自己老婆的祖业卖命,同样也挣不了几个钱"[②],戈温德很早就通过给别人

---

①② 奇坦·巴哈特.三个傻瓜[M]. 林冠,译. 北京:新世界出版社,2012:14.

辅导数学来帮助母亲维持生计。他们中学毕业后游手好闲，无所事事，被家人嫌弃。三人希望通过经营板球用品店来改善自己的经济状况，经过两年的努力，他们成为家人和邻居眼中的成功者，体面地和客户谈生意，"那6名受过良好教育、50开外的先生们也都站起来，跟我一一握手"①，他们可以拿出11万卢比租豪华店面扩大营业，还可以去果阿、澳大利亚旅游。三个喜爱板球运动的年轻人将个人爱好和事业结合起来，他们不仅开办板球用品商店和板球培训班，还把挣来的钱用于开阔眼界，去国外看板球比赛，和高水平选手交流等，经济收入也提升了他们的社会身份和地位。《革命2020》中，戈帕尔联考屡次失利，他最终放弃了考上名牌大学、找个好工作或考上公务员的努力。他勾结当地权贵势力，在祖传的土地上盖教舍兴办大学，以毕业后找到好工作做诱饵招揽那些像他当年一样怀揣理想的青年人入学。戈帕尔从一个单纯青年堕落为唯利是图的商人、从不名一文的落第考生成为知名大学校长，作者在抨击印度社会的腐败和它对青年的腐蚀之余，也不得不承认，经济发展为年轻人提供了更多冒险机会。

教育和新兴行业的发展，为青年实现身份理想提供了更为广泛的空间，他们得以获得向上的社会流动空间，使他们的社会身份更为清晰，"个体认识到他（她）属于特定的社会群体，同时也认识到作为群体成员带给他的情感和价值意义"②。随着全球化进程和印度经济发展，印度在消除"贫穷、愚昧、疾病和机会不平等"③等方面取得一定成果。经济发展同样更新了一些社会观念，优越的工作和富裕的生活成为人们追求的目标，中产阶层的壮大鼓励印度青年积极寻求事业成功、增加经济收入，以拥有较好的社会身份，巴哈特小说中的主人公，毫无例外地都遵循着这样的发展轨迹。

三、新型两性关系促进青年成长

巴哈特小说中，伴随着青年身份影响因素、成长空间的发展变化，在爱情、婚姻、家庭中青年男女的两性关系同样发生变化，职业女性如何平衡传统的家庭身份与社会身份之间的关系，影响着当下青年的成长和发展。

---

①③ 奇坦·巴哈特.三个傻瓜[M].林冠，译.北京：新世界出版社，2012：137.
② 涂有明.社会身份理论概述[J].延边党校学报，2009（5）：69.

1. 青年女性在两性关系中的自主性增强

在当代印度,父母包办还是绝大多数青年步入婚姻的主要途径,种姓、宗教信仰、地域文化差异等都是在缔结婚姻时需要考虑的条件。随着社会文化、经济发展,越来越多的女性接受教育、步入社会,她们的生存方式不再限于结婚、生子,活动范围也超出了家庭空间。巴哈特小说中青年男女跨越种种差异的婚恋故事,向旧传统、旧观念、旧习俗发起挑战,显示出女性在两性关系中较强的自主性。

教育、职业为女性自主选择爱情、婚姻提供了条件。《高潮》中,阿楠雅就读的大学是未来企业家的摇篮,她也是本就为数不多的女学生当中的佼佼者,大学毕业后,顺利进入跨国企业工作。阿楠雅出身于南方城市金奈的高级婆罗门家庭,家人替她相中了一位在美国工作的成功男性。阿楠雅大学时的恋人克里希则是德里一个旁遮普人家的孩子,为了追求她不惜到金奈工作,还要讨好她的家人、与她的"准新郎"竞争。阿楠雅在两人的关系中显然处于主动地位,在宗教信仰、地域差异和家人阻碍面前,如果她不坚持选择克里希,两人仅凭爱情也无法走入婚姻阶段。《兼职女友》中,丽雅思想先进、性格开朗,是位喜欢运动、富有活力的都市时尚女郎。她的家族属于德里富有的中产阶层,是发展中的新兴经济势力。男主人公马德乌则是北方农村青年,虽然拥有贵族王子头衔,但家徒四壁,俨然无法比肩丽雅的家庭经济实力。丽雅在看似活力四射的生活环境中却心情焦躁、缺乏人生目标,她出走美国,靠在酒吧演出谋生。马德乌去美国找到丽雅,带她回到家乡,让她在向乡村孩子传授现代知识的工作中获得人生价值,找到生活的真谛。这对看似经济地位悬殊、社会处境差异的青年,找到了共同的人生追求,既取得了事业成功,也收获了甜蜜的爱情和幸福的生活。

女性经济独立是她们自主择友、择亲的基础。巴哈特小说中的女主人公都积极投身不同的职业领域,是经济独立、人格独立的女性。《印度女孩》的主人公拉蒂卡(Radhika)在跨国金融投资公司上班,经常往来于美国纽约、英国伦敦和中国香港等地。她在工作中独当一面,对待爱情和婚姻的态度也毫不含糊。她有数段恋爱经历,甚至还听任内心感情,和一位有妇之夫维持过长久的婚外情人关系。家人为她安排好婚事,新郎是在美国工作的青年,双方带领各自亲属到了果阿,准备婚礼。但是拉蒂卡认为自己在婚礼前并不了解新郎,她也没有处理好与前任的关系，更重要的是她不愿意放弃自己的生活方式，就在结婚前夜取消婚礼。她去世界各地旅游，在旅游中认识自我、找寻人生方向。作者从女性独立自主选择职业、爱情、婚姻等角度来表现当代印度女性。巴哈特认同女主人公有选择自己生活的自由，也肯定女主人公及时醒悟不再沉陷于与男上司的婚外情之中。随着社会发展，女性有许多机会按照自己的意愿生活，但如何处理好情感和道德的关系，巴哈特通过小说故事中的人物表达自己的价值倾向，反对不顾道德、伦理一味追求个人感受和喜好的行为。

2. 女性家庭身份的新样态

在巴哈特小说中，城市化和现代化给女性提供了自我发展和职业发展的机会，女性家庭角色和身份职能也发生了变化，女性和男性一样参加工作，是家庭经济来源之一，也是物质生活的建设者。阿楠雅毕业后在跨国公司任职销售经理，收入与克里希不相上下，她在家庭中的作用不再是传统意义上的做饭、生孩子、照顾家庭，她的身份职能拓展为为家庭建设提供资金。《兼职女友》中，丽雅跟随马德乌回到农村后，把马德乌家祖传的旧宫殿改造成乡村学校，她在学校教学工作之余，还开展乡村旅游，吸引世界各地的人去体验田园生活，获取收入以保证学校运转。丽雅既是马德乌的妻子，也是他的工作伙伴。

巴哈特小说中的男主人公与在传统家庭中处于支配地位的男性不同，他们渴望女主人公的接受和认同，与女主人公的关系更为平等。《高潮》序幕里，克里希因为失恋还跑去求助心理医生。《三个傻瓜》尾声中，失去友情、爱情的戈温德自杀获救后，他爱慕的女孩到病房看望他，给予他信心和力量才使他真正恢复生机。《革命2020》中，戈帕尔虽成为腰缠万贯的私立大学校长，但心爱的女孩离他而去，事业成功对他来说也显得索然无味。

在巴哈特的小说中，男主人公为爱情付出努力和牺牲，在夫妻关系中，他们也不像传统男性那样处于主导地位，他们既把女友、妻子当作生活伴侣，也是事业上相互帮助的伙伴。女性们个性坚强、思想丰富，在家庭、工作中与男性平等。巴哈特在小说中表现的男女关系、婚恋关系，鼓励着当代印度青年追求自由、平等的两性关系。

通过本节分析可知，巴哈特小说的叙事内容包含印度青年从求学、工作到婚恋生活的很多方面，通过拥有不同社会背景、行业和成长经历的青年形象加以展现。读者与现实社会生活相结合，从小说讲述的故事中了解人物的成长契机、成长收获等内容。从文本叙事方法来看,巴哈特通过叙事分层形成的沟通效果,使人物的成长经历更富有教育意义。

第三节 巴哈特小说的叙述层次与"巴哈特"的交流功能

巴哈特的小说在呈现叙述内容时,有着较为固定的叙事分层结构,他把"巴哈特"以故事中一员的形式融入到叙述过程中,有意"误导"读者将真实作者巴哈特与小说里的"巴哈特"视作一人,增强小说文本的真实感,拉近读者与故事的距离,以实现小说对读者的引导作用。

一、巴哈特小说的叙述层次、叙述者

巴哈特的小说在文本结构、叙述层次和叙述者方面都有较为固定的模式,他的小说一般由序幕(prologue)、尾声(epilogue)和小说主体(chapters)三部分组成。小说主体部分采用第一人称叙事,讲述故事内容,可视为主叙述层。本章第一节介绍的小说内容,从文本结构上说,是小说的叙事内容集中的主叙述层,由此层次中的叙述者讲述。从叙事交流分析中可以看出,叙述者巴哈特的文本功能以及其与真实作者巴哈特的关系等因素,读者对主叙述层的故事、人物等也有了一定的心理期待和心理建构。从小说叙事话语方式看,故事经历者作为叙述者,以第一人称讲述自己经历,直接与读者交流,缩短了交流距离,增强了交流可信度。小说的叙述层次如图2.2所示。

具体来说,序幕主要讲述小说主体部分的写作缘起,尾声衔接序幕内容,讲述小说主体部分的主人公之后的结局。序幕和尾声也采用第一人称叙事,一起构成次叙述层。中外叙述学界对叙述分层讨论很多,热奈特对于叙述层次区别的解释为:"叙事讲述的任何事件都处于一个故事层,下面紧接着产生该叙事的叙述行为所处的故事层。"① 赵毅衡定义叙述分层为:"上一叙述层次的任务是

---

① 热奈特·热拉尔. 叙事话语新叙事话语[M]. 王文融,译. 北京:中国社会科学出版社,1990:15.

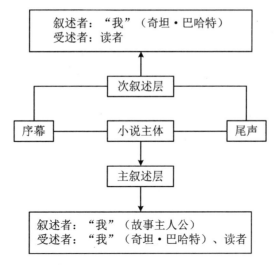

图 2.2 巴哈特小说的结构示意图

为下一个层次提供叙述者或叙述框架。也就是说,上一叙述层次的某个人物成为下一叙述层次的叙述者,或是高叙述层次的某个情节,成为产生低叙述层次的叙述行为,为低层次叙事设置一个叙述框架。"①里蒙·凯南认为:"一个故事里总有个讲故事的人,至少每句话,或记录下来的每句话是以有一个说这句话的人为前提的。从这个意义上讲,总有一个讲故事的人。即使一个叙事作品文本只是一段段对话,或是从玻璃瓶里找到的一份手稿,或是被人遗忘的信件或日记,除了有进行对话的说话人,写那些信或手稿的人以为,还有一个处于'较高'位置上负责把那一段段对话'引来',或把那些手稿和信上的文字'转抄'下来的叙述权威。"②在巴哈特的小说中,不同叙述层中"讲故事"人的身份不同。

在序幕构成的次叙述层中,叙述者"我"是作家奇坦·巴哈特,他和聚焦对象(说话者或交谈对象或收到的信件、日记等)之间的故事引导出主叙述层文本。主叙述层中的故事经历者并非次叙述层的叙述者③,而是次叙述层中的聚焦对象。以《105室的女生》序幕中的内容为例:

"我看到你的登机牌了,奇坦·巴哈特,那位作家,对吧?"

---

① 赵毅衡.广义叙述学[M].成都:四川大学出版社,2013:264.
② 里蒙·凯南.叙事虚构作品[M].姚锦清,黄虹伟,傅浩,等译.北京:生活·读书·新知三联书店1989:159.
③ 《优等生》《高潮》中,序幕中的叙述者在身份上是主叙述层的叙述者,但主叙述层的故事发生在序幕之前,从这个角度看,两个叙述层中的叙述者存在差异。

"现在是具僵尸。"①

"为此,我要告诉你全部的故事。"

"那就说说吧,或许我也会把它写出来。"②

这里,作家奇坦·巴哈特在海得拉巴飞往德里的航班上,邻座的男子认出了他,两人经过一番交谈后,巴哈特知道男子的名字是"Keshav Raipurohit",以教书为生。男子提出向巴哈特讲述自己的故事,巴哈特同意了,并表示可能会把他的故事写出来。在序幕之后的第一章(Chapter 1)中,叙述者是名为"Keshav"的"我",讲述自己和朋友深夜喝酒,收到前女友发来的短信。此外,"我"的职业是某个培训机构的老师,这些和序幕中邻座男子的信息一致。可见,小说第一章以后的"我"是序幕里的邻座男子,即次叙述层中和叙述者巴哈特进行对话的、讲述故事的人。

巴哈特其他小说的序幕中都有类似的情节。小说序幕有完整的故事情节,常见的模式是有人想把自己的故事告诉"我",希望"我"将故事写出来。叙述者"我"通过听人讲述、阅读(日记、信件)等方式获得主叙述层的故事③。这里叙述者共同的身份是深受读者(尤其是青年读者)喜爱的畅销书作家奇坦·巴哈特。如《电话中心一夜》的序幕里,在火车上和女旅客对话的就是那个写《优等生》的当红作家奇坦·巴哈特。女旅客知道对话者身份后,就提出给他讲一个故事,并要求他把这个故事作为其第二部作品的内容。《三个傻瓜》的序幕中,畅销书作家奇坦·巴哈特收到了陌生读者讲述自己经历的来信。

在小说尾声④中,序幕里的叙述者和主叙述层里的人物发生接触,介入到后续故事中。从小说序幕部分的内容可知,主叙述层的故事发生在序幕里的事件之前,序幕里的叙述者并未介入主叙述层的故事。如在《兼职女友》序幕中,奇坦·巴哈特收到马德乌的日记并阅读。在尾声中,写他读完日记后,去农村拜访马德乌一家,叙述马德乌和女主人公现在的生活情形。在尾声部分,次叙述层的叙述者奇坦·巴哈特和主叙述层的人物和故事产生交集。《三个傻瓜》

---

① BHAGAT C. The Girl in Room 105[M]. Seattle:Westland,2018:1.
② BHAGAT C. The Girl in Room 105[M]. Seattle:Westland,2018:2.
③《高潮》的序幕中,叙述者向心理医生讲述自己的经历,即主叙述层的故事。
④《优等生》《印度女孩》《105室的女生》等小说没有专门题为"尾声"的部分。《优等生》《印度女孩》前言部分的叙述者和小说主体部分叙述者统一。《印度女孩》最后是题为"三个月后"的结尾部分,类似于其他小说的尾声部分,交代了女主人公的结局。

的尾声部分也一样,巴哈特去医院看望主叙述层的叙述者,两个叙述层合二为一。

像《105室的女生》的一样,巴哈特小说的主叙述层,通常也采用第一人称叙事,叙述者"我"是故事主人公,也是次叙述层中的信件、日记的主人或故事讲述者,主叙述层的叙述者是次叙述层的叙述聚焦对象。《优等生》中,叙述者巴哈特说明,他为了故事生动"让"主人公希亚姆作为讲述者(即主叙述层的叙述者)。在序幕部分的叙事交流中,叙述者会解释下文主叙述层出现的缘由、故事由来等。

简单来说,巴哈特小说中的叙述者有些共同特点。从文本构成来看,各叙述层有自己的叙述者。主、次叙述层中的故事存在时间跨度,主叙述层的故事发生在次叙述层的故事之前。主、次叙述层的叙述者在文字表述上多以第一人称出现,但两者并非同一人。次叙述层的叙述者是主叙述层故事的受述者。由于次叙述层中的巴哈特应要求记录故事,在文本表现上,主叙述层的叙述者不是巴哈特。值得注意的是,次叙述层的叙述者"奇坦·巴哈特"的身份、经历和小说实际作者奇坦·巴哈特的相似(或相同),两个巴哈特的身份存有无限趋同性,几乎达到合二为一的地步。里蒙·凯南认为应该将叙述者和被叙述者作为必要的构成要素纳入叙述交流过程,"叙述者所属的叙述层次,叙述者参与故事的程度,叙述者的作用被感知的程度,以及叙述者的可靠性,都是决定读者如何理解故事,对故事采取何种态度的关键因素"[①]。"在文学叙事中,'故事以及所有渗透到故事世界中的细节——人物、事件、情景、环境等都是通过叙述者的声音来调节的'"[②],考察叙述者在文本、读者的叙事交流中的关系,有助于了解读者对巴哈特小说的认知和接受程度。

二、巴哈特小说的叙事交流:叙述者巴哈特、真实作者巴哈特和读者

在经典叙事学和后经典叙事学范畴里的心理叙事学(psychonarratology)中,叙事交流的参与者有不同的含义。本文认为,巴哈特小说作为通俗畅销小

[①] 里蒙·凯南.叙事虚构作品[M].姚锦清,黄虹伟,傅浩,等译.北京:生活·读书·新知三联书店 1989:169.
[②] 张万敏.认知叙事学研究[M].北京:中国社会科学出版社,2012:134-135.

说,它更关注真实读者(小说购买者)对作品的接受程度,使叙事交流过程更吻合心理叙事学提出的叙述者与读者的交流模式。因而,不同叙述层的叙述者和读者的关系影响着小说内容接受和叙述修辞意义生成。

1. 叙事理论中的三种叙事交流模式

小说作为叙事文必然涉及交流,会有信息、信息传递者和接受者等因素。在经典叙事学研究中,大多数叙事学家认可美国叙事学家查特曼的叙事交流图(图2.3):

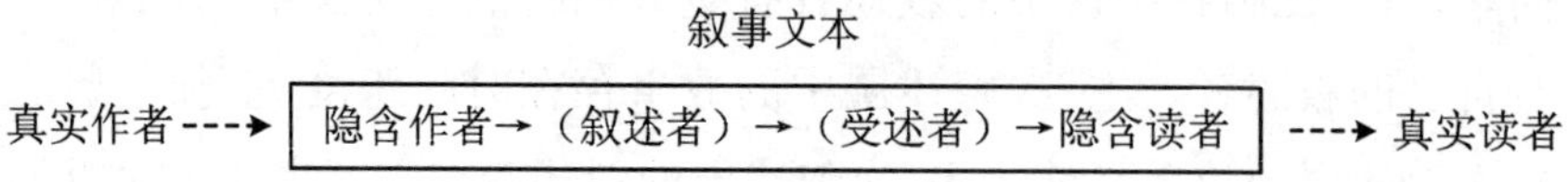

叙事文本

真实作者 ---→ 隐含作者→(叙述者)→(受述者)→隐含读者 ---→ 真实读者

图 2.3 叙事交流图

交流模式包含隐含作者(implied author)、隐含读者(implied reader)、叙述者(narrator)、受述者(narratee)等概念。真实作者和真实读者置于文本方框之外,这两者与方框的虚线箭头表明两者不属于结构主义叙事交流分享的范围。布思在《小说修辞学》中提出"隐含作者"的概念,指处于某种创作状态、以某种立场写作的作者,是文本"隐含"的供读者推导的写作者形象。隐含作者和真实作者的区别是其分别代表着处于创作过程中的人和处于日常生活中、现实中的人。但是,不少叙事学者对隐含作者的概念以及它在叙事文本中的交流方式和作用,存在不同的看法。里蒙·凯南就对查特曼的模式提出两点不同看法。她认为,如果把隐含作者和真实作者、叙述者区别开,就必须把隐含作者的概念非人格化,将其看作一整套隐含于作品中的规范。她还建议将叙述者和被叙述者作为必要构成要素,纳入叙述交流过程。[①] 叙述者可以指语言、视觉的主体,是一种功能,是叙述交际场合的参与者。叙述者的身份及其在文本中的表现程度和方式都赋予文本独有的特征。

与里蒙·凯南对叙述者参与叙事过程的强调相似,心理叙事学的提出者鲍特鲁西(Bortolussi)和迪克森(Dixon)认为,文本是读者与叙述者交流的场所,读者通过将叙述者看作自己的对话伙伴进而对叙事文本进行处理,来面对叙事

---

① 里蒙·凯南. 叙事虚构作品[M]. 姚锦清,黄虹伟,傅浩,等译. 北京:生活·读书·新知三联书店 1989:158-159.

世界中的事件、人物、聚焦对象等问题。对于读者与虚构人物叙述者的交流,心理叙事学提出"好像式"会话(as-if communication)模式这一假设。与经典叙事学认可的叙事交流图中的"读者"概念相比,由于心理叙事学强调叙事交流需要读者通过建构心理表征的方式对叙事文本中的故事进行认知和叙事处理,它对读者的概念有所发展。该理论提出"读者群""统计读者"和"有血有肉的读者"(flesh-and-blood reader)等概念。在本节中,重点考察"有血有肉的读者"参与叙事会话的情况。申丹认为"有血有肉的读者"和"实际读者"是同义词,指居于现实世界的实际的人,能够从事阅读活动的人,特别强调他们在叙事处理和认知过程中的作用。

在"好像式"会话模式中,"有血有肉的读者"将叙述者当作会话参与者,通过假设自己与叙述者"好像"正在参与一个会话情境的方式来表征叙述者,叙事文本被当作与言语行为相类似的东西来看待,叙述者被读者赋予口头会话伙伴的功能、品质。在这个会话模式中,"读者"概念不同于经典叙事学中的"读者"概念。本节中,读者是指现实生活中、有血有肉的真实读者。他们被单纯作为信息接受者看待,在这个会话模式中[①],从巴哈特小说来说,读者与文本中巴哈特、真实作者巴哈特的关系影响着对小说叙事内容的接受、理解以及价值判断。从叙述者巴哈特与读者关系、与真正作家巴哈特的关系等方面分析,可以看出巴哈特小说对当代印度青年成长的影响。

2. 叙述者巴哈特

在上文分析中,叙述者巴哈特首先存在于次叙述层,它的信息接受者是读者。根据小说文本,读者得出叙述者巴哈特的显性特征,即名为"奇坦·巴哈特"的畅销作家(例如,出版了《优等生》等)。但由于它和真实作者奇坦·巴哈特的无限趋同性,叙述者巴哈特还有一些隐藏的作用。

(1) 叙述者巴哈特:文本功能。

叙述者巴哈特对故事的参与程度,影响着读者对作品的接受程度。叙述者巴哈特跨层次地参与叙事,他的活动和态度等引导读者接受和评价主叙述层的故事、人物。巴哈特小说的文本结构基本相似,大多由主、次叙述层构成。次叙

---

① 张万敏.认知叙事学研究[M].北京:中国社会科学出版社,2012:153-156.

述层的叙事者为"巴哈特"(《印度女孩》除外①),属于小说人物之一,具有叙事功能和叙事修辞作用。从文本结构来看,叙述者巴哈特连接小说两个叙述层,使小说主体中的故事、人物经历更加完整。前文说过,主叙述层的故事时间发生在次叙述层的时间之前,序幕(次叙述层)中的被讲述者(即主叙述层的讲述者)开始回忆自己的故事。从叙事效果来看,这种结构能引起读者的兴趣。从叙事内容上看,读者了解主叙述层的故事后,可以将两个叙述层中的人物故事结合起来,从次叙述层中的人物现状了解主叙述层的故事结局和事件影响,从而得出价值判断。拿《三个傻瓜》来说,序幕从巴哈特收到一封自杀遗言邮件开始,一方面引起读者的担心和好奇,另一方面描写出主叙述层中讲述者目前的困境:他期望获得一个叫以沙的人的谅解,他还想跟一个叫薇迪娅的姑娘说几句话。主叙述层的故事揭示(讲述)邮件作者困境产生的原因,即写信者的经历,在尾声的次叙述层揭晓写信者的最终结局。读者和巴哈特知道写信者戈温德因为自私、只顾做生意挣钱,使好朋友欧米在教派冲突中遇害,另一个好朋友以沙保护的板球奇才阿里在冲突中受伤。戈温德也失去了心爱姑娘薇迪娅的信任。戈温德三年来不断地弥补自己所犯的错误,但始终得不到朋友的谅解,他失望地自杀。次叙述层利用巴哈特(叙述者)完整呈现了主叙述层的人物、故事,读者同时也对戈温德和他朋友们的行为做出评断,也通过巴哈特的描写和作品中的以沙、薇迪娅一样原谅了戈温德。

类似的结构在其他小说中达到同样的叙事功能和评价效果。《革命2020》的次叙述层中,戈帕尔认为自己事业成功而感情和道德都失败,他清醒地认识到自己的错误,在对巴哈特的讲述中回忆、反思自己逐渐堕落的经过。《兼职女友》的序幕中,巴哈特一口气读完马德乌的日记后,忍不住从垃圾桶捡回写有他电话号码的纸片,邀请他前来亲口讲述他和丽雅的故事,读者因而也就好奇地顺势读完主叙述层故事。虽然像书中写的那样,作家没有给故事中的人物贴上好人、坏人的标签,但读者从他们的人生经历、心路历程中都可以做出评价和判断,从而吸取人物的经验、教训,或从中获得勇气或鼓励。小说采用主、次叙述层既完成类型小说吸引读者的叙事目的,也达到影响读者的叙事修辞效果。巴哈特通过这对青年的故事,鼓励年轻人在社会发展中找到自己的合适位置以实

---

① 《印度女孩》文本由序幕、小说主体和类似于尾声的第42节构成。小说第1节到第41节由两个叙述时间组成:一个叙述时间为现在时间,讲述拉蒂卡正在筹备婚礼的情形;另一个叙述时间则是拉蒂卡按时间顺序回忆自己的人生经历。小说只有叙述者"拉蒂卡",没有像其他小说中出现叙述者"巴哈特"。

现自己的人生目标。《革命2020》中,戈帕尔的朋友格拉夫大学毕业后放弃高薪工作,自己创办报纸,报道、揭露瓦拉纳西城里官员贪污、腐败和社会中存在的欺骗、作假现象。他的"办报"事业并没有像戈帕尔的大学那样获取丰厚的收入,也没有什么商业价值,但他的行为赢得了当地民众的支持,这也是一种"事业成功"。格拉夫没有忽略当代印度青年的社会责任感,他具有积极、正面的社会身份、社会形象,在和社会恶势力斗争中发挥着积极的社会作用。撇开两位主人公事业的正义性不说,巴哈特展现的正是由于他们事业的成功,所以获得了较高的社会身份。

(2) 叙述者巴哈特、真实作者巴哈特与读者。

次叙述层中的叙述者巴哈特与真实作者巴哈特有着无限趋同性,意味着读者接受的叙述者巴哈特无限等同于真实作者巴哈特。小说叙述结构和内容,引导真实读者认为自己通过文本与之交流的叙述者是现实生活中的巴哈特,从而以真实作者巴哈特的价值评价来指导自己对作品的接受。

真实作者巴哈特虽然处于文本之外,但他的个人背景、经历等往往会影响小说创作,也会影响读者对作品的接受。次叙述层中人物"巴哈特"的叙事功能结合真实作者巴哈特的社会影响,让小说在传达作品价值评判功能时获得双重保证。叙述者"巴哈特"借助真实作者巴哈特的身份表达对人物社会身份、社会价值的评判性。巴哈特的求学、工作和婚恋经历以及他成功的写作事业,就是他作品中一些人物的成功故事的现实版本,他本身就是激励广大印度青年的榜样。巴哈特除写作小说外,也在报纸、杂志等刊物上发表评论文章,对社会问题(这些问题同样是他小说里所表现的主题)发表看法,如教育问题、就业问题、女性问题、少数群体平等问题、宗教问题等方方面面内容。小说写作和出版成果给巴哈特带来诸多荣誉,他荣获过社会青年成就奖(The Society Young Achiever's Award)、出版界优秀作品奖(Publisher's Recognition Award),当选《时代周刊》评选出的"全球较有影响的百人之一"。2009年之后,他放弃投资人工作,专心从事小说写作,也为一些报纸撰写专栏文章,还经常做一些社会演讲。小说叙述层次增强了叙事的真实性,次叙述层中的巴哈特强化了真实作者巴哈特身上所带有的价值评价功能。作家为了增加销量,要宣传新书,做讲座、做签售等,也鼓励读者以各种方式将阅读感受反馈给作者,当小说内容触及读者生活中类似的经历时,他们也会和作者互动交流。他们讲述的故事来自普通人的日常生活,增加了故事的真实感和代表性,也进一步增强了读者的亲近感和共情感。与此同时,作者以倾听者、代言者身份出现在小说次叙述层中,拉近了作者和读者的距离,增强了读者对作者的信任感,也更容易接受、理解作者在作品中所传达出的思想和观点。而作者本人在其他文体作品所展示出的观点等,与小说这种功能相呼应,进一步强化小说叙述层次的社会价值评价、引导功能。

巴哈特通过小说表达印度当代青年的心声,也通过小说建构他们的梦想。"在娱乐至死风气盛行的今天,在叙事技巧无所不用其极和叙述内容无所不及的当下,媚俗的、情欲的、暴力的、过度娱乐化的和消费主义意识形态的文学叙事,已经成为当地文学的普遍景观,叙事伦理变成为任何严肃的理论不可忽视的问题。"①巴哈特小说以明确的价值指向,成为当代印度青年喜爱的读物。《阅读新印度》(Reading New India,2013)一书以"年轻的印度"为题,专门讨论以"电话中心"为题材的印度英语小说,这些新兴行业里的印度年轻人,使古老的印度在新经济环境里重新焕发青春,年轻人富有活力的生活也折射出印度社会日新月异的发展。巴哈特将焦点集中到当代印度社会中新兴行业中的青年身上,既表现出印度社会的蓬勃生机,也展示出印度青年服务社会、昂扬向上的风貌,这也是巴哈特小说深受印度青年喜爱的原因之一,它们鼓励并引导着印度年轻人在充满无限可能的生活里发现自己、实现人生价值。

从文本构成和叙述手法、人物形象和表现内容上来看,巴哈特的小说都具有较为固定的模式,从而形成了类型化效果,这有助于作家明确表达自己的写作目的,实现小说的社会功能。小说主叙述层中的"我"讲述的是过去的经历,由此导致的主人公现况则由次叙述层中(序幕和尾声)中的"我"来讲述,两个讲述者在次叙述层交流,传达小说内容的评价导向,"我会让读者决定怎样评价你。我通常只是把人物的故事写出来而已,不会给他们贴上英雄或坏蛋的标签"②。叙述者"巴哈特"与叙事内容的关系、与真实作者巴哈特的关系都对读者的认知产生作用。

---

① 布思·韦恩.小说修辞学[M].周宪,译.北京:北京联合出版公司,2017:4.
② 奇坦·巴哈特.革命2020:爱情、腐败和理想的故事[M].林冠,译.北京:新世界出版社,2013:304.

第三章 阿奴佳·觉杭的琪客小说

阿奴佳·觉杭是印度英语琪客文学①的代表作家,她还兼为影视剧编剧、制作人,她多元化的工作模式很好地诠释了当代印度英语通俗小说的大众文化特性。本章以觉杭的作品为例,在分析印度英语琪客小说写作的基础上,从女性叙事的视角,解读觉杭小说中的民族叙事内容与意义。

第一节 印度英语琪客小说写作简介

琪客小说是言情小说(Romance Novel)的一支,它在言情小说模式的基础

---

① 琪客文学(Chick Lit)是20世纪末、21世纪初英美文学中兴起的一种女性文学类型,其作者和读者均为年轻女性。作品内容以职业女性的婚恋、工作、成长为主题,目标读者为有相似经历的女性。在英语俚语中,年轻女性被称为"chick",此类作品由此得名。

上,还有着自身的类型特点。21世纪以来,印度英语文学中也出现了一种琪客小说(Indian Chick Lit,又称 Ladki Lit)类型,深受读者喜爱,有些作品还被改编成热映的影视作品。印度琪客小说写作引起学者的关注,在《阅读新印度》和《印度英语小说史》(*A History of the Indian Novel in English*,2015)中都有论述。琪客小说与新世纪其他印度英语类型小说一样,在印度文学传统基础上以多种样式言说和表现"新印度形象"(Notions of New India)[①]。此外,巴伯(Jennifer P. Barber)在其学位论文《印度琪客小说:形式与消费主义》(*Indian Chick-Lit: Form and Consumerism*)中,分析了海外印度裔作家的琪客小说,认为它们表现了21世纪印度女性勇于发现爱与美,积极追求理想事业、实现个人社会价值的努力。从印度英语琪客小说的发展、叙事形式等方面来看,它与欧美琪客小说有着相关性和差异性,在人物、情节和内容等方面有着鲜明的地方特色,给读者以独特的阅读体验。

一、影响因素

印度英语琪客小说受到欧美琪客小说多方面的影响。"近年来,布里吉特琼斯加上纱丽的现象正逐渐发展起来"[②],这句话除了说明了印度琪客小说与英国小说《BJ单身日记》(*Bridget Jones's Diary*,2007)的关系之外,也表明了印度琪客小说的特点和发展态势。与欧美琪客小说类似,印度琪客小说也是由女作家创作的描写二三十岁的职场女性面对爱情、工作、友情、婚姻、家人关系等一系列问题的作品。

印度英语琪客小说受到欧美传统女性作家作品和欧美琪客小说的双重影响。韦尔斯(Wells)说,英语小说出现的300年来,女性读什么、写什么一直是热门话题。[③] 有社会学者认为,现在成功的琪客小说借鉴了过去女作家和女读者所揭示的同样问题。[④] 与此前女性作家的作品相似,琪客小说也有诸如女主

[①] DAWSON V E. Reading New India: Post-millennial Indian Fiction in English [M]. London: Bloomsbury Academic, 2013: 145.
[②] http://www.independent.co.uk/news/world/asia/bridget-jones-dons-a-sari-as-indian-women-discover-chick-lit-763959.html.
[③] FERRISS S, YOUNG M. Chick Lit[M]. New York: Routledge, 2006: 47.
[④] FERRISS S, YOUNG M. Chick Lit[M]. New York: Routledge, 2006: 48.

人公寻找合适的伴侣、自我成长、同伴相助等故事元素。① 众所周知,被视为琪客小说里程碑的作品《BJ 单身日记》就有简·奥斯汀(Jane Austen)《傲慢与偏见》(*Pride and Prejudice*)的影子。就觉杭的小说《法官和他的女儿们》(*Those Pricey Thakur Girls*,2013)来说,法官爸爸(有思想,和女儿关系融洽,尤其喜欢四女儿)、居家妈妈(唠叨,以嫁女儿为人生主要事情)和他们的五个女儿,从人物构成和故事模式上看,明显有《傲慢与偏见》的痕迹。《法官和他的女儿们》里,同样写了由于法官没有儿子,法官一家时刻担心法官弟弟(生有儿子)一家抢夺他们家产。《几乎单身》(*Almost Single*,2009)的单身女主人公身材丰满、喜欢喝酒,其中也能找到《BJ 单身日记》中女主人公的影子。

印度英语小说创作也为琪客小说写作打下了良好的基础。早在20世纪60年代,安纳德的小说《高丽》(*Gauri*,1981)就写了新女性高丽的故事,她不甘受丈夫的猜忌和虐待,勇敢走出家门去医院做护士,决心通过工作养活自己、抚养孩子。高丽的形象体现出印度独立后,女性在思想上和社会地位上的变化。印度有着优秀的英语女作家群体,从20世纪六七十年代的安妮塔·德赛(Anita Desai)到八九十年代获得国家文学奖项的阿伦达蒂·洛伊、基兰·德赛等人,以及一些在欧美的印度裔女作家,如芭拉蒂·穆克吉(Bharati Mulherjee)、裘帕·拉希莉等,她们的小说主题和塑造的女性形象成为印度琪客小说写作的榜样。印度琪客小说描写女性,描写女性所认可的自我与社会对她们的要求之间的冲突,表现受过教育、有着良好工作和稳定收入的中产女性所认可的自我和印度社会对女性规定性之间的矛盾。

印度地铁读物也推动了琪客小说写作的出现与发展。该读物是2010年"企鹅印度"出版的系列小说,它们便于携带、易于阅读,尽管该丛书是为德里、孟买和班加罗尔等城市里搭乘地铁的上班族设计的,但它的读者群却扩大到全国以多种交通形式上班的人。地铁读物中有一些女性题材的作品具有琪客小说的女性视角和故事主题。如《爱无期限》(*Neti, Neti*,2009)中,女主人公忙于工作经常加班,在母亲逼迫下去相亲,认识了一位结婚对象之后,却让自己的生活变得更加复杂。当年轻活泼的助理出现时,彻底颠覆了她的生活。小说中的"女白领""母亲催婚""相亲"和"在两个男性间纠缠"等人物身份、情节与琪客小说类似。同时,地铁读物的读者群中有一部分是二三十岁的女性,她们也是

---

① FERRISS S, YOUNG M. Chick Lit [M]. New York:Routledge, 2006:49.

琪客小说的写作对象。

小说与影视的成功联姻也是印度琪客小说迅速发展的重要因素。觉杭自己也担任影视作品的编剧工作,她的《美女幸运星》(*The Zoya Factor*,2008)是畅销书,根据小说改编的电影同样热映。很多琪客小说作家同时也是影视剧的编剧,拉贾斯丽在个人网站上的介绍就是"电影制作者和作家",根据《印度时报》和《星期日电讯报》的统计,她的《相信我》是印度销量最大的琪客小说。2000年后,印度琪客小说出现了很多有影响的作品,除上文提到的作品外,还有《为比图拉而战》、《保持改变》(*Keep the Change*,2010)、《圆之缺》(*A Break in the Circle*,2010)、《普丽娅在不可思议的印度》(*Priya: In Incredible Indyaa*,2011)、《君无戏言》(*Seriously, Sitara?* 2013)、《信鸽》(*The Homing Pigeons*,2013)等一系列畅销小说,从不同方面表现当下印度新女性的生活、爱情、婚姻、家庭和事业等。

二、类型模式

琪客小说具有言情小说的类型特点。在西方,言情小说有着较长的发展、演变史。现代意义的言情小说是19世纪浪漫主义运动之后随着大众文化兴起产生的文学现象。随着社会经济发展,言情小说中的主人公从天真的少女、职场大龄女青年到已婚家庭妇女,人物身份变得日渐丰富。但无论小说里谈情说爱的人物怎样变化,简单地说,言情小说是"专写男女之情的小说"[①],它"必须以爱情为主题,得有曲折吸引人的故事"[②],"若解释者无论怎么看,都只能从小说中看到情感纠葛的主线和主题,那么该小说就会被认为是言情小说"[③]。可见,言情小说必须是以爱情为核心和唯一主题,其他因素都围绕爱情而展开。此外,言情小说还需要曲折动人的故事,主人公要在曲折动荡中经历一次次的磨难才能收获圆满的结局。"关于爱情小说的本质特点,有很多提法。美国浪漫爱情作家协会(RWA)提出,爱情小说的关键因素是爱情故事与情感的满足以及乐观的结尾,此类小说诚然可涵盖其他次要情节、环境或是各类的情节因素,但是美国浪漫爱情作家协会在定义时力求抓住浪漫爱情小说的本质,强调

---

① 范伯群. 近现代中国通俗小说史[M]. 南京:江苏教育出版社,1999:5.
② 陶东风. 大众文化教程[M]. 修订版. 桂林:广西师范大学出版社,2012:188
③ 谭光辉. 中国百年流行小说:1900—2010[M]. 北京:商务印书馆,2018:539.

小说的情节（中心爱情故事）和结尾（乐观的结尾）以及读者的感受（情感的满足）"①。因而，言情小说有一定创作法则。首先，浪漫是第一法则。作家们往往会在作品中营造出现实与梦幻的空间，以模式化和曲折性的情节讲述让人感动的故事。作为言情小说，情爱和性爱也是作品中一个重要内容，但并不会出现赤裸裸的性表达。"梦幻般的浪漫环境、有情人终成眷属的结局以及达到这一结局的浪漫化过程，极大地满足了女性对浪漫的期待和渴望，从而使浪漫-言情小说吸引了如此众多的读者。"②

在言情小说创作基础上，琪客小说在女主人公的身份、工作与小说故事模式等方面有着区别于普通言情小说的类型特点。一般来说，琪客小说故事可以从一个城市姑娘开始，她是出版、公关、广告等行业里的普通雇员，然后在她的身份上添加身材好、坦然面对欲望和性、购物狂、嗜酒等标签，最后再让她在伦敦、曼哈顿或其他时尚大都市找个男友，把这些因素调和在一起之后，再配上一个粉色系的、画有名牌包、高跟鞋等图片的封面，一本琪客小说就制造完成了。可见，琪客小说作为类型小说有着稳定的叙事模式，在人物、故事情节等方面具有相似性。印度琪客小说同样具有这些特征。

印度琪客小说中的女主人公多为集美貌与智慧、传统与现代于一身的新女性。她们受过良好教育，工作多集中在报纸、杂志、影视和外贸等行业，经济独立，有自由的生活空间和交友权利。在印度，上述行业是较为新兴的行业，从业者多为年轻人，工作灵活性强、变化性大，时尚且富有激情、活力。人物设置上，女主人公的相貌有与众不同讨人喜爱之处，性格柔中有刚。女主人公通常有若干"闺蜜"，这些好友的性别可以是女性也可以是男性（多为同性恋男性），他们在女主人公情感、工作出现问题时，成为倾诉对象和帮手。《美女幸运星》中，主人公佐娅（Zoya）在杂志社上班，身材健美，穿着时尚。她经常和当红影星、球星等名人打交道，负责拍摄杂志上刊登的社会名流的照片，出差都住豪华宾馆。除拥有较好的职业外，女主人公大多出身中产家庭，个性乐观积极，良好的教育也保证了她们有着善于思考的大脑，能辨明是非。《法官和他的女儿们》中，尽管女主人公德布贾妮（Debjani）对男主人公戴伦（Dylan）存在误解，但当她知道戴伦蒙冤入狱后，便抛弃个人成见，利用职业便利将事情真相告知公众，称得上

---

① 张颖，等. 现当代美国少年小说类型研究[M]. 长春：吉林大学出版社，2018：239.
② 陶东风. 大众文化教程[M]. 修订版. 广西师范大学出版社，2012：198.

有胆有识。

印度琪客小说中的女主人公尽管有一些如喝酒、抽烟、婚前性行为等有违背印度传统文化的行为,但人物并不违反人们日常生活中最基础的文化习俗,如婚姻中尊重父母的建议,维护家庭和睦等。言情小说中很重要的"性"元素在印度琪客小说中并不普遍,即使存在这方面的内容,也是点到为止,并不在文字上进行细致描写。《为比图拉而战》的女主角在加拿大长大,并在那里接受高中、大学教育,小说仅仅以暗示的方式交代了她有婚前性行为,并未展开描写。

印度琪客小说具有稳定的故事模式和规律性的情节发展。小说中,女主人公年龄、出身、经历不同而爱情故事各不相同,但每部琪客小说都以爱情为主要情节。毫无疑问,这些爱情故事也是一波三折,要经历"热恋—误解—团圆"的过程。如《法官和他的女儿们》中,男主人公已经上门提亲了,先前埋下的"误解"伏笔让看似完美的两家聚会不欢而散,爱情也一度中断,这样的发展模式要重复两三次来增强小说的故事性。如《为比图拉而战》中,因为吉妮的外祖母对穆斯林有侮辱性言论,少年吉妮(Jinni)和扎因(Zain)的爱情在襁褓中就遭到摧残,两个人一下子分开6年,失去联系。再次相逢时,两人又由于各自所代表的党派之间的竞争而影响爱情的发展。

相对来说,印度琪客小说比欧美琪客小说更关注社会问题,像《为比图拉而战》中描写政治选举、腐败等问题。印度琪客小说与印度流行文化结合密切,像《美女幸运星》中的板球元素等。此外,印度琪客小说的封面也遵循欧美琪客小说色彩明快、包含女性图片等习惯。在印度文化背景下,小说描写男女情爱时并不过分渲染女性对爱情、婚姻的绝对自主权,她们大多会在自由恋爱的基础上,最终获得家长的认可。

本章以琪客作家觉杭的小说为对象,具体分析印度英语琪客小说的写作特点。觉杭出生于印度北方城市密拉特(Meerut),她在密拉特、德里和墨尔本接受完教育后,在一家广告公司工作了近18年。之后,觉杭离开广告公司,自己成立写作公司创作通俗小说和影视剧的剧本。家人和朋友非常支持她写作,她的小说写出来后,亲戚朋友都会阅读、提建议、谈感想。

觉杭一家姐妹四人,在重男轻女的印度,这种家庭构成会有一些与众不同的生活经历。觉杭经常以家族故事为背景创作小说,如《法官和他的女儿们》,写一位有五个女儿的法官一家的生活。在这个没有儿子的家庭里,女儿们像男孩子们一样为维护家族利益进行斗争。觉杭还把和婆婆聊天听来的故事写入小说,用家人、朋友名字作为小说人物的名字,把他们的性格特点编织到作品人物身上。觉杭的丈夫的祖父母是印度议会第一对夫妻议员,在《为比图拉而战》里可以看到他们的爱情故事、政治思想的踪影。

觉杭的小说主要有《美女幸运星》《为比图拉而战》《法官和他的女儿们》和《祖屋》(*The House That BJ Built*, 2013)。这些作品得到报纸、杂志的赞誉,有评论说她是"德里的简·奥斯汀"。随着印度英语通俗小说的发展,国内外学者们开始关注通俗类型小说写作,觉杭的作品以富有民族特色的内容和不俗的销量走入学者们的视野。在《阅读新印度》中,作者分析了觉杭小说的故事特色,指出了《为比图拉而战》"将琪客文学和政治相结合"、《美女幸运星》中"琪客文学和板球联姻"的叙事方式。① 觉杭的琪客小说是欧美琪客小说影响的下具有印度特色的琪客小说。

第二节 觉杭小说中的女性视角与类型写作

一些女性主义的学者认为,言情小说强化了女性对男性的依附。也有学者认为言情小说可以帮助读者(尤其是女性读者)抵抗父权制的情感压制。20 世纪 80 年代,美国学者兰瑟(Susan Lanser)提出女性主义叙事学理论,将文本、语境与叙事结合起来研究,这一理论成为后经典叙事理论中较为重要、影响较大的派别之一。性别在女性主义叙事学理论中占据核心地位,"弗鲁德尼克将女性主义叙事理论称为'叙事的性别化'。而且,我们还需要强调另外一点,即女性主义叙事理论中的性别不仅是故事的一个决定因素而且还是话语的一个决定要素"②。就性别而言,女性主义叙事学"系统地研究故事与话语,关注其中的性别差异,聚焦于作者的性别、'作者的读者'的性别、真实读者的性别、叙述者或受述者的性别"③。女性主义叙事学理论的另一个核心概念是语境,它主要包括语言学、文学、历史、传记、社会以及政治等方面的内容。当代女性主义叙事学理论分析对象也扩展到文本中的种族、性、民族性、阶级等问题。

---

① VARUGHESE E D. Reading New India[M]. London: Bloomsbury, 2013: 52.
② 孔海龙,杨丽. 当代西方叙事理论新进展[M]. 北京:经济科学出版社,2017:34.
③ 尚必武. 性别叙事性语言学视角[J]. 浙江工商大学学报,2013(5):12.

觉杭的《美女幸运星》和《为比图拉而战》以第一人称叙事,从女主人公的视角写她们对爱情、工作和生活的态度,展现当代印度女性和社会文化。

《美女幸运星》的故事大意为:主人公佐娅在一家大型广告公司上班,她的生日是1983年6月25日,这是一个既普通又不寻常的日期,因为在那天,印度板球队获得板球世界杯的冠军。[①] 某日,佐娅早上去采访板球队球员们并同他们一起吃了早餐。随后,球队赢了当天的比赛,球员们认为佐娅是球队的幸运星,邀请佐娅随同板球队去澳大利亚参加世界杯比赛。佐娅在每个比赛日早上都和球员一起进餐,球队取得一场又一场胜利。队长尼克尔(Nikhil)从一开始就反对佐娅和球队掺和在一起,但在和佐娅的接触中,两人相互了解,渐生情愫。随着赛事日趋激烈,尼克尔目睹了队友们对能带来幸运的"佐娅因素"(Zoya Factor)的迷恋和依赖。他认为,球队获胜是队员平日刻苦训练、认真比赛的结果,如果一味相信佐娅带来的所谓运气,不仅是迷信的行为,更会使队员们失去自信。在世界杯决赛前,尼克尔向佐娅说明了问题,佐娅便离开球队回到印度。没有她这个幸运星,印度板球队仍然取得了冠军。尼克尔和佐娅最终也尽释前嫌,成为恋人。《美女幸运星》将板球元素与言情故事类型巧妙结合,出版后就成为畅销书,小说人物形象佐娅以及她和尼克尔的情感故事都遵循了琪客小说的类型要求。

《为比图拉而战》中,女主人公吉妮从加拿大留学回来后在孟买一家漫画社工作,这天外祖母赶到办公室要吉妮回家乡比图拉去帮助她竞选。吉妮回到家乡,在邻居婚礼上遇到童年好友扎因。扎因高大英俊,是当地另一个党派候选人。外祖母年迈体弱,要吉妮接替自己当候选人参选。在竞选活动中,吉妮和扎因所代表的党派采取一切手段以获得更多选票。竞选中,吉妮因外祖母去世而赢得很多同情票,她最终利用各党派候选人之间的矛盾赢得选举。后来吉妮获悉,扎因退出竞选间接帮助她清除了获胜的最大障碍,两人间的误会消除,这对童年好友最终成为情侣。《为比图拉而战》将人物塑造、故事内容和类型小说的叙事结构需求结合起来,把极具特色的印度政党选举中的种种手段、伎俩栩栩如生地展现在小说中,塑造出一个勇敢、智慧、富有正义感的当代女性形象。

---

① 板球世界杯(ICC, Cricket World Cup)是国际板球理事会举办的一天单局的板球比赛。1975年在英格兰举办了第一届板球世界杯,以后每四年一届。这项比赛是世界上观众较多的体育运动赛事之一,仅次于FIFA世界杯、奥运会、橄榄球世界杯的全球第四大赛事。《美女幸运星》里说到的1983年第三届板球世界杯,主办地是英格兰,印度队第一次获得冠军。

一、女性视角与女性形象

琪客小说对女主人公的外貌、言行、教育、职业等都有着模式化的规定。《美女幸运星》和《为比图拉而战》中的女主人公佐娅、吉妮在共性的类型人物特征外,觉杭突出她们相貌、个性的醒目性,即区别于小说中其他女性人物的特点。小说以第一人称叙事,从故事内人物视角写她们如何看待自身外貌,在这种叙事沟通中传递人物性格。

《美女幸运星》开篇就有一段佐娅对自己外貌略带幽默的内心独白:

> 人们看到我的时候,总会捏着我双颊,兴致勃勃地拧一下,说着真可爱啊。这样做对一个穿着红色工装裤的小女生来说还行,但对于一个职业女性来说可就不怎么样了。何况这是一个读过商学院的职业女性,供职于印度最大的广告公司,担任着中层客户服务主管职务,还疯狂地在工作中塑造成熟的形象。再说,27岁了,在这个年龄,人们应该更喜欢捏你的屁股,对吧?①

在上面的描写中,人物形象具有琪客小说要求的多种元素:在时尚行业就职(广告公司)、收入不错(中层管理岗位)、受过良好的教育(商学院),还有27岁的"高龄"。这个年龄在欧美琪客小说中未必特别符合"大龄"的要求,但在印度,27岁的女性还未成婚,会让很多人觉得诧异。印度传统文化中,一直有童婚现象。尽管印度法律禁止童婚,但在传统习俗影响下,很多女性年纪轻轻就会步入婚姻家庭。这段描写以反问句结尾,是佐娅与他人(读者)对话的形式,不管读者赞同与否,佐娅坦率、大胆、活泼、开朗的性格特点已经获得读者喜爱了。

像佐娅相貌的"可爱"特点一样,觉杭也幽默地写吉妮长得过于宽大的嘴巴:

> 我的嘴巴绝对是加大码的。从侧面看,它比我的鼻子还凸出一点。感谢大神,它没我胸部那么突出。事实上,我的嘴巴也太宽了,让我看起来像迪斯尼乐园里那些爱笑的、傻乎乎的海豚。你知道的,就是那些眼睛亮亮

---

① CHAUHAN A. The Zoya Factor[M]. Noida: Harper Collins Publishers, 2008: 2-3.

的、过于友好的海豚,总是跳出水面疯狂地抓鱼。我笑的时候,嘴巴就更宽大了。①

吉妮用"加大码"这种衡量衣服、鞋帽等的尺寸的方式来标示自己的嘴巴,既形象又幽默。接着吉妮用海豚做比,借助人们对海豚的认知和接受,表明自己爱笑的性格特点,更重要的是,尽管嘴巴笑起来显得更大,但她还是要笑。这样,一个自信、开朗的女主人公就出现在读者面前了。

女主人公的外貌描写不断地出现在小说中。如,写她们和男主人公见面前,她们从衣柜里挑选衣服,自信而美丽地去约会。觉杭的琪客小说对女主人公外貌、着装描写很多,除了增加琪客小说的时尚感、类型化特点外,第一人称的叙事能便捷地从侧面补充塑造人物形象,展现人物性格,同时也以女性视角,写出女性对自我身份的认可,彰显女性的主体意识。

男性身体成为女性视角的聚焦对象之一。小说中,佐娅、吉妮等女性注视、评价男主人公的身材、相貌,坦诚地表现女性对异性"性"吸引力的重视。《美女幸运星》和《为比图拉而战》中,女主人公都毫不掩饰自己对健美、阳刚男性身体的赞美和喜爱。佐娅听说公司要和宝莱坞影星沙鲁汗合作拍摄广告,她心花怒放,在工作现场痴迷地看着喜欢的影星,还和家里的阿姨说自己的感受。佐娅和朋友们去球场看板球比赛,她们似乎更多地关注运动员们所展现出的男性性别魅力,在紧张的比赛过程中,她们热烈讨论的并不是紧张的比赛,而是球员火辣、性感的身材。《为比图拉而战》中,吉妮多年后再见扎因时,有一段详细的外貌描写:

> 我呆呆地看着他,哇哦,真是一个火辣的侍者啊。高个,乱蓬蓬的黑发,还有学校美术老师所称的高额头。他的黑色阿迦汗②上衣精致而正式,尽管他胸前的口袋里露出一丝深玫瑰色的缎子。他的皮肤似乎泛着蜂蜜般的淡金色,但那可能是黑得发亮。③

扎因英俊的相貌让吉妮瞬间失去了思维能力,呆呆地看着他,和他的对话也显得语无伦次,但她还是注意到扎因洁白的牙齿、说话带着外地口音,以及扎

---

① CHAUHAN A. Battle for Bittoran[M]. Noida:Harper Collins Publishers, 2020:2-3.
② 阿迦汗(achkan),一种南亚男子穿的前排系扣的长上衣。
③ CHAUHAN A. Battle for Bittoran[M]. Noida:Harper Collins Publishers, 2020:42.

因"袖子卷到肘部以上,露出瘦削但肌肉发达的手臂"①。吉妮对扎因的审视与打量,和下文吉妮回忆里的童年扎因形成对比,也写出青年扎因散发出的男性外在的魅力吸引了吉妮。小说用吉妮的视角详细地写扎因的外貌和吉妮的心理活动,第一人称叙事带领女性读者一起欣赏异性的健康之美,也带领男性读者审视、评价了一下自身。不仅是《美女幸运星》和《为比图拉而战》这两部以第一人称、女性视角叙事里有很多对男性身材、外貌的大胆、直白的描写和赞美,这也是印度其他英语琪客小说里很鲜明的内容,显示出女性对男性的高涨的"消费性",从一个侧面表明印度女性自我意识、权利意识的增强。与常见的男性视角下对女性的注视和消费相比,琪客小说试图形成与之势均力敌的效果。但从觉杭小说的描写来看,对这方面过多的描写,与现实生活中印度女性面临的真实境况可能产生较大的差距,难免给读者留下夸张的阅读印象。

觉杭小说的女主人公具有现代都市受教育职业女性独立、自主的一面,她们也表现出对一些印度传统女性观念的听从和依顺,这些都非常明显地体现在人物传统与现代相结合的家庭观念中。

时至今日,印度青年的婚姻还是以父母包办为主。子女到了一定年龄,父母就开始为他们物色对象,通过媒人或朋友进行相亲、提亲,综合考虑各方面的条件后,选择适合的结婚对象组成家庭。印度很多地方还是传统大家庭形式,即使结婚以后,子女也大多和父母及其他至亲生活在一个屋檐下。尽管在印度也有一些青年经过恋爱再步入婚姻,但总体来说,他们的婚姻还是要获得父母的许可。觉杭的小说描写青年男女的爱情经历,但在自由恋爱中,作者更多会表露出父母对此的认可和支持,家人还担负着推动主人公爱情出现转机、发展的功能。

觉杭小说的女主人公们独身或晚婚的人物设定,反映了印度部分女性的生活现状。佐娅27岁仍未成亲,父亲支持她工作也不催她成亲。吉妮的母亲在国外工作生活,她没有和母亲一样在国外工作,回到印度后也没有回到祖母身边生活,而是在孟买从事自己喜欢的广告设计工作。德布贾妮的姐姐们都已结婚生子,但她不想自己通往世界的大门刚刚打开就因婚姻、家庭而关闭。父母并没有阻挠她去电视台工作,还以她能参加工作为荣。这些女主人公在工作的同时,并不排斥大家庭生活和婚恋。佐娅并不因为自己从事广告、娱乐行业的

---

① CHAUHAN A. Battle for Bittoran[M]. Noida: Harper Collins Publishers, 2020: 42.

工作而"放纵"自己。她无意中亲吻一位板球队员后,非常担心父亲和家人看到报道后生气。她经常去酒吧等娱乐休闲场所,但都和同事一起,也不会做出一些过分举动。佐娅在和印度国家板球队签协议时,她先征求了父亲的意见。如果签署协议佐娅会得到很多钱,父亲认为协议会限定她交友、成亲的自由,会不尊重她的意愿,佐娅就听从父亲的意见拒绝签署协议。吉妮和扎因自幼青梅竹马,双方家人对他们之间的感情发展为爱情并不感到奇怪。扎因和吉妮因政党选举而产生误会时,吉妮的母亲还充当调解人的角色。

在《美女幸运星》和《为比图拉而战》中觉杭以女性视角把女性形象的所思、所想直接呈现在读者面前,使读者能更加了解她们的性格、理解她们的行为,从而认同人物。奇坦·巴哈特这些男性作家叙事则聚焦于当代印度男青年,写他们在追求个人成功中的成长,其小说中的女性形象更多的是激发男性认识自我、帮助他们成长的辅助存在,读者无法正面与她们沟通、交流。觉杭以第一人称展开叙事的琪客小说,一定程度上弥补了这方面的不足。读者从两种类型小说中,能够理解同时代男性、女性的爱情需求和差异,从而更为全面地了解当代印度青年群体。

二、女性视角与类型故事

在琪客小说中,言情故事有着一定的波折起伏模式。在觉杭的小说中,尽管女主人公年龄、出身、经历不同而爱情故事各不相同,毫无疑问,这些爱情故事都会一波三折,要经历热恋—误解—团圆的过程。这种爱情发展模式要求主人公经历两三次情感波折以塑造人物形象,从而增强小说的故事性。第一人称视角便于表达女主人公的内心情感变化,突出当代女性把握自身情感的主动性。

在《美女幸运星》中,类型故事与板球元素相结合,形成外在的故事推动力。佐娅与队长尼克尔、其他队员之间的关系随着板球比赛结果的不定性时而亲密时而疏离,人物关系态势预示小说情节发展趋势。毫无疑问,板球比赛的胜利源于队员们的场上表现和场下训练,佐娅并不能人为附加所谓的"神力""运气"。当队员们对佐娅"迷信"加剧时队员们表现不好,尼克尔就希望队员们摆脱"佐娅因素",这也是尼克尔和佐娅关系紧张的时刻。言情小说要求人物之间的爱情过程要经历大大小小的误解后最终实现完美结局。

第三章 阿奴佳·觉杭的琪客小说

琪客小说作为言情小说的一种，浪漫也是它的第一创作法则。在佐娅和尼克尔、吉妮和扎因的爱情萌发时期，场景式的情节描写展现女主人公怦然心动的甜蜜和浪漫。尼克尔去佐娅家找她，为板球协会列出的不合理条款道歉，并邀请她随队去澳大利亚参加板球世界杯。他们沿着佐娅家街区的路一路走，一路交谈家人、童年以及生活中的种种小事，顺手从路边摊贩那里买些花生，尼克尔剥了几粒花生米递给佐娅。两人像普通情侣一样，身份差异都融化在周围的市井生活中。这种浪漫对恋爱中的青年男女来说，简单、平凡而易得。这也体现了男女主人公相似的生活观，为之后的情感发展打下基础，也为两人之间情感波折留出空间。两人职业不同、社会身份不同，在外界的不理解和其他压力下，各自都怀疑对方的诚意（佐娅怀疑尼克尔为了自己赢得世界杯而利用她的"幸运因素"，而尼克尔认为佐娅看中了他板球队长的社会身份，并且不信任他，不相信队员的能力）而生出嫌隙，造成两人之间分分合合的感情波折。

在第一人称女性视角下，佐娅对感情时而自信时而猜疑，这也是恋爱中情侣常见的情感状态。读者的情感随着人物关系的亲近、疏远同样波折起伏。同时在第一人称视角下，小说中的人物分享着各自的恋爱原则。在小说中，佐娅观看印度小姐评选节目时，尼克尔作为评委，其中一个题目是主持人问候选人，在板球运动员、宝莱坞电影明星中选择一人作为男友，候选人会选谁？候选人说选择能为国家争光的运动员，而作为观众的佐娅心里回答说"选自己爱的那个"。佐娅的回答是她和尼克尔情感得以发生、发展的基础，也是小说借助女性视角希望引起读者共鸣的回答。爱情的出发点是由爱人的本性而激发的真挚情感，而不是基于相貌、职业和其他因素。正是这个观念，让佐娅能够自主地做出选择。

同样，在《为比图拉而战》中，吉妮视角下政党选举中的尔虞我诈促使她和扎因之间情感关系曲折变化，两人的感情在信任与不信任间摇摆。由于吉妮的外祖母针对穆斯林的侮辱性言论，少年吉妮和扎因的爱情在襁褓中就遭到摧残，两个人一下子分开六年，失去联系。再次相逢时，两人又由于各自所代表的党派竞争而影响爱情的发展。吉妮和扎因忘记各自政党候选人身份在一起相处时，他们会忘情地沉醉于恋人间的亲密关系中。而每在此时，必定有家人或同伴出现，把他们拉回政党争斗的现实中。小说写吉妮和扎因在外面奔波一天进行各自的竞选宣传后，身心俱疲地来到共同的好友家里，舒服地洗了热水澡后，两人情不自禁地像普通恋人一样享受甜蜜时光。就在这时，扎因的同事提醒他要出发去下一个竞选点。扎因走后,他祖父去找吉妮,先是温情地回忆起她小时候的生活,接着提出补偿她的竞选费用让她退出竞选。这些情节是现实生活中极有可能发生的竞选伎俩,并在小说中成为主人公情感发展的障碍,造成小说情节发展的波折。在类型故事发展中,吉妮看似为了选举放弃她和扎因的情感,而由于有了第一人称叙事的帮助,读者了解到吉妮自童年起就对扎因有感情,并随着两人的重逢和交锋而日渐加深。长辈为他们设置的对手身份,反而因为他们行为处事的相似性而变成合作伙伴,如吉妮救下被殴打的低种姓青年,把他送到扎因党派开办的医院。扎因并没有放任不管,而是积极救助这个青年。

女性作家写作的琪客小说,以女性视角描写出的人物与事件,展现出当代女性对待爱情、事业的态度。小说采用第一人称叙事,以女主人公视角写她看到的社会,女性作家通过叙事方式实现叙事效果,表达作家的女性观。

第三节 觉杭小说中的女性视角与本土化叙事内容

觉杭的琪客小说聚焦当代印度女性,将印度社会生活和文化思想巧妙地融入主人公的爱情经历中,让具有时代性、民族特色的故事内容、情节成为推动小说叙事发展的动力,形成既时尚又充满现实色彩的叙事风格,以符合本国读者的阅读习惯、满足读者的阅读需要。众所周知,在当代印度的大众娱乐文化中,板球吸引着大量观众,"是印度媒体化程度最高的体育项目。就纸质媒体而言,板球经常占据头条位置;受众很广的宝莱坞电影中板球比赛的场景和情节也越来越多,板球成为电影情节中中产阶级生活的一部分;板球电视业也出现了'板球化'的趋势"[①]。《美女幸运星》将女主人公的爱情故事与板球比赛、大众娱乐文化结合在一起,在谈情说爱中融入严肃的社会问题,以女性视角解读板球文化中的人与事,塑造出独立而富有正义感的当代印度女性形象。在《为比图拉而战》中,政治选举作为叙事元素,使作品带有鲜明的印度政治文化特色。作者

---

① 金永丽.论体育对于印度的意义[J].体育文化导刊,2017(9):169.

通过女性叙述视角展现女性对板球、政治这些传统男性占统治地位的世界的认知和评价。

一、女性视角下的板球运动

《美女幸运星》是一部琪客类型故事与板球元素相结合的通俗小说。板球元素是言情故事的推动力,琪客小说拓展了观察、了解板球娱乐文化的窗口。

板球是英国殖民者传入印度的一项体育运动。但随着板球在印度普及和发展,它逐渐发展成为印度的"国球"。在原英国殖民地区和国家,像巴基斯坦、斯里兰卡和澳大利亚等国,板球同样深受国民的喜爱。在印度文学和电影中,板球题材的作品并不鲜见,像入围奥斯卡最佳外语片奖的电影《印度往事》(Lagaan,2003)是一部以板球为载体的表现印度人民反抗英国殖民者的电影。电影讲述印度普通民众赢得与英国殖民者的板球比赛,也赢得免缴租税的权利,还通过板球比赛促进了民族团结。同样,《美女幸运星》成功地将板球题材与言情类型小说结合到一起,在创作出轻松愉快的爱情故事的同时,也展现了印度板球文化中的人与事。

1. 球员的多面性

大众文化发展促进了体育明星的商业化、娱乐化发展。运动员面对公众或个人表现出多重人格特点。

在和广告娱乐业的合作方面,与其他国家运动员一样,印度板球运动员是流行的体育用品的广告代言人,板球明星在娱乐化的世界里像其他人一样,显示出他们狭隘、自私的一面。佐娅是印度一家大型广告公司的职员,她在板球队比赛期间被派往达卡给队员们拍摄广告。小说不无调侃地描写了这些队员们在拍摄广告时的做派,有的队员觉得公司提供的衣物、鞋子不舒服,就拒绝拍摄,一定要工作人员临时去买合适的运动鞋,并且指明非自己代言的牌子不穿。佐娅没有办法,只好立即赶去商场购买鞋子,但运动员指定的运动品牌没有合适的鞋码,她只好改换标签,用其他品牌的鞋子代替,好在运动员没有发现。在印度,板球不仅是一种体育运动,它也像影视行业一样,是全民娱乐生活的重要组成部分,板球运动员的生活、绯闻等非比赛消息同样能引发大众的兴趣,成为娱乐性的关注焦点。球员不仅出现在运动场上,他们也是娱乐新闻制造者。记者们围绕在运动员身边,随时打探各种消息并刊登出来:如第二天大赛在即,某位球员前一晚还去酒吧过着与美酒美人为伴的夜生活。再如,比赛结束后,队员约会女明星用餐。诸如此类的消息使运动员和他们的新闻成为人们茶余饭后的谈资,既保证了他们的曝光率,也提高了他们的商业价值。在当代社会中,体育运动不仅仅是某项体育赛事,运动员们更成为与之相关的经济活动的宣传者、代言人,体育运动和运动员成为商业利益的追逐对象。例如,球员们经常参加一些娱乐节目,队长尼克尔和影视明星、社会名人一起担任选美比赛评委。《美女幸运星》描写的人物的生活方式或许也是世界其他国家体育明星共同的生活方式,小说通过描写大众对体育明星的追捧,侧面展示了他们在比赛之余沉溺在灯红酒绿之中的无节制的生活。

印度被称为世界宗教博物馆,可以想象民众对神祇的信奉和依赖,这让主人公佐娅被称为"幸运符"成为可能。在板球比赛中,神或运气并不能主宰胜负,球员优秀的技战术水平、良好的体能才是获胜的保证,他们稳定的心态、自信、对胜利的渴望等也是获胜影响因素。《美女幸运星》围绕"佐娅因素"铺陈的诸种故事,如球员对此的迷恋和迷信,以至于邀请佐娅在比赛前和他们一起吃早餐来增加运气。再如,板球协会要求佐娅随队参赛等。这些情景在印度现实生活中不足为奇,宝莱坞电影《我的神呀》等电影对人们迷信神祇的行为做了揭示和嘲讽。佐娅作为涉身其中的经历者,她看到了强壮、风光的国家板球队队员们脆弱的一面,将自己的胜负寄托在一位"弱"女子身上。板球队员尚且如此,其他印度男性又会怎样呢?小说以第一人称女性视角毫不留情地揭开了印度男权社会迷信神祇的另一面。

2. 板球运动的多面性

当代,体育运动不仅仅是体育本身,它与资本联系紧密,是投资对象也是资本收割对象。板球作为有着广泛群众基础的体育运动,具有商业性、娱乐性的特点。像世界杯这样重大的板球比赛,除去门票收入外,广告、转播等都吸引着各种与之相关或不相关行业的借势营销。小说里写道,佐娅在飞往澳大利亚的航班上遇到一位广告摄影师,他们合作拍摄过耐克运动品广告,而这次,他是带某食品企业的幸运用户来观看比赛的。一家广告公司找到佐娅,开出优渥报酬,要为她拍摄品牌代言广告,想利用她的"幸运"招揽客户。有资本逐利的地方,就有权力角逐。如板球协会与板球队教练之间为争夺球队控制权及操纵比赛结果,不惜泄露私人邮件内容,不考虑管理层意见分歧对队员的运动生命与荣誉的影响。

3. 板球运动附着的其他社会文化

在印度,板球运动还附着种种社会文化现象。例如,球队和球员成为球迷宣泄情绪的对象,成为承受他们愤怒的受害者。在某些国家足球流氓世界闻名,无论支持的球队输赢与否,他们都会闹出一些暴力事件。尤其是输球的时候,球员、球队和俱乐部会成为辱骂、攻击的对象。这些行为同样出现在印度板球迷中。《美女幸运星》里写印度队输了比赛,球迷辱骂队员、向他们扔粪便。书中球迷的行为无不是现实生活的缩影和投射。如2007年,当印度队在板球世界杯开幕比赛中输给孟加拉国时,球迷非常愤怒,做出过激行为,许多板球运动员都成为了受害者。球队队长的雕像被烧毁,有的球员受到口诛笔伐,甚至有些球员的家宅都受到攻击。

另外,在板球世界杯等国际比赛期间,板球还肩负起夺取国家荣誉、支撑民族梦想的重任。就印度和巴基斯坦的比赛来说,由于两个国家特殊的历史和文化关系,两队之间比赛的受关注度和重要性远超过比赛本身,就像书中人物所说:"两队在相爱和相杀中寻求结果。"①小说写两队比赛之前,双方观众坐满各自所属看台,整个体育场看起来像两个蓝色半球和绿色半球,大家都竭尽全力地喊着加油。当比赛进入最后一个球的关键时刻,人们屏住呼吸,每一秒都感觉到紧张。印度和巴基斯坦原本为同根而生的兄弟,在1947年分别独立成为两个国家后,两国一直摩擦不断。像书中所写的一样,印巴两国板球队的比赛,无形中被视为一个没有硝烟的战场,输赢成为国家大事。

板球运动是南亚人民日常生活中不可缺少的部分,《美女幸运星》以女性视角,从球员、球队、比赛等不同层面,描摹了板球世界里男人们的光鲜与龌龊。小说借助板球这个全民体育项目丰富了琪客类型小说的内容,突出了作品的民族特色。

---

① CHAUHAN A. The Zoya Factor[M]. Noida:Harper Collins Publishers India,2008:379.

二、女性视角下的政党选举

印度的选举制度已经形成独具特色的政治风格,选举中的贪污、贿选等丑闻同样具有印度特色。《为比图拉而战》以女性视角,将印度特色政治文化展现在读者面前。

1. 政党领袖世袭化

小说中,年轻的主人公吉妮和扎因都出身于政治世家,他们在国外接受教育,依从父辈意愿,回国后投身政治活动。吉妮的外祖父母是当地著名的政党领袖,外祖父去世后,外祖母依然坚持参加政党选举和政治活动,她深谙此道,政治是她这辈子的全部活动。外祖母觉得自己年事已高,就亲自跑到孟买找吉妮让她回家乡帮忙竞选。吉妮的母亲是一位画家,不想自己的生活被一辈子从事政治活动的母亲安排,就到国外生活,但她没有想到,自己的女儿还是被母亲拉入政治漩涡中。吉妮一开始只是帮外祖母做一些宣讲活动,但外祖母却在提名政党候选人的最后一刻擅自将吉妮定为候选人,把她推到政党选举的最前端。小说的男主人公扎因和吉妮有着类似的生活轨迹,他是比图拉穆斯林党派的候选人,他的祖父和吉妮的外祖父母既是朋友也是政治合作伙伴。扎因和吉妮从小青梅竹马,扎因从小失去母亲,是吉妮的外祖母和母亲照顾了他,吉妮外祖母由于政党间利益和扎因祖父产生矛盾,她回家后大骂扎因和他祖父的时候,没想到被正在家里玩耍的扎因听到,吉妮和扎因就此分开。两人再见面时,分别是各自家族所代表的政党的新任领导人,这种人物关系设置恰好也符合琪客小说要求的人物之间既相互联系又相互冲突的关系。

小说揭示的印度政党领导世袭化现象,也影射了南亚其他国家类似的政治现象。南亚国家家族政治是这个地区的普遍现象,在印度、巴基斯坦、斯里兰卡等国都有著名的政治家族。在印度,尼赫鲁-甘地家族是著名的政治家族。尼赫鲁的父亲莫蒂拉尔·尼赫鲁早在19世纪末20世纪初就是印度政坛领导人,还在印度独立运动中担任过国大党领袖。尼赫鲁年轻时在英国接受教育,回国后继承父亲的政治衣钵,成为印度独立运动中的实际领导人,并在独立后担任印度第一任总理。之后,他的女儿英迪拉·甘地、外孙拉吉夫·甘地也先后出任印度国家总理。索尼娅·甘地在丈夫拉吉夫遇刺后担任过国大党主席,现在,他们的儿子拉胡尔·甘地也走上政坛,被誉为未来国大党的领路人。巴基斯坦也有一个政治家族——布托家族。阿里·布托是巴基斯坦人民党领袖,他父亲沙阿·布托爵士是巴基斯坦建国运动中的重要领导人。1972年,阿里·布托领导的人民党在国民议会和省议会选举中大获全胜,他出任军政府总理职务,1977年军事政变后,布托去世,他的夫人成为人民党终身领袖。他的女儿贝·布托在1988至1996年的巴基斯坦文官政府期间,两度出任总理职位。贝·布托的儿子比拉瓦尔·布托·扎尔达里担任人民党主席职位,2008年出任巴基斯坦第一任总统。从20世纪50年代起,班达拉奈克家族就成为斯里兰卡政治舞台上的核心力量。1956年,班达拉奈克当选斯里兰卡总理,1960年,他的妻子西丽沃玛·班达拉奈克夫人成为首位民选总理,并在1970至1977年间两次出任总理。1994年,他女儿钱德里卡·库马拉通加成为自由党实际领导人,她之后连续11年担任总统职务。南亚家族政治盛行有其历史和现实的原因,如古代南亚社会的历史形态和社会结构为家族政治提供了土壤,传统土邦制、种姓制度都固化了社会结构。此外,南亚各国民主制度由殖民者引入,各国在改变传统经济和社会形态方面成效甚微,支持民主制度运作的现代公民意识和现代民族国家意识并不发达。再者,家族政治盛行也说明国家政党发展不发达。政治家族成员在拥有先天政治资本的情况下,自然就更容易成为政党领袖。[①]觉杭把具有南亚特色的家族政治现象,微缩为通俗小说中青年男女的爱情故事元素,使通俗言情小说多了一抹现实主义色彩。

2. 金钱选举

金钱选举是印度选举中的另一个显著特色。小说中,吉妮和外祖母以及其他党内工作人员外出进行选举宣传时,随身带着大量现金。这些现金除用来支付工作人员的开销外,还要用来买东西或直接赠送给选民。吉妮和工作人员还要到处寻求资金支援。为了减少竞争对手,也需要发挥金钱的作用。吉妮参加选举之后,扎因祖父找到她,先嘘寒问暖地聊了一些她小时候的事情,接着就拿出巨款贿赂她让她退出竞选。有的小政党领导人,利用自己掌握的部分选票资源,从势均力敌的大政党两边捞好处。

觉杭小说里描写的选举情形,在印度现实中屡见不鲜。尽管印度选举法规

---

① 陈金英.南亚现代家族政治研究[J].国际论坛,2011(4):73-78.

定了候选人竞选经费的最高限额,超过这一限额要被取消竞选资格6年。这些措施看似旨在缩小金钱在竞选和国家政治生活中的作用,让一些并不富裕的候选人进入国家政治舞台。事实上,这些规定都成了一纸空文,候选人的竞选资金远远超过了规定的最高限额。就像小说里写的吉妮、扎因及其党派一样,对于一个参选政党来说,要进行宣传、散发传单、演讲,还有的甚至直接给选民好处,这些都需要大量金钱,尤其是政治献金。政党一方面公开进行竞选募捐,另一方面更是私下接受私人财团的秘密赞助。从印度的选举历史来看,财团的捐赠在很大程度上决定了政党在选举中的成败,同时财团也通过资助影响政局,左右政府决策,在经济上获得利益。①

3. 种姓问题

印度自古就存在的种姓制度在现代选举过程中往往会产生至关重要的影响。《为比图拉而战》就讲述了一个种姓冲突和政党选举间的故事。一位婆罗门种姓的姑娘和一位贱民种姓的小伙子相爱了,姑娘的家人把她关在家里,还准备把贱民小伙子用乱石砸死。吉妮和朋友们听说这个消息后,决定趁黑夜去救出贱民青年。他们从姑娘亲戚手里抢下受伤的青年,把他送到竞选对手扎因家族经营的医院救治。吉妮不仅救出了贱民青年,她的做法还动摇了原本支持扎因的婆罗门群体,他们误以为扎因借贱民问题和他们做对,转而支持吉妮。

印度独立以后,政府采取了一定的政策来抚慰低种姓者,给予他们一定的政治权利,低种姓党派、群体也逐渐增多,在印度选举中,贱民群体掌握着数量不少的选票,是一些党派争取的对象,他们会允诺给贱民好处,也会故意激起种姓间的矛盾来争取不同种姓阶层的选票。

《为比图拉而战》中,竞选是贯穿始终的情节,吉妮作为党派领袖参加地方选举,这个显性情节塑造出一位积极投身民主政治的印度新女性形象,情节发展中的冲突、高潮是小说叙事的需要,也是塑造人物形象的需要,但这些情节恰恰也反映出印度民主政治中的不民主,如领导人世袭、贿选、舞弊等,从而形成对显性情节的反讽性,揭示印度选举中的真实情况,表现出印度政党领导人世袭化这个严肃的主题。小说在塑造主人公、推进故事情节发展的同时,也引发了读者对如何认识、理解印度社会中的这些问题的思考。

---

① 陈锋君. 印度选举制度述评[J]. 当代世界与社会主义,2005(2):17-20.

觉杭的琪客小说因个性鲜明的女性形象和丰富的印度社会生活内容深受读者的喜爱。她的小说在叙事中聚焦女性爱情与工作、生活的关系,叙事内容承载着教化功能,将通俗小说严肃化,展现严肃的社会、文化内容,用风趣幽默的语言描写当代印度青年女性朝气蓬勃的面貌。小说利用现代女性日常生活中的语言、行为等表现女性生理、心理本真的一面,通过与女性日常生活相关的情节,反映当代印度女性自我发展的过程,赞颂她们独立、自主的精神面貌。小说中女性所从事行业的广泛性和多样性,也反映出女性社会身份、地位的变化。小说所展现的女性与男性、女性与社会的关系是当代印度社会的新景象,也是印度女性以独立、自主形象出现在社会中的新风尚。同时也要看到,大众言情小说为女性描绘出一幅生活、爱情的乌托邦画面,在一定程度上成为现实生活中女性的情感慰藉。

觉杭将琪客小说的类型叙事与印度的板球、政治等元素相结合,利用社会生活事件本身的起伏变化推动小说情节发展,调节人物之间关系发展以适合类型小说结构需要。小说从女性的视角观看、解读传统男性空间样态,显示出当代印度女性的独立、自尊,愿意并敢于在不同领域发挥作用。

第四章 曼珠·卡普尔的家庭小说

曼珠·卡普尔的第一部小说《倔强的女儿》(*Difficult Daughters*,1998)获得1999年度英联邦文学(The Commonwealth Prize)优秀处女作奖。之后,她陆续出版多部以已婚女性为主人公的家庭小说(Domestic Novel),表现女性个人与家庭之间的关系。在卡普尔的小说中,能看到女性反叛传统父权文化的努力和挣扎,但她们的结局和命运依然表明传统文化对当代印度女性的规约。本章从分析卡普尔小说中人物的家庭身份、家庭关系入手,解读小说的传统文化导向。

第一节 印度英语小说中的家庭叙事

在世界各地的文学中,家庭都是一个独特而常见的叙述视角。家庭小说

"在英美文学中是一个经常被使用但很少被严格界定的术语"①。在中国,它曾作为"新名词"被定义为"取材于家庭问题的通俗小说。暗示人类生活的一切,唯有在家庭之中才可追寻"②。家庭小说以家庭生活为描写中心,以家庭成员之间的情感、矛盾为主要线索,"以家庭形态、家庭关系为素材,全面表现家庭的幸福或危机、夫妻关系、亲子关系的小说"③。家庭小说作为大众文学的一部分,从物理空间看,一般所说的"家庭小说"中的"家庭"通常是现实生活中"家庭"的同义语。作家们"不是以表现自我为中心,即使写家庭生活也体现出强烈的社会意识。这些作品揭露社会问题,批判社会与人性的丑恶,表现出作家强烈的责任感、正义感和忧患意识;在写作手法上不追求先锋性、探险性,而是运用巴尔扎克式的经典现实主义,追求大众化、时代性和可读性"④。

家庭或家庭生活是当代社会研究的一个重要场域,本章讨论的家庭小说,主要是指由女性作家创作的表现妇女家庭生活的作品。在印度英语小说作家中,女性作家占有重要地位,尤其是20世纪八九十年代以来,越来越多的女性作家创作了多样主题的作品。她们聚焦女性在家庭空间内的多重关系、多种身份,写她们对家庭、社会的感受。在众多的印度女作家中,安妮塔·德赛(Anita Desai)和沙希·德什潘德(Shashi Deshpande)的成就突出,她们塑造的女性形象从不同方面展现了印度女性的面貌及其社会、家庭处境。

安妮塔·德赛是当代杰出的印度英语小说家之一,她试图描绘人类灵魂受困于生活环境中的悲剧,她"对心灵的内部景观比对政治和社会现实更感兴趣"⑤。在她的小说中,印度英语小说达到了以前鲜有的深度。她更感兴趣的是评价人类心灵的内部景观,而非描绘生活的实际和社会现实。西方伟大哲学家的影响和印度社会结构快速变化的因素对德赛产生了巨大的影响,她的每一部作品都是对"心灵自我"的一次令人难忘的探索。她的作品执行得如此彻底,以至于她的作品看起来像是一种哲学体系,一种以存在主义形式为世人所熟悉的体系。她的小说主要聚焦于个人生活的孤独。通过小说《哭泣吧,孔雀》(*Cry, the Peacock*;1963)、《城市之声》(*Voices in the City*,1965)和《再见黑鸟》

---

① 卢敏. 19世纪美国家庭小说与现代社会价值建构[J]. 外国文学评论,2009(2):60.
② 新中国辞书编译社. 新名词综合大辞典[M]. 上海:大地书店,1950:223.
③ 谢志宇. 论近、现代日本文学中的家庭[D]. 杭州:浙江大学,2010:3.
④ 王向远. 日本文学汉译史[M]. 银川:宁夏人民出版社,2007:340.
⑤ IYER S N. Naikar:Indian English Literature[M]. New Delhi:Atlantic Publishers and Distributors,2002:176.

(*Bye-Bye Blackbird*,1971),她将印度女性小说家在英语小说中的成就提高到了一个新的高度。

《哭泣吧,孔雀》是安妮塔·德赛的第一部小说,是对玛雅(Maya)不和谐婚姻生活的高度印象主义的描述,一个极度敏感的女人把她超然而冷漠的丈夫乔答摩(Gautama)从屋顶上推下去,导致了他的死亡。孔雀的叫声象征着她所渴望的难以捉摸的平衡。在《城市之声》中,玛雅、乔答摩的悲剧在小说主人公的生活中再次上演,德赛生动地描述了三个年轻人的精神追求,他们敏感、受过教育、过度秉持自我意识,但在加尔各答的生活中却被缺乏目标所困扰。德赛的阿卡德米奖获奖小说《今年夏天我们去哪里?》(*Where Shall We Go This Summer?*,1975)讲述西塔(Sita)对城市生活的一个基本的二分法认识,她徘徊在同情、死亡和毁灭之间,以及她由此产生的从整个文明中解放自己并得到肯定的冲动。小说描绘了主人公西塔的内心世界和她对生活的厌倦。在1980年的《阳光普照》(*Clear Light of Day*)中,德赛将国家的自由与主人公拉贾(Raja)和比姆(Bhim)的个人自由做了讽刺性的类比。她的其他作品《山上的火》(*Fire on the Mountain*,1977)、《监禁》(*In Custody*,1994)和《斋戒,盛宴》(*Fasting, Feasting*,1999)也描写了女性身份问题等内容。

德什潘德出生于学者家庭,父亲是梵语学者、戏剧家。她出版了十部长篇小说,以描写婚姻、家庭生活和印度女性在社会的压力和期望下与世隔绝的苦恼而闻名。此外,她还出版了四本儿童书籍和一些短篇小说,并把父亲旁遮普语的自传译成了英文。她的小说《漫长的沉默》(*That Long Silence*)在1990年获得印度文学院奖(Sahitya Akademi Award),《根与影》(*Roots and Shadows*)被评为1982至1983年度印度最佳小说。她的重要作品包括《黑暗无惧》(*The Dark Holds No Terrors*,1980)、《如果我今日逝去》(*If I Die Today*,1982)、《时间问题》(*A Matter of Times*,1996)和《微弱的救济》(*Small Remedies*,2000)。

德什潘德早在1978年就开始短篇小说写作,她是印度独立后女性作家写作的先锋,是安妮塔·德赛、卡玛拉·玛坎达亚(Kamala Markandaya)、纳衍塔拉·瑟迦(Nayantara Sehgal)、露斯·贾巴瓦拉(Ruth Jhabwala)等女作家的榜样。与德赛、瑟迦等女作家关注东西方文化交融与碰撞不同,她的主人公多为具有鲜明印度传统文化特色的女性形象,如悉多、德罗帕蒂、甘陀利等。德什潘德经常把自己的经历写进小说中。在写作起步阶段,她几乎是在完全孤立的情况下完成作品的。当时,她是带着两个年幼孩子的家庭妇女,几乎无法向任何人分享她的作品,经常处于极度自卑的状态。作为女性,德什潘德自身的经历和感受给了她很多写作灵感,小说人物在她心里有着清晰的形象。她认为每个女人都有两个截然不同的自我:一个是"知性的自我",另一个是"女性的自我",这两个自我之间的冲突促成了一个艺术家的创造性自我。

  女性成长是德什潘德所有小说中反复出现的主题。以她的代表作《漫长的沉默》为例,小说讲述了主人公贾娅(Jaya)的生活故事。年轻的贾娅聪明、活泼,对世界充满好奇。祖母总是教育她要表现得更像一个文明、有教养的女孩,比如擅长做家务等。她要更加包容和善解人意,因为她总有一天要去公婆家,这种好性格能帮助她在新的家庭里处理好各种关系。贾娅嫁给了家族友人家的孩子莫汉(Mohan)。莫汉被安排了一份舒适的工作,他们开始了婚后新生活。不久,莫汉被调到了孟买,这对年轻夫妇不得不搬到孟买。他们很好地适应了这个新城市,有了儿子拉胡尔(Rahul)和女儿拉蒂(Rati)。贾娅把时间都献给了她的丈夫和孩子,从照顾他们中获得慰藉。然而,这种幸福并没有持续多久,莫汉因卷入工作中的纠纷而失去了工作,一家人搬进了一间肮脏的公寓。在莫汉需要贾娅的安慰和陪伴时,贾娅却很难体会他的困境。两人的关系变得紧张,相互疏远。贾娅意识到两人之间已经有了"长时间的沉默"。这时,贾娅刚离婚的姐姐来到他们家,这给两人的婚姻也带来负面影响。莫汉最终离家出走。贾娅想起了她的童年、她破碎的作家梦,并受到对孩子教育失望等诸种因素的困扰。孤独和沮丧的贾娅意识到自己的错误,在丈夫需要她的支持和鼓励时,她没有帮助他,没有尽到妻子的义务。贾娅收到莫汉的电报,告诉她他即将回来,工作上的问题也解决了。经过这种变化,贾娅蜕变成一个新女人。她决心再也不让这种"长时间的沉默"成为两人之间的隔阂。小说写贾娅和莫汉在沉默中几乎没有任何交流,既没有语言上的交流,也没有情感上的交流,他们之间只有压抑的沉默。贾娅想要逃离被监禁的家庭生活的束缚,为自己找到一个新的身份。她沉思道:"我们之间没有什么……我和莫汉之间什么都没有。我们生活在一起,但我们之间只有空虚。"[①]但是,印度女性传统的文化观念却促使贾娅回归家庭和责任。"印度教女性的顺从和忠诚已经退化到一种顽强的卑

---

① DESHPANDE S. That Long Silence[M]. London: Virago Press Ltd., 1988: 185.

躬屈膝的状态,一位现代女性被传统所包围,德什潘德在这里展现的不是一个渴望反抗的女人,而是一个最终甘心接受自己不幸命运的女人。"①贾娅是中产阶级女性,辗转于传统与现代,在家庭与外部世界之间寻求平衡。她的自我探索和自我发现也是一段从无知到觉醒的人生旅程。起初,她是生活富足、不必思考的"无知女性",但一场突如其来的危机促使她重新思考自己的生活,从而促进了个人心理上的进化、发展。在德什潘德的小说中,自我实现的过程并非于青年时代而是在婚后,当女人足够成熟时,她便可以反思她在男权社会中的沉默和隐形。德什潘德作品中的主人公在生活中扮演着一个自信、具有信念的女性,但她们对个人解放的追求并不意味着否定对家庭和社会的责任。

德什潘德在作品中从女性不同的家庭身份出发,从不同角度表现她们的成长及其过程中遭遇的多重危机,以及女性在实现自我的过程中所遇到的巨大障碍。德什潘德塑造了很多母亲形象,她的叙事多描绘一个女人通过寻找她的母性,从而认识她的真实自我。德什潘德展现了她对女性心理的非凡洞察,并将主人公描绘成无数的角色——妻子、母亲、女儿,最重要的是,主人公是一个有自我意识的个体。德什潘德以普通的家庭环境为背景,揭示了女性作为妻子、母亲和女儿所经历的不同程度的压迫,并审视了引发她们寻找自我的各种常见的家庭危机。

德赛、德什潘德等女性作家在写作中注重女性角色、女性的生活和经历。女性角色在处理爱情、婚姻和性问题时,常以她们与男性的关系来形象化地表达。对于女性的问题,德什潘德在《我为什么是女权主义者》中写道:"女权主义迫使女性忙于事业,不仅仅满足于做个家庭主妇。她们可以找最小的借口匆忙离婚,抛弃丈夫和家庭。"②卡普尔在自己的小说中对这些问题予以描述与解说。

曼珠·卡普尔生于阿姆利则,父亲是一位经验丰富的教育家,担任过大学校长职务。卡普尔在德里米兰达豪斯大学女子学院(Miranda House University College for Women)获得英语文学学士。1972年,她获得加拿大达尔豪斯大学(Dalhouse University)文学硕士学位,之后在德里大学(Delhi University)获得

---

① SHARMA R. Shashi Deshpande: A Critical Elucidation[M]. New Delhi: Sarup Publishes Pvt. Ltd., 2008: 86-93.
② DESHPANDE S. Writing from the Margin and Other Essays[M]. New Delhi: Viking by Penguin Books in India, 2003: 84.

博士学位。卡普尔毕业后先到米兰达豪斯大学做英语教师,后又去德里大学教授英国文学。她以 Manju Kapur 之名发表小说,生活中以 Manju Kapur Dalmia 之名工作。

卡普尔的第一部小说《倔强的女儿》获得 1999 年度英联邦文学优秀处女作奖。2011 年,她的小说《移民》(*The Immigrant*,2010)获得 DSC 南亚英语文学奖。她的作品还包括《已婚妇女》(*A Married Woman*,2003)、《家》(*Home*,2007)和《抚养权》(*Custody*,2011)等。其中,《家》《移民》被改编为电视剧。此外,卡普尔还主编了《塑造世界》(*Shaping the World*,2014)一书,选录了当代一些有影响的南亚女作家谈写作的文章,介绍她们写作的观点和创作理念。

很多学者认为卡普尔是位女性主义作家,并对她的小说做过专题研究,认为她是继安妮塔·德赛、沙希·德施潘得等人后又一位重要的女性作家。不少学者认为她的作品颇具现代性,并经常将她的作品与纳伊尔(Anita Nair)、拉希莉等其他女作家的作品进行比较研究①,分析卡普尔作品中当代已婚女性形象身上所呈现出的在传统与现代之间的选择困境、挫折与异化,她们的情感和心理创伤,两性之间的复杂关系等内容,以卡普尔小说中的女性的恋爱、婚姻和家庭生活,来折射印度社会的发展变化。

本章从家庭小说类型中重要的组成部分,即家庭关系角度入手,以卡普尔小说中女主人公为研究对象,考察其作为女儿、妻子与母亲等不同家庭身份与其他家庭成员之间的关系,解读人物特点以及小说揭示的当代印度家庭生活。学者们普遍认为卡普尔小说中的女主人公性格叛逆,反叛家庭、社会以及传统文化的束缚,但与此同时,她们都有着悲剧性的结局,在静止锈钝中延续生活。读者在叙事进程中阅读到的人物命运结局没有摆脱既有的普遍性,而在文本隐性叙事进程中始终传递出的印度传统文化、传统家庭关系对人物的影响是人物命运真正的主导者。

---

① CHAR S. Indian Womanhood: Warped in Contradictions[M]. New Delhi: Vikas Publishing House, 2000: 49.

第二节　卡普尔小说中的家庭关系与人物形象

卡普尔小说以塑造中产阶层已婚家庭女性形象为主,描写她们在家庭生活中的身份、职责、与其他家庭成员的关系等。《倔强的女儿》描写出身阿姆利则大家族的女大学生维玛蒂(Virmati)走出家门去学校任教,又不顾家人反对嫁给已婚教授的故事。《已婚妇女》描写阿霞(Astha)在和赫曼特(Hemant)的平静生活之外,与画家帕皮(Pipee)发展出的一段同性之爱。《家》写索娜(Sona)和尼霞(Nisha)母女两代人的婚姻遭遇。《移民》写尼娜(Nina)寄居加拿大寻找自我身份的经历。《抚养权》描写沙恭(Shagun)放弃家庭追求个人新生活,其中还描写了一位离异女性伊斯塔(Ishita)与沙恭不同的人生选择。这些小说通过日常家庭生活叙事,展现当代印度家庭(大多为中产阶层)中女性的多样形态。

印度女性大多认为自己"长大就要结婚当妻子、做母亲和儿媳妇"[①],而很少质疑这种命运。女性结婚后,家庭成为她们主要的活动空间,妻子、母亲和儿媳等家庭身份也意味着相应的责任,"家指望咱们女人,孩子们的幸福、丈夫的幸福都在于你。伟大的印度家庭都建立在女性牺牲的基础上"[②]。女主人公们在家庭中,从女儿到成为妻子、别人家的"女儿"(儿媳)和孩子的母亲,她们一个人在家庭中承担着种种身份,维系、连接着不同的关系脉络,她们的生活经历展现出印度的家庭关系样态和生活样态,塑造出差异人物的共性命运。

一、女儿:与父母、与婆婆的关系

女儿作为女性出生时与世界建立的第一种关系,即与父母的关系。她们嫁为人妇时,与丈夫的父母又建立了另一组父女、母女关系。这两种关系也影响和制约着女性在家庭中的其他身份关系。

---

① KAPUR M. Custody[M]. Gurgaon：Random House India, 2011：22.
② KAPUR M. Custody[M]. Gurgaon：Random House India, 2011：99.

1. 与父母的关系

在印度,女性受教育、婚姻等的机会都掌握在父母手中。卡普尔小说中的女性大多是父母手中的棋子,被父母安排好生活。她们有的个性叛逆,体现在她们从父母那里争取更多受教育的权利和更大的婚姻自主性方面。

在卡普尔小说中,教育是女性争取个体独立的重要渠道。《倔强的女儿》的主要故事背景发生在20世纪三四十年代的旁遮普、拉舍尔地区,维玛蒂一边帮母亲照顾弟弟、妹妹,一边坚持读书学习。她完成高中学业后,父母要她按照婚约结婚。她不仅拒绝成亲,还逼迫父母取消了婚约,远赴拉舍尔读大学。她在与教授成亲之后,依然想去加尔各答的国际大学深造。维玛蒂因为受过良好的教育,可以在社会上谋取一份工作,成为职业女性,有自己的事业。维玛蒂读书、求学的经历,是她不停违背父母意愿的过程。在婚姻方面,她不顾及社会习俗,也不顾及父母感受。父母知道她和教授的感情后,把她关在家中不准外出,她让妹妹帮忙为她和教授传递情书。她去拉舍尔读书、去外地工作后,继续和教授保持联系,成为了教授的情人。在朋友的帮助下,她和教授举办了简单的婚礼。她回到阿姆利则后,父母觉得颜面尽失,和她断绝来往,父亲去世她也没有送别。维玛蒂作为女儿不顾一切违背父母意愿,但她作为儿媳却没有违抗婆婆的勇气。

与维玛蒂生活的时代不同,印度独立后,女性受教育的权利得到保障,读书、学习反而成为父母要求女儿要认真做好的事情,女儿与父母在学习方面的冲突,体现在个人兴趣与父母要求之间的矛盾。《已婚妇女》中,阿霞的父亲是普通工薪族,"她是父母的独生女儿。她的教育、性格、健康和婚姻都是他们的责任。她是他们的未来,是他们的希望。她不希望他们这么小心地看护他们珍贵的宝藏,可他们非常仔细,唉,他们确实这样"[①]。阿霞的父母每天早上五点带着她一起锻炼身体,并说她将来要为此感谢他们。父亲相信女儿的未来掌握在她自己手中,他们传授给她的知识会让这双手更加有力。他督促女儿学习,因为她的懈怠而责打她,更不允许她保留绘画这个爱好。在婚姻方面,母亲将希望寄托于大神的庇护,每天督促女儿向克里希那祈祷保佑她姻缘美满。阿霞在父母的严格管束下成长,父母为她安排的婚姻看似幸福美满,但她被束缚的

---

① KAPUR M. A Married Woman[M]. London: Faber and Faber, 2003: 1.

绘画天赋和毫无激情的生活磨蚀着她的个性。

在卡普尔的小说中,女儿与父母的关系很少有维玛蒂式的反叛,更多呈现为阿霞式的顺从。《移民》中的尼娜、《抚养权》中的沙恭都和阿霞一样,是对父母言听计从的独生女儿。在父母看来,将女儿嫁出去是完成宗教礼法规定的义务。

2. 与婆婆的关系

在印度,婆媳关系问题也是家庭生活中亘古不变的主题。随着传统大家庭式的生活方式朝核心小家庭式变化,婆媳关系也演绎出传统与现代、变与不变的表现形式。婆婆挑选、判定媳妇的标准更多还是从传统习俗、家庭职能等角度考量,但她们对媳妇的控制较之前有所减弱。

传统印度社会(尤其是印度教教徒)崇尚"大家庭"制度,一般大家庭包括两三代甚至更多的有血缘关系的家庭成员及其配偶,大家庭制度有益于维系家族商业发展和树立社区地位。当代印度社会中大家庭数量虽大为减少,但它却仍然具有一定生命力,不少人还维持着大家庭的生活方式。著名印度裔作家奈保尔(V. S. Naipaul)的小说《毕司沃斯先生的房子》(*A House For Mr. Biswas*, 1961)就描写了传统大家庭生活中的故事,毕司沃斯先生处处看人脸色的窘境、与丈母娘的矛盾是这种大家庭成员关系的写照,卡普尔小说也有类似的描写。公婆衡量媳妇好坏先看嫁妆,再看能否生育,尤其是生男孩。《家》中索娜婆婆本来就对儿子不听父母劝告娶了索娜不满,对其多年生不出孩子更加不满,不让她参加家族祭祀。但婆婆一听说索娜怀孕了,对她的态度立刻发生了变化,甚至都不让她弯腰捡东西。《家》中还写了尼霞的相亲对象,他的亡妻生前因不能生育受到婆婆冷遇。在男子的讲述中,尼霞甚至怀疑是男子的母亲故意让人杀害了他的妻子。年轻夫妻即使不与公婆一起生活,婆婆对不能生养孩子的媳妇也很苛刻,《抚养权》中伊斯塔因为不能生育而离婚,她婆婆很快为儿子重新娶了一名嫁妆丰厚的女子,还很快生了两个儿子。婆婆衡量媳妇好坏还要看她做家务的技巧和道德水平。沙恭婆婆因为沙恭的美貌而怀疑她是否甘心做一名家庭主妇,她劝儿子再结婚的理由也不外乎伊斯塔对孩子好,会是一个照顾家庭的尽职主妇。维玛蒂与婆婆、丈夫的第一位妻子生活在一起,她怀孕时,婆婆命令她和自己睡一张床,这反而让她夜里无法入睡。维玛蒂想吃什么食物时,也只能假借丈夫之口提出,否则食物不是太咸就是太甜,婆婆和丈夫的第一位妻子并不愿意考虑她的感受。婆婆和媳妇同为女性,涉及婚姻、家庭中这些由传统文化习俗主导的问题时,固有观念排挤了同性之间的理解和同情。

随着工业化和城市化发展,印度社会中夫妻和孩子一起生活的小型核心家庭逐渐增多,婆媳之间不必朝夕相处,婆婆们基于年龄、家庭地位所形成的对媳妇的控制力比在大家庭里削弱很多,婆媳关系也多了一些回旋余地。沙恭夫妇带孩子搬出去生活后,婆婆"非常怀念孙子、孙女环绕身边如天堂般的生活,就怪媳妇让自己感到孤单了"①,沙恭即使不情愿,也尽量周末带孩子去看望婆婆,婆婆有时也会帮她照顾孩子。沙恭的丈夫生病住院,婆婆仍会叱骂她没尽到妻子的责任。阿霞刚和赫曼特度完蜜月回家,就全身心地履行媳妇的职责,每天上午去看望公婆,陪婆婆外出购物,在厨房准备食物。婆婆和阿霞的关系比较融洽,还会和她商量在美国的小姑子的事情,阿霞和朋友外出一个月参加画展,婆婆来家照看孩子。婆婆们虽然将照顾儿子的任务转交给媳妇,但对媳妇还是不放心。阿霞的婆婆经常去他们夫妻的卧室,仔细检查每样物品。

女性结婚后进入婆家,丈夫和公婆成为她服侍的对象,他们对她具有绝对的支配权和控制权。和卡普尔的家庭类型小说一样,婆媳关系是很多印度英语小说中常见的主题。早期英语作家安纳德就在多部小说中描写过婆媳之间的矛盾,在《村庄》(*The Village*,1960)中,拉卢母亲不喜欢她的大儿媳妇,除经常呵斥她外,还怂恿儿子打她。拉卢对此难以理解,质问母亲她自己的女儿被这样对待的话是否会难过。索娜自己结婚时并没有带多少嫁妆到夫家,但她给儿子挑选媳妇时偏重于女方嫁妆多少,性格好坏倒在其次。正如中国古话所说"多年媳妇熬成婆",婆婆们都从当媳妇那个阶段走过来,她们很多人成为婆婆后却站在媳妇的对立面,成为传统习俗的维护者、执行者。

学者们分析作家们描写的种种婆媳关系,认为"家中的女性长辈在教导新加入的女性群体时,多采用男权价值观,更多时候甚至加入了共同责备、辱骂、抽打新加入女性成员及剥夺其人身自由的队伍。对这种现象最合理的解释是,女性长辈也经历了这种痛苦和羞辱的成长历程,心理和身体已顺从了这种社会现实和奴役关系,视其为理所当然及新妇心性成长的必然过程,甚至不排除存在部分女性长辈心理扭曲的情况,她们渴望通过'教导'行为来发泄自己的各种

---

① KAPUR M. Custody[M]. Gurgaon: Random House India, 2011: 24.

不满"①。这种看法部分地指出了延续千百年的婚姻文化对婆婆(女性)意识、观念的固化作用。与此同时,也要看到婆媳关系本质上仍然是婚姻所承载的社会文化、宗教等规定性的投影,是女性家庭、社会地位的表现。"正是通过婴孩,女人将被编码进入家族的链条"②,也就是说,养育过子女(尤其是儿子)的婆婆在家庭中的身份已不再单纯地为妻子、母亲、媳妇,她成为男性权利的维护者和执行者,婆婆与儿媳妇的关系代表的是父权、夫权等男性权利对女性的控制和剥削。以嫁妆来说,婆婆向儿媳妇索取嫁妆,也是在维护自身权利。正如《摩奴法论》所规定的那样,女性先是依附于父亲,结婚后依附于丈夫,如果丈夫去世,她就要依附于儿子。婆婆在为儿子索取嫁妆的同时,也起到了为自己将来寻求生存依附的作用。

婆媳关系不是一个独立的问题,随着社会经济文化发展,婚姻所承载的规定性内容以及家庭结构、成员关系等各种相关因素发生变化,婆婆与媳妇之间的关系也会随之发生变化。

二、妻子

夫妻是维系家庭的重要元素,夫妻关系是家庭关系的基础。在卡普尔小说中,女性形象既有在夫妻关系中处于从属地位的妻子,也有放弃丈夫、重新选择的妻子。这些夫妻关系在反映印度中产阶层婚姻传统性的同时,也显示出夫妻关系的新状态,但女性形象的结局也暗示了小说的叙事态度。

1. 妻子的从属地位

印度家庭中的夫妻关系与传统文化思想不无关联。在以印度教为主体的社会中,人们一方面认为结婚是神把妻子赐给一个男子,婚姻是神明安排的,女性要借助婚姻、男人的帮助才能获得宗教拯救、获得解脱,这种思想强化了妻子的从属地位。另一方面,女性没有财产继承权,父母会给女儿嫁妆作为婚后生活必需的一部分钱财。她们结婚后多在家照顾家庭,妻子没有经济来源,依附丈夫为生。"妻子"是由婚姻形成的女性家庭身份中的基础角色,妻子和丈夫之

---

① 蒋茂霞.印度女性问题的历史沿革与现代演进[M].北京:中国社会科学出版社,2017:38.
② 朱丽娅·克里斯蒂娃.中国妇女[M].赵靓,译.上海:同济大学出版社,2010:30.

间的关系受经济、法律、文化传统、宗教习俗等种种因素影响,妻子的地位从属于丈夫,从古至今,"妻子依附于丈夫"是印度家庭关系中变化最小的部分,妻子是女性第一个家庭角色,这对婚后夫妻之间感情、家庭生活都产生了影响。

在卡普尔的小说中,妻子们无一例外地处于传统夫妻关系中的从属地位。尼娜结婚前是教师,她去加拿大后才有机会从家庭中走出来,再次进入大学学习,毕业后再次投身社会担任大学教师。尼娜的选择很大程度上得益于其身处国外。同样,沙恭和拉曼离婚后,随阿肖克(Ashok)到了美国,阿肖克也鼓励她参加工作。当然,这并不是说女性在印度国内就没有机会走出家庭争取经济独立,但这种可能性要小得多。妻子的从属地位也决定了她们和丈夫之间感情交流大多数时候并不顺畅。由于父母包办婚姻,妻子和丈夫的关系大多从陌生人开始,经过相亲时短暂的接触后,一结婚就要成为行为亲密的夫妇,这需要她们尽快调整自己以适应新的身份,快进式的夫妻关系往往造成两人相互了解、相互理解的过程艰难而缓慢。阿霞擅长画画,孩子上学后,阿霞重新拿起画笔寻找自己失落的爱好和特长。赫曼特不以为意,更无法理解她抛开家庭去参加画展的行为。《移民》中,尼娜的相亲对象阿纳达(Ananda)收到她的照片时,他担心照片带有欺骗性,她的皮肤并不像照片上那样白。阿纳达虽不满意尼娜的年龄,但看中她懂法语的条件,因为加拿大很多人说法语,这样尼娜可以在诊所帮他。阿纳达从自身角度考虑的择偶态度,使他不愿意与尼娜交流夫妻性生活中的障碍,而是跑到美国治疗,使两人的关系进一步恶化。

2. 夫妻关系解体

卡普尔小说没有回避当代印度家庭中出现的出轨、离婚、再婚等情况。"婚姻的主体同时有两个支撑点:经济基础和性的忠贞。"[①]由于各种原因,婚姻主体中的支撑点"忠贞"难免会垮塌,离婚和再婚现象有所增加。沙恭本来就不满足婚后平淡的生活,她结婚前就想做模特,当阿肖克邀请她去拍摄广告时,她当然不会放弃因为婚姻而搁置的梦想。更重要的是,阿肖克为沙恭打开了因婚姻而关闭的、了解世界的大门,让她有机会接触不同的生活环境、生活方式和生活理念。这是沙恭投奔阿肖克怀抱的外在原因,也不能排除婚姻缔结方式、家庭生活等因素的激化作用。阿霞和女友发展出同性之爱,很大一部分原因是她和

---

① 阿伯特·伊丽莎白.婚姻史[M].孙璐,译.北京:中央编译出版社,2017:70.

丈夫的性生活中丧失了乐趣。原本是陌生人的男女结婚后有可能演绎出"婚后爱情",但家庭中由于经济、传统等原因导致夫妻地位不均衡,则难出现爱情婚姻,出轨是夫妻情感破裂的极端表现方式,阿霞最终回归家庭,沙恭则放弃家庭开始新的生活。离婚伤害了家庭成员之间的关系,瓦解了家庭,同样也带来重组的机会。伊斯塔因为不能生育被丈夫遗弃,她认为沙恭抛弃事业有成的丈夫和两个可爱的儿女,是邪恶的女人。伊斯塔觉得自己"有机会开始新生活是幸运的"[1],她所谓的"新生活"就是与拉曼再婚后所获得的妻子、母亲的身份以及由这种身份带来的传统文化定义的女性的完整感。

当然,这些变化情况对妻子来说并不简单,它涉及女性经济独立问题。尼娜从印度嫁到加拿大,她离开阿纳达后首先就要考虑"经济自足,社会接受"[2]等现实问题,独立不仅意味着离开丈夫"做自己",也意味着打破家庭关系中传统的、对丈夫的经济依附关系。沙恭和阿肖克再婚,她对母亲再三强调阿肖克会抚养自己的两个孩子,作者从沙恭的诸多经济活动中隐晦地指出,沙恭经济上仍然需要依附阿肖克,就像她之前依附拉曼一样,她的新婚姻能实现自己"新"的夫妻关系以及由此带来的"新"生活吗?在经济地位没有根本改变的情况下,沙恭得到的答案似乎并不乐观。这也是小说揭示的问题:在夫妻关系这个重要的涉及婚姻、家庭的问题上,当代印度女性尤其是妻子们该如何面对传统习俗造成的"不变"固态与变化的社会文化之间的冲突。

三、母亲

印度社会认为女性成为母亲后人生才获圆满,"女性从小就知道她们应该有孩子,母亲身份受到尊敬"[3]。在印度,人们对女性的认识主要基于她们作为妻子和母亲的身份,母亲与孩子的关系也是家庭关系重要的构成内容之一,以母亲照顾孩子为主,她们在孩子(特别是幼年时期)心目中的地位很高,与孩子之间的关系对孩子的人格发展影响很大。

---

[1] KAPUR M. Custody[M]. Gurgaon: Random House India, 2011: 303.
[2] KAPUR M. The Immigrant[M]. Noida: Random House India, 2010: 329.
[3] CHAR S. Indian Womanhood: Warped in Contradictions[M]. New Delhi: Vikas Publishing House, 2000: 49.

"阿霞时常看着自己的家人：丈夫、女儿、儿子，她都有了，她完整了。"①很多印度人和阿霞的想法一样，认为由父亲、母亲、儿子和女儿组成的四口之家是美满的家庭构成模式。对于印度女性来说，不管她意愿如何，"母亲"身份需要生儿子才能进一步得到确认。在印度传统文化中，生育"主要意图也是生一个儿子，从而为父亲进入天堂铺好道路"②，只有成为有儿子的父亲才能达到解脱。阿霞怀孕时，赫曼特宣称自己更喜欢女儿，而阿霞生下女儿后，赫曼特则希望她很快再生一个儿子。阿霞生了儿子后的情形和生女儿时也不一样：儿子命名仪式比女儿的隆重，阿霞还收到金首饰和新纱丽作为"奖赏"。索娜生了女儿后还继续敬神，以求再生一个儿子。沙恭第一个孩子就是儿子，她觉得没必要再生一个孩子，所以直到儿子八岁时，她才不情愿地再生了一个女孩。有趣的是，卡普尔小说中女主人公的母亲要么只有女主人公一个女儿（索娜也只有妹妹，没有兄弟），要么是寡妇，她们只能依靠女儿或者到静修林养老。小说这种人物关系设置和情节安排，客观上展示了未生养儿子的女性老无所依的困境，应和了传统思想中的观点。由于儿子对家庭、父母具有重要意义，母子关系也较母女关系显得重要一些。例如，小说写阿霞在儿子两个月大时，她在与儿子的母子对视中感受到前所未有的幸福和满足。伊斯塔的前夫尽管已经二十七八岁了，还事事听从母亲的安排。母亲对他说不必陪妻子去医院做妇科手术，他就不去了，最后甚至在母亲的要求下和伊斯塔离婚。在日常生活中，母亲无法公平地对待儿女。例如阿霞要求女儿让着弟弟，索娜要求儿子阻挠姐姐和同学谈恋爱等，母亲们在潜意识里可能还停留在《摩奴法论》中女性要从父、从夫、从子的规定，儿子年龄虽小却也是家庭男性的代表。

母亲在家庭生活中的绝大部分时间和任务就是照顾和陪伴孩子。随着现代教育形式发展，更多家庭选择将孩子送入为不同年龄阶段儿童开设的教育机构，这在一定程度上减轻了母亲照顾孩子的压力。她们照顾孩子饮食起居之外，接送孩子上学、放学就可以了。沙恭在和丈夫离婚过程中，尽管晚上不在家住宿，但还是会照顾孩子入睡后才离开，第二天早晨再过来送孩子去学校。阿霞在孩子学习遇到困难时，会帮孩子想办法，比如找教师给孩子补课等。在卡普尔的小说中，母亲潜移默化地向女儿灌输传统文化思想也是家庭教育中的一

---

① KAPUR M. A Married Woman[M]. London: Faber and Faber, 2003: 69.
② 古哈特·拉纳吉特.少数人的恐惧[M].任其然, 等译.北京:商务印书馆,2017:125.

部分。索娜让女儿尼霞从学校回家"学习怎样做一个好妻子"①,带着她开展祭祀,给她讲女性遵从家里长辈的故事,如印度史诗中莎维德丽救夫的故事等。一些学者分析卡普尔小说中母女之间关系,宽泛地来看,阿霞、沙恭、尼娜等人的母亲对于她们相亲、生子、与丈夫关系诸多方面的教导也是家庭教育的一部分,她们传递的正是传统文化中对女性的种种要求和规定,比如阿霞母亲要求她一定要生儿子,还虔诚地请祭司来家开展祈祷活动。

家庭中,母亲职能缺失对孩子的影响更为明显。随着女性受教育程度提高,女性身份意识增强,她们期待走出家门进入社会获得被多方面认可的机会,更期望通过参加工作改善自己的经济地位,这些都分散了她们在家庭里的职能。阿霞结婚、生育后没有放弃教师工作,她的工资虽然不高,但自己有了自由支配金钱的可能。她为此也付出了更多的努力,在工作、家务和照顾子女之间疲于应付,尽可能陪伴孩子。夫妻间情感的亲疏变化或夫妻关系解体也对孩子产生影响。沙恭有了儿子之后,不想再生孩子拖累自己。她生了女儿后,觉得从头再次经历一遍照顾孩子的过程使她厌倦,就极力劝说丈夫早日将女儿送入幼儿园。沙恭和拉曼离婚过程中的冷战、分居,给孩子带来很大的精神压力,儿子的学习成绩快速下降,女儿也经常尿床。她和阿肖克结婚后,专心享受和新婚丈夫的二人世界,把儿子送入寄宿学校,经常让母亲帮助照顾女儿。沙恭与子女之间日渐疏远的关系最终造成女儿在法庭上向法官宣称伊斯塔是自己母亲。阿霞陷入与帕皮的婚外恋情时,她同样疏于对子女生活方面的照顾、学习方面的帮助。她放下家庭和帕皮去外地旅游,内心承受着对家人的愧疚与对帕皮的依恋的情感矛盾折磨。由于帕皮出国读书,阿霞最终回归家庭,她对孩子造成的伤害似乎没有沙恭那样大,但她们本质上都违背了家庭职责。小说指出她们的行为给家庭、子女造成危害,但无法给出解决办法。

从印度独立初期的维玛蒂到21世纪的沙恭等女性,卡普尔塑造出丰富多彩的女性形象,从家庭关系中展现她们不同的人生际遇。社会变化给女性带来机遇也产生诱惑,女性在家庭职能与个人追求间努力维持平衡,在"变"与"不变"中调适个体身份,而"不变"中传统的寓意性更强。

---

① KAPUR M. Home[M]. Noida:Random House India,2007:92.

第三节　隐性叙事进程与卡普尔小说的传统文化指向

隐性进程和双重叙事进程是中国学者申丹提出的理论概念和研究模式,为中国学者研究外国文学提供了新工具。在《双重叙事进程研究》一书中,申丹从理论建构和比较到具体文本分析,对隐性叙事、隐性进程和双重叙事进程进行解说,并通过与其他叙事理论、叙事观点比较,明确了该理论的界域和特点。可以看出,隐性进程是显性情节后面的一股叙事暗流,是与情节并行的另一个叙事进程,情节发展和隐性进程联手构成双重叙事进程。隐性进程和情节发展具有互为补充、互为颠覆的互动关系,在主题意义上往往与情节发展形成对照性或颠覆性的关系,塑造出不同的人物形象。

在卡普尔的小说中,读者认可的女主人公形象的叛逆性主要体现在她们对自己学习、婚姻的追求上,如图 4.1 所示。

在显性叙事进程中,女主人公在处理与父母、丈夫的关系时,她们的诸多行为让读者将其视为叛逆新女性。但通过分析显性叙事进程中人物行为的动机与隐性叙事进程中人物个性的决定因素,读者可以发现,女主人公叛逆、反对的是父母、丈夫的个人行为,并不是真正压迫女性的传统父权文化,她们的叛逆性是平面的、有限的。

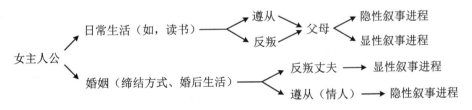

图 4.1　卡普尔小说中主人公的叛逆性的表现

一、父母关系:婚姻缔结方式、婚后生活

诚然,"卡普尔笔下的女性形象敢于挑战、蔑视家庭和社会"[①],但小说主要还是描写她们在父母包办下步入婚姻、建立家庭,在生儿育女、照顾丈夫、处理家务等日常生活中隐藏起自己的理想与尊严,在家庭和社会之间、家庭和个人之间寻找感情、身份的平衡。可以看出,卡普尔笔下的女性形象从缔结婚姻的方式、家庭身份、与家庭成员关系等方面,折射出她们身上受传统文化、现代思想影响的痕迹,从人物故事、经历中所传递出印度中产阶层对传统文化习俗、宗教思想的态度。随着社会发展和女性个人发展,传统婚姻缔结方式为日后家庭生活矛盾埋下了伏笔,这也是卡普尔小说中描写、讨论较多的内容。印度婚姻中受传统影响最为深刻的部分、本质属性保留最为充分的部分就是婚姻缔结环节,印度学者也往往忽略了卡普尔小说中对此部分的表现,而较多地关注家庭关系、家庭结构的变化,但"不变"的因素在当代社会环境下,则产生诸多"变化"的现代景象。婚姻是构建家庭的基础,从婚姻的缔结情况可以看出双方的经济情况和价值观。"大致来说,人们的择偶行为涉及两方面的问题:一是父母和朋友对配偶选择的影响和控制;二是爱和感情因素以及物质因素对择偶选择的影响。"[②]与此同时,女性与家中长辈关系也影响她们的婚姻生活。

在印度婚姻中,受传统影响最明显、变化最小的是择偶、婚姻缔结方式,这和印度人对婚姻的认识、婚姻的作用密不可分。"婚姻应当服从家庭、家族或种姓集团的利益,因而都不鼓励(甚至是贬斥)以浪漫爱情为基础的自由结合的婚姻形式。"[③]为了维护种种利益,印度青年的婚姻也就多由父母包办。一般来说,子女到了适婚年龄,父母会托亲戚朋友或说媒人四处打听,在相应范围内寻找合适的结婚对象。"合适"的意思主要包括相同的种姓阶层、宗教信仰,相当的家庭经济条件、女性的外貌(如肤色深浅等)、男性的工作等因素。尽管印度政府通过法律禁止嫁妆,但在很多提亲、征婚中,人们还是会隐晦地暗示嫁妆的丰厚与否。从卡普尔小说中对父母包办相亲、对女性的挑选要求等都可以看出缔结婚姻过程中传统文化观念的影响。

---

① NITONDE R. In Search of Feminist Writer[M]. New Delhi: Partridge, 2014: 25.
② 李宝芳. 维多利亚时期英国中产阶级婚姻家庭生活研究[M]. 北京:中国社会科学文献出版社,2015:65.
③ 尚会鹏. 中国人与印度人:文化传统的比较研究[M]. 北京:中国社会科学出版社,2015:172.

小说《家》描写了索娜和尼霞母女两代人的婚姻缔结方式。在印度,到了婚礼季,妈妈们会带着待嫁的女儿参加亲友的婚礼,这也是为女儿挑选婆家的时机。索娜就是在母亲带她去挑选参加婚礼的纱丽时见到雅什帕拉(Yashpal)的。雅什帕拉是纱丽店少东家,他对索娜一见钟情,就让母亲找人去索娜家提亲。雅什帕拉的父母是传统商人,他们从经济和家族利益出发对婚事非常慎重,"新娘必须要带嫁妆,家庭出身要相同,要明白联姻的价值。坠入情网对这些并无裨益"①。雅什帕拉倾倒于索娜的美貌,父母迫于他的压力只好同意婚事。而在隐性叙事进程中,这桩有些自由恋爱色彩的婚姻带来很多后果:一是索娜除了美貌外,并没有嫁妆,她婚后很久也没有孩子;二是雅什帕拉弟弟的婚事完全被父母包办,没有一丝商量的余地;三是索娜吸取自己的教训,极力干预女儿尼霞的恋爱和婚姻。在显性叙事进程中,尼霞的婚姻方式充满反叛性和自主性。尼霞读大学时和同学相爱,索娜让尼霞的弟弟监视尼霞并拆散这对青年。尼霞被母亲安排到处相亲,和相中的一家儿子要举行婚礼时,男方嫌弃她和别的男人谈过恋爱而退亲。最后,尼霞年近30岁才嫁给一位死了妻子的男人。索娜和雅什帕拉在两情相悦的基础上缔结的婚姻尽管最后得到了父母许可,但婚姻生活并不如意。在婚后的生活中,索娜开始因无法生育儿子而自觉低人一等,说话、做事都小心翼翼,对女儿管束严格,害怕她步自己婚恋方式的后尘。索娜在读书这样的"小事"上并不限制女儿,但对交男友、结婚却毫不放松。索娜结婚时是20世纪60年代,到尼霞读书、结婚的80年代,女性步入婚姻的方式并无变化。隐性进程揭示出印度传统婚嫁习俗对母女、母子关系的实质性掌控。

小说《倔强的女儿》在显性叙事进程中,维玛蒂一直展现着叛逆女儿的形象,为读书和父母争吵,为读书违抗父母订下的婚约,为爱情和教授私会,等等。但在隐性叙事进程中,维玛蒂坚持要读书,更多的原因是她可以借此摆脱繁重的家务,不用帮母亲照料众多年幼的弟妹。她追求读书一方面是自己喜爱读书,另一方面也是逃避现实生活的手段。她一味抱怨母亲无节制地生育,无法认识到母亲无自主的生育权利。维玛蒂成亲后回到教授在阿姆利则的家中,她在显性叙事进程中的叛逆性表现为不顾婆婆反对外出工作、与第一位妻子争洗丈夫的内衣。读者在隐性叙事进程中可以看出,她的反叛行为本质上不外乎是

---

① KAPUR M. Home[M]. Noida: Random House India, 2007: 3.

在丈夫（男权）至高权力下的义务分配和权益争夺，维玛蒂在社会中的独立职业女性身份，在家庭空间里依然受制于婆婆分配的同床权利、第一位妻子合乎规则的对丈夫的所有权。未经父母同意的婚姻，给自己、给家庭都会带来不良影响，维玛蒂的经历就是一例。维玛蒂的行为让家人颜面尽失，父母和她断绝关系，亲戚们在路上遇见她也不和她说话。维玛蒂反抗自己父母时说"这是我的生活"，但她却要求自己的女儿，要取悦父亲，按照父亲的喜好生活。显性叙事进程与隐性叙事进程分别塑造了两种性格的维玛蒂，这也说明了，显性叙事进程中的人物个性在本质上并没有脱离印度传统女性观念的规定和制约。

在婚姻缔结的故事情节中，《已婚妇女》《抚养权》等小说将女性形象反叛性格描写重点放在她们婚后与丈夫的生活中，显性叙事进程和隐性叙事进程几乎是重合的。阿霞、沙恭和尼娜等人与维玛蒂、索娜不同，她们并没有在婚姻缔结方式上与父母对抗，她们把婚姻对象的选择权交与父母，父母也认为安顿好女儿是他们的责任。尼娜是一名年近30岁的教师，母亲"过去八年和尼娜的主要话题就是她的婚事——何时何地和谁结婚"①，她的相亲对象阿纳达父母双亡，他姐姐就担负起家长的职责替弟弟相亲。由长辈出面提亲、相亲是必不可少的步骤。阿霞和赫曼特结婚前并不认识，阿霞问母亲自己能和赫曼特见几次面时，母亲回答说"一两次，有必要见很多次面吗？"②现在，很多印度青年男女摆脱了在结婚那一天才头一次见面的尴尬，家长允许他们婚前见上一两面，但也只为简单会面，谈不上相互深入了解。沙恭的母亲把女婿拉曼（Raman）当儿子一样看待，沙恭认为自己之所以和拉曼结婚，就是因为母亲对他十分满意，母亲（家长）的意见在子女选择配偶中起到关键作用。

卡普尔小说中所描写的父母安排相亲、包办婚姻是当下印度社会中婚姻缔结的主流方式。尽管已经进入21世纪，印度在经济、教育等方面都发生了很大变化，但传统文化习俗、社会阶层结构对婚姻缔结依然产生至关重要的影响。在婚姻中，群体利益高于个人幸福，逾越种姓、宗教等婚姻规定的人不仅自己会受到惩罚，还会波及家人、亲戚，使家族的人都难以顺利结婚，这种"连坐"式的惩罚使青年男女十分忌惮，多不敢越雷池。小说中维玛蒂最终还是得到家人的谅解，但在现实生活中像她那样的女性可能没这么幸运，有些女性被抓了回来，

---

① KAPUR M. The Immigrant[M]. Noida：Random House India，2010：3.
② KAPUR M. A Married Woman[M]. London：Faber and Faber，2003：33.

一些跨种姓通婚的女子，还会被极端的亲属实施荣誉谋杀。对印度女性来说，社会文化发展和自身教育程度提高都无法鼓励她们跨出自由择偶这一步。近年来，随着多种媒体形式出现，报纸、网络也成为征婚手段，但再先进的方法，指导原则还是传统习俗、观念，选择范围仍多集中在同一种姓、同一阶层范围内。

二、夫妻关系

夫妻关系作为家庭关系中最重要的组成部分，也是卡普尔小说中展现女性形象特征的重要叙事环节。读者可以在两种叙事进程中，看到人物在传统父权制家庭里"叛逆行为"的真实性。

在上一节的夫妻关系分析中，显性叙事进程体现出妻子对丈夫的从属关系以及夫妻关系解体展现出的妻子的叛逆性。不管婚姻缔结形式如何，婚后夫妻之间都以妻子的从属性为主导。在维玛蒂的婚后生活中，婆媳关系、母女关系都归因为归顺型的夫妻关系。教授愿意到她求学、工作的地方找她，与她同居，但并没有下定决心把她娶回家。在这种情况下，维玛蒂一方面认定自己已经是教授的人，打上了他的记号，另一方面却不敢向教授提出结婚的要求，反而要去国外大学继续求学来逃避自己两难的处境。成亲后，她与教授的其他家属一起生活，因为印巴分治，教授将母亲和第一位妻子送到外地，她才和教授过上正常的夫妻生活。维玛蒂并不反抗不合理的家庭夫妻关系，在她眼里丈夫高于一切。

在《已婚妇女》中，阿霞在夫妻关系中看似显示出较强的叛逆性，如她违抗丈夫意愿，离开家庭、孩子，和帕皮去外地度假；违背丈夫和婆婆意愿，坚持绘画、教书等。在读者看来，她最具叛逆性的行为是与帕皮的同性之恋，而就在这段关系中，阿霞恰恰显示出与对丈夫一样的从属性、顺从性。帕皮属于婆罗门种姓，由于她爱上的是一位穆斯林青年，被排除出家庭，和穆斯林丈夫在市政厅举行了法律意义上的婚礼仪式，而不是印度教或伊斯兰教的婚礼仪式。在卡普尔小说中，帕皮的不幸婚姻可以作为违抗父母/传统婚姻规则的又一例证。但在她与阿霞的交往中，体现出男权社会中两性关系的特征。在两人的情感关系中，帕皮占据主导地位，她鼓励阿霞坚持绘画，要求阿霞一起去度假。在两人的性行为中，她也处于主动引导地位。阿霞对丈夫的叛逆，正是隐性叙事进程中在帕皮这里的从属性表现，她延续的是婚前听从父母安排、婚后依从丈夫的传统文化标准。《抚养权》中的沙恭同样如此,她通过离婚逃出一个家庭,但进入另一个家庭后的生活、与丈夫的关系并未摆脱之前的发展轨迹,最终恢复到不变的另一轮生活中。

卡普尔从处女作《倔强的女儿》所描写的20世纪40年代印巴分治时期的维玛蒂开始,到《家》中60年代的索娜,再到《已婚妇女》《移民》和《抚养权》中八九十年代的阿霞、尼娜和沙恭等人物,这些小说在家庭生活叙事中塑造出不同时期、不同性格特征的女性形象,她们在家庭中的身份是妻子、母亲,处于从属者和服务者的地位。女性在这些身份和角色中表现的好坏通常又成为她们享有家庭地位和社会地位高低的评价标准。从上文的分析可以看出,卡普尔小说中的家庭生活叙事和其中的女性形象,在反映当代婚姻、家庭生活变化的同时,更主要还是揭示出印度中产阶层对传统文化习俗的遵从和保持。

女性违背传统文化的规定,背叛丈夫、背叛家庭的情况也有出现。自20世纪90年代印度政府推行经济改革以来,中产阶层成为印度社会中最为活跃的一个集团,因而中产阶层家庭女性身上所折射出的传统与现代、稳固与变化的文化、宗教属性也具有一定的时代性和指向性,小说也塑造了一些走出家庭参加工作、婚内出轨、敢于离婚的现代家庭女性形象。20世纪七八十年代,女作家安妮塔·德赛的小说叙事也聚焦于家庭生活中的女性,描写她们对于走出家门的憧憬,而到了21世纪,卡普尔笔下的女性则进入家庭解体阶段了。但是,从阿霞、沙恭和伊斯塔等人物的归宿来看,作家并不赞成女性打破家庭稳定的格局,哪怕这种"稳定"建立在女性压抑自我个性、放弃个人爱好的基础上。小说中人物的婚姻缔结方式仍然在传统思想指导下以父母包办为主,不符合或违背这种方式的婚姻往往未能获得美满结局,逾越者也未能在婚姻中获得幸福。小说从逾越者、遵从者不同的家庭生活、家庭成员关系等方面进一步强调符合传统习俗的婚姻具有稳定性、和谐性。

与女性违背传统相比,卡普尔小说将丈夫们塑造为合乎传统文化要求的新时代男性,进一步对比、批评了女性的不当行为。像沙恭的丈夫拉曼、阿霞的丈夫赫曼特都是在外努力工作挣钱养家,在家疼爱孩子、尊重妻子的男人,完全符合印度传统文化所规定的人生"四行期"中"家居期"的规定:照顾家庭、抚养孩子。小说还特别强调他们在家庭事务中尊重妻子的选择,如阿霞结婚后仍可以保持教职,她要求买车时,赫曼特第二天就满足了她的要求等。拉曼不仅尊重妻子,还像儿子一样敬重岳母。小说中男性身上的传统性越明显,越对比出女性行为的不合传统与荒谬。小说对被妻子无辜背叛的丈夫们满怀同情,借助岳母之口谴责妻子行为不当,不珍惜家庭,这些内容无不透露着中产阶层对传统文化的迷恋和回望。而社会发展阻挡不了女性日渐觉醒的自我意识,也为她们提供了更多实现自我价值的机会,卡普尔在小说中传递的是作家个人对社会、家庭、婚姻的看法,她同时也较为客观地指出当代印度家庭中的变化需要读者进行多方位、深入思考,分析女性个体变动对家庭、社会的深层次影响。

  卡普尔的家庭小说塑造了不同时期的女性形象,读者们在显性叙事进程中对她们的行为、个性的认知,在隐性叙事进程中能寻找到相异或相反的结论。两种叙事进程从不同方面展示印度传统家庭文化、父权制对女性的影响与规约。女性并没有真正做到从自身的反抗中获得独立、自主的家庭关系、生活方式。在卡普尔的家庭小说中,家庭关系、家庭生活内容丰富芜杂,为读者展现出印度中产阶层生活的图景。但卡普尔的小说由于人物繁多,使人物个性、故事情节流于简单和表面化,有些作品更像是影视剧的故事梗概,用粗线条的故事发展线索告诉导演拍摄进展方向。这是印度小说与影视媒体合作的快餐式文化操作的表现,不啻为对小说文学性的伤害。卡普尔的小说以描写婚后、家庭生活中的女性为主,在现实世界的日常生活中,这些女性大多终日为孩子、丈夫和家庭琐事操劳,付出很多而得到的回报很少。她们从卡普尔小说里的人物身上和故事中获得一点替代性的情感慰藉,弥补她们渺小而微不足道的感情生活,也是"一种抵抗行为,因为女性读者于其中暂时拒斥了社会强加于己的角色定位"[①],这也是卡普尔小说中的女性婚恋故事更倾向保守、传统性的原因吧。

---

① 斯道雷·约翰. 文化理论与大众文化导论[M]. 5版. 常江,译. 北京:北京大学出版社,2010:177.

第五章　阿什温·桑基的惊险小说

历史往往是作家们创作取材的宝库,他们将历史素材与类型写作结合起来,形成历史侦探、历史惊悚等多种亚类型小说。阿什温·桑基在侦探、悬疑、惊悚、神秘等多种小说元素中融入印度历史人物、历史故事和传说等内容,采用平行叙事策略,形成引人入胜的阅读体验,达到以古论今、以古证今的写作目的。本章在介绍印度英语历史小说写作影响的基础上,以《考底利耶的圣歌》(*Chanakya's Chant*,2010)、《克里希那密钥》(*The Krishna Key*,2012)和《锡亚尔科特传奇》(*The Sialkot Saga*,2016)三部小说为例,分别考察文本双线叙事构成表现,解读历史素材在小说叙事中的作用及其文化、思想意义。

第一节　印度英语小说中的历史叙事

在各种文学形式中,小说与历史的关联最近。在西方,小说在早期阶段一直在模仿历史。逐渐地,小说发展成可以展现现实社会、政治和文化事件的文学方式,历史小说也成为受欢迎、有影响的文学类型。《汉语大词典》对历史小说(Historical Novel)的定义:"描写历史人物和事件以及再现一定历史时期的生活面貌和历史发展的趋势。但所写的主要人物和主要事件必须有一定的历史依据。"[1]《文学理论词典》中对历史小说有较为详细的描述,它"泛指描写历史生活的小说,历史小说要求艺术真实与历史真实相统一。它与其他类型小说最大的区别就在于:其他类型的小说可以根据主题思想的需要凭作者的想象自由虚构,不受任何事实的制约;历史小说则不同,它固然允许而且离不开虚构,没有虚构就没有历史小说,但它的虚构必须受历史事实的制约,即是有限度的。这种限度主要体现在:① 主要历史事件,特别是发生过重大影响的历史事件应该有基本历史依据;② 主要历史人物的基本思想和性格必须符合历史真实,不能虚构;③ 作品内容要符合特定的历史时代特点,即使是虚构的人和事,也应该是当时历史环境里可能产生的、合情合理的。历史小说多以历史上著名的人物和事件为创作题材。一般来说,作者选择什么样的历史题材总是有感而发、有为而作的。优秀的历史小说不仅形象地再现历史风貌、栩栩如生地塑造出历史人物,而且能展示出历史发展的趋势,使读者既有艺术美的享受、又有对历史的形象认识,并得到一定的思想启迪"[2]。从两则词条可以看出,历史性与真实性、历史与现实的关系是历史小说需要关注的要素。"一个时代有一个时代的文学。归结到当代历史小说,其'当代性'应该体现在它所描绘的特定时代的人物或生活与当代生活、当代文化精神之间对话的可能,这里尤其强调的是当下对于历史的烛照。"[3]历史小说是"以过去的历史为题材而写作的小说,这种小说并不要正确而精细地记载史实,只要对历史上的人物及时代,描写得活泼而富有生气。最上乘的历史小说中,必须含有新的意义,新的主题"[4]。

南亚地区有着悠久的历史,英国殖民统治时期的考古发现让南亚人民意识到这个地区古代灿烂的文明,他们沉睡的文化自信、民族自信日益苏醒,开始研究本国历史、梳理国家的文化脉络。印度民族独立运动期间,很多作家将印度古代历史写进文学作品中,期望让民众了解历史,借历史人物、历史事件激励他

---

[1] 汉语大词典编纂委员会. 汉语大词典:第5卷[M]. 北京:汉语大词典出版社,1994:362-363.
[2] 郑乃臧,唐再兴. 文学理论词典[M]. 北京:光明日报出版社,1989:379-380.
[3] 汤哲声. 中国当代通俗小说史论[M]. 北京:北京大学出版社,2007:273.
[4] 新中国辞书编译社. 新名词综合大辞典[M]. 上海:大地书店,1951:233.

们投身独立运动。第二次世界大战后,印度独立,作家们在作品中审视祖国被殖民统治的历史,历史事件、历史人物是其小说中常见的描写对象。安纳德的小说《晨容》和《情人的自白》以20世纪初印度北方旁遮普地区反抗英国殖民统治斗争的历史为背景,以写实的手法再现当时风起云涌的民族独立运动场景。进入21世纪以来,随着全球化的发展,印度经济文化建设取得很大成绩,进一步认识历史成为印度人民的共同追求,也成为很多作家的作品主题。印度英语小说写作中有着较强的历史叙事传统,不同发展阶段都有出色的历史小说。这里简单介绍辛格、拉什迪、高希等作家的历史小说,以了解印度作家运用历史素材的基本特色。

库什旺特·辛格(Khushwant Singh)是政治评论家、社会观察家和社会评论家,他也被誉为印度杰出的历史学家和小说家之一。辛格的历史小说广为读者所知的是《开往巴基斯坦的火车》(*Train to Pakistan*,1956)和《德里》(*Delhi*,1990),他通过不同的叙事方法将印巴分治历史、德里城市历史融入小说故事。

《开往巴基斯坦的火车》是讲述1947年印巴分治的悲惨故事中较为引人注目的作品之一。在书中,辛格描写印度北方小村庄在分治前夕陷入宗教仇杀,同时用普通民众的视角更为广泛地再现了家国分裂的悲剧。其中一对锡克教男孩、穆斯林女孩的爱情故事,揭示了战争也无法破坏人类美好的情感。《开往巴基斯坦的火车》将小说情节设置在真实的历史事件中,以虚构人物的经历,讲述作者同时代人所理解的历史事件及其影响。畅销小说《德里》是一部以印度首都为中心的作品。小说以一位锡克教向导为叙述者,故事的进展由诗人、苏丹人、士兵、白人酋长等从不同角度展开讲述,内容涉及宗教、政治、日常生活等不同层面。读者随着不同故事的叙述者穿越时空,在历史中感受德里的变迁,了解今日德里是如何发展变化而来的。在辛格笔下,德里虽然已经改变,但却在人们的脑海中留下了难以抹去的印记。小说另一条故事线还讲述了主人公与巴格玛蒂(Bhagmati)的情爱故事。巴格玛蒂是一位海吉拉,是旧德里及其历史、文化的象征。在《德里》中,历史成为当代人追忆、想象的对象,读者在古今对比中感受着作者传递出的情感。

萨尔曼·拉什迪爵士,1947年6月19日出生于印度孟买,14岁时随家人移居英国。2007年,他因在文学上的成就,被英国女王册封为爵士。2008年他入选《泰晤士报》评选的"1945年以来50位最伟大的英国作家"。1981年,拉什迪的小说《午夜之子》(*Midnight's Children*)获得当年的布克奖,同时还荣获英国最古老的文学奖——布莱克纪念奖(James Tait Black Memorial Prize),并于2008年被评为"布克奖40周年最佳作品"。随着《午夜之子》的出版,拉什迪开创了印度英语小说写作的新时代,"在一个文化混合的环境中对印度历史进行富有想象力的重新制作,对文学技巧的创新使用……再加上对英语语言的高超掌握,以及模仿古老的印度叙事传统和文化惯例的故事讲述,使得《午夜之子》成为时代潮流的引领者和经典之作"①。拉什迪的独特贡献在于,他赋予独立的印度一种新的声音。《午夜之子》呈现出一种杂糅性,它在南美洲魔幻现实主义风格的基础上,从西方作家格拉斯(Giinter Grass)、乔伊斯(James Joyce)以及印度先锋作家德赛尼(G. V. Desani)等人的创新叙事中汲取灵感,并注入印度次大陆能量,小说"在全球范围内为印度英语小说想象力开辟了空间"②,是"文学史和思想史上哥白尼式的转折点"③,改变了西方对印度及其文学的态度。

历史是《午夜之子》叙事的支点,《午夜之子》是对"历史的文本性,尤其是构成这个国家的官方历史"④的沉思。印度社会政治中的重要公共事件与主人公萨利姆(Saleem)及其家人的生活密切相关。一些评论家认为斯坦利·沃尔伯特(Stanley Wolpert)的《印度新史》(*A New History of India*)是拉什迪小说的原始文本,或者是他模仿的历史文本之一。拉什迪关心的不是重组历史,而是对历史的重新诠释。因此,这部小说尽管包含一些重大历史事件,但它们导致了一种不同于传统历史的解释。对拉什迪来说,"历史被认为是压倒性的丰富经验,是相互竞争的声音的喧嚣"⑤,历史的问题在于"它无处不在、令人困惑的多样性"⑥。因而,他的作品并没有把过去描绘成一个可知的整体,而是一种非常不和谐的存在。《午夜之子》通过突出主人公个人的叙述,提供了一种对历史整体论述的平衡。中产阶级的混血儿萨利姆将自己与印度历史相连,他和他家族的故事与这个国家的事情不可分割地交织在一起,历史成了他的故事。拉什迪的写作方法和对待历史的态度,让印度作家走进了看待历史、运用历史和印

---

① MITTAPALLI R, PICIUCCO P. Studies in Indian Writing in English:vol. 2[M]. New Delhi:Atlantic Publishers,2001:v.
② BRENNAN T. Salman Rushdie and the Third World:Myths of the Nation [M]. London:Macmillan,1989:80.
③ TANEJA G R, DHAWAN R K. The Novels of Salman Rushdie [M]. New Delhi:Prestige,1992:12.
④ KORTENAAR N T. Midnight's Children and the Allegory of History[M]// MUKHERJEE M. Rushdie's Midnights Children:A Book of Readings. Delhi:Pencraft International,2003:29.
⑤ MORRISON J. Contemporary Fiction [M]. New York:Routledge,2003:138.
⑥ MORRISON J. Contemporary Fiction [M]. New York:Routledge,2003:141.

度文化的新天地。

阿米塔夫·高希的历史小说也获得评论者与读者的关注。高希生于加尔各答,先后在德里大学、亚历山大大学和牛津大学等校求学。由于父亲是一名军人,高希少年时就随家人游历过伊朗、孟加拉国和斯里兰卡等国。高希创作丰富,作品类型多样,他近年出版的系列历史小说"朱鹭号三部曲"获得多种奖项。"朱鹭号三部曲"包括《罂粟海》(Sea of Poppies, 2008)、《烟河》(River of Smoke, 2011)和《烈火洪流》(Flood of Fire, 2015)。其中,《罂粟海》获沃达丰字谜奖(Vodafone Crossword Book Award)和印度广场金笔奖(Plaza Golden Quill Award),并入围布克奖决赛。《烈火洪流》获得2015年度字谜图书评委奖(Crossword Book Jury Reward),并入围印度文学奖(The Hindu Literary Prize)决赛。三部曲以1840年至1842年的中英第一次鸦片战争为背景,以印度鸦片生产、英国鸦片贸易、中英鸦片战争为主线,将视野放在19世纪的欧洲、亚洲多国,从上流社会贵族到各国商人、普通民众,多维度再现社会大变革时期国家、个人的命运。这三部小说从中国之外的视角来表现鸦片战争,描写在鸦片贸易影响下的印度、中国、英国和美国等不同国家、不同阶层人物的命运和生活变迁。小说尤其借助人物叙事,从印度商人、落魄知识分子、艺术家和士兵等视角展现中国形象,在揭示鸦片贸易、鸦片战争中的中国官民众生相之外,还介绍了中国的园艺、园林、绘画、饮食等文化样式,三部曲既反映出中印两国间文化交流传统,也为新时期两国交流提供了借鉴。高希的历史小说不拘泥于枯燥的历史事件,充满生动的故事、鲜活的人物,情节紧张,故事跌宕起伏,启发作家们灵活、多样地利用历史。

从独立前的安纳德到独立初期的辛格,以及之后的拉什迪、高希等不同风格的作家,他们从不同角度、运用不同叙事方法、以多样的文本风格将印度历史与文学结合起来。在印度,"历史与文学的关系一直都很紧密,从表现内容到表现深度,一直都在不断发展"[1]。印度英语作家们将历史故事、历史人物与惊悚、侦探等亚类型结合起来,在尊重、重视历史的同时,也愿意以轻松的心态面对历史。正如尼赫鲁所说:"我们的生活受了过去枯朽的牵累;所有那些无生气的和已经完成使命的东西都应该退出历史舞台。但这并不意味着要弃绝或忘

---

[1] DHAR T N. History-Fiction Interface in Indian English Novel [M]. New Delhi: Prestige Books, 1999.

掉'过去'中的那充满活力而赋予生命的东西。"①"与作家写作这些小说时的时间相比较,小说中故事发生的时间显然具有'历史性'。叙述的时态可以采用过去时,记述时间可安排在过去,也可在过去发生的事件之中,又包括个人私事,主人公既可以是历史上的真实人物,也可以是虚构的人物,不过他们的命运都与真实的历史事件息息相关"②,小说往往会通过一个人或一群人的眼睛来再现历史的状况。本章讨论的作家桑基,他在作品中透视历史、从现实回望历史的写作视角,将历史与现实紧密结合,扩大了历史小说的叙事意义。历史小说对过去的描写和探索,目的不仅仅在于寻找导致当下现实的原因,更在于思索、寻找用来理解当下的视角、解决现实问题的方法。

桑基是当代印度较畅销的作家之一,入选印度福布斯百位名人榜。他在孟买、耶鲁完成本科和硕士研究生学习后进入家族企业工作,后又获得创意写作博士学位。1993 年,他一边经商一边进行小说写作。2007 年,他用笔名③自费出版小说《圣人的墓园》(*The Rozabal Line*, 2007)。次年,他与韦斯特兰出版社(Westland)合作,用真名重新出版该小说,连续数月占据畅销书榜。此后,桑基陆续出版《考底利耶的圣歌》《克里希那密钥》《锡亚尔科特传奇》和《南久旺丹的守护者》(*Keepers of Kalachakra*, 2018)等作品。这些小说每本都达到百万册以上的销售成绩,《考底利耶的圣歌》获得沃达丰大众评选奖(Crossword Vodafone Popular Choice Award)。桑基还与美国著名畅销书作家帕特森(James Patterson)合作(帕特森撰写作品大纲,桑基执笔完成写作),出版了 Private 系列作品,包括《不为人知的印度》(*Private India*, 2014)和《三思而行》(*Count to Ten*, 2017)等惊险小说。

桑基小说取材于印度历史,内容涉及宗教、神话和传说,用古代故事的神秘色彩增加现代故事的惊悚性和娱乐性。桑基小说最突出的写作方法是古今双线叙事,两条叙事线各自独立发展,但又并非孤立没有联系。它们之间或古为今注,或古今互文对应,或因果推进,以实现增加人物的层次感、拓展叙事时空、传递印度文化等功能。桑基灵活地将类型小说结构模式、叙事效果融入进历史,使读者在故事性、知识性等方面获得多重满足感。

在本章所讨论的惊险小说中,作者选择一定的历史题材,通过"真实"的虚

---

① 贾瓦哈拉尔·尼赫鲁.印度的发现[M].向哲濬,朱彬元,杨寿林,译.上海:上海人民出版社,2016:469.
② 福勒·罗吉.现代西方文学批评术语词典[M].袁德成,译;朱通伯,校.成都:四川人民出版社,1987:124.
③ 笔名是 Shawn Haigins。

构,以当代人的视角思考当下印度社会文化与历史的关系。下文以《克里希那密钥》《考底利耶的圣歌》和《锡亚尔科特传奇》三部小说为例,分别考察文本双线叙事构成表现(表5.1简单说明作品双线叙事结构情况),解读历史素材在小说中的运用及其文化、思想意义。

表5.1 阿什温·桑基小说的双线叙事结构

作品	古代叙事线	当代叙事线	双线之间关系
《克里希那密钥》	副文本:黑天故事	主文本:破解密钥之谜	原型
《考底利耶的圣歌》	主文本:考底利耶辅佐旃陀罗笈多(叙事线一)	主文本:密什拉辅佐昌蒂妮(叙事线二)	互文对应
《锡亚尔科特传奇》	副文本:古代帝王	主文本(双线平行):艾尔巴兹(叙事线一)艾尔温德(叙事线二)	主题隐喻

第一节 《克里希那密钥》:正文与章前副文本双线叙事

《克里希那密钥》以黑天①故事为叙事框架。在印度,"黑天的传说在文学史和宗教史上都具有非常重要的意义"②。印度的史诗、往事书和诗歌都有讲述黑天故事的作品,《摩诃婆罗多》《诃利世系》《薄伽梵往事书》《牧童歌》和《苏尔诗海》等都塑造了各有特色的黑天形象。印度人大多把《诃利世系》看作一部往事书,视为《摩诃婆罗多》的续篇。其中,它的第二章名为《毗湿奴章》,描写化为凡人的毗湿奴神的故事,内容几乎都是关于黑天的。《克里希那密钥》中,桑基在章前副文本中主要讲述黑天相关故事的梗概,并未强调黑天所阐述的宗教、哲学思想等。

---

① 克里希那又被称为黑天。
② 季羡林,刘安武.两大史诗评论汇编[M].北京:中国社会科学出版社,1984:378.

第五章 阿什温·桑基的惊险小说

一、正副文本故事内容

《克里希那密钥》在文本构成上可以分为正文本与副文本两种样式。正文本是小说的主体部分,讲述现代故事。正文本的每一章之前,都简短地概括黑天的相关故事。

1. 章前副文本:黑天故事

从小说文本构成来看,《克里希那密钥》中的副文本形式多样,主要有章前的文字式副文本和章节中的插图式副文本,插图包括地图、神像、寺庙图、图示等,这里只讨论章节前副文本及其中的黑天故事。

在文本构成上,《克里希那密钥》共有 108 章,每一章分为古代黑天故事和现代故事两部分,以两种字体印刷以示区别。黑天故事位于每章开始部分,长度为 200—300 字,用第一人称"我"并以黑天的视角展开叙事,从黑天所在的雅度族(Yadava)起源讲起,讲黑天出生、经历和去世等内容,最后以般度五子升天为神结束,简单讲述了在南亚地区广为流传的黑天故事。在神话传说中,黑天故事主要包括黑天出生、牧区生活、雅度族生活故事,以及黑天帮助般度五子打败难敌等人的故事。其中,副文本故事中的香曼陀伽宝石(Syamantaka Stone)和黑天被射中脚掌两个情节与正文故事直接相关。雅度族酋长萨陀罗吉(Satrajit)向太阳求得香曼陀伽宝石献给兄长,狮子杀死他的兄长并夺走宝石,但宝石又被熊族国王抢走。由于黑天喜欢偷酥油,人们都怀疑是他偷了宝石,黑天到熊洞找回宝石还给萨陀罗吉。不久,萨陀罗吉被萨塔达瓦(Satadhanwa)杀害,宝石被抢走并交给阿克鲁拉(Akroora)。黑天除掉凶手找到阿克鲁拉,让他答应宝石必须留在德瓦尔卡城(Dwarka)。另外一个情节是说,难敌的母亲甘陀利看到自己的儿子、兄弟、父亲被杀死在战场上,认为黑天对这场大屠杀负有责任,就诅咒他的家族也将被屠杀灭亡。果然,她的诅咒降落在黑天的族人身上,黑天的儿子商波(Sambha)因戏耍婆罗门大仙,受诅咒"生"下一根铁杵,大力罗摩将铁杵砸成铁块并碾碎扔进大海。雅度族众人在大醉中互相厮杀,黑天失去心爱的族人。黑天独自坐在树下冥想时,一位猎人将他抖动的脚误认作一头鹿,用箭射穿了他的脚掌。猎人的箭头正是用唯一一块没有被大力罗摩碾碎的铁杵做成的,砸碎的铁杵被扔进海里后被鱼吞下,猎人在鱼肚里找到铁杵块做成了箭头。黑天回归神位,甘陀利的诅咒全部应验了。副文本只是按照黑天故事发展顺序简单讲述了这两个情节,至于夏曼塔克宝石的作用,结局并没有提到,黑天死亡的情形也没有繁复描写。

2. 正文本:以副文本故事为原型的当代故事

小说每一章在简短叙述黑天故事之后,主要讲述主人公萨伊尼(Saini)死里逃生最终战胜对手、破解黑天密钥之谜。瓦什内(Varshney)找到四个雕有动物形象的古代方形印章,收集这四个印章并找到与之相配的托盘,就可以找到具有超强威力的香曼陀伽宝石,从而控制世界。一天,瓦什内正在研究印章时,一位蒙面人潜入他的办公室偷走印章。蒙面人割破瓦什内的左脚让他流血而死,还在他的额头留下毗湿奴所持四法器之一的刻印。瓦什内遇害前将其他三枚印章分别寄给自己的朋友、大学历史教授萨伊尼等人。萨伊尼受到警方怀疑,被带走调查。他的女学生普丽雅(Priya)利用律师父亲去监狱探视犯人的机会救出了萨伊尼。萨伊尼为了摆脱嫌疑,也为了使其他收到印章的朋友免受杀害,决定和普丽雅一起去通知他们。但是,这些人还是一一遇害,印章也失踪了。原来,普丽雅是系列事件的策划人,她指使瓦克(Vakil)杀死萨伊尼的几位朋友,自己则接近萨伊尼,利用他的历史知识去破解印章和托盘的秘密。萨伊尼和警察追踪普丽雅来到泰姬陵,试图阻止她获取香曼陀伽宝石。他们被困在陵墓的地下室内,警察赶到救出萨伊尼。普丽雅并没有得到梦想的宝石,香陀伽宝石的力量是信仰的力量,只有有信仰的人才具有将理想变为现实的力量。

二、正、副文本双线叙事的关系

在《克里希那密钥》中,副文本中的故事、人物为正文本故事的历史背景,将帮助读者理解正文故事,并通过互文关系增强读者的阅读效果。

1. 副文本提供正文本的故事原型、背景

正文中的现代故事,围绕寻找香曼陀伽宝石展开,宝石故事涉及传说中的黑天故事和历史上阿富汗统治者以及其他穆斯林统治者对印度的入侵和宗教破坏活动,普丽雅、瓦克等人物形象与副文本中历史人物产生互文效果,现代故事情节也是作者表明历史观的工具。

借用副文本中的故事情节提高现代故事的悬疑、惊险系数。在惊悚类型小说中,需要一定的元素激化矛盾、强化惊险情节,在现代故事中,香曼陀伽宝石被赋予强大力量,黑天的死亡方式被借用,并通过数位人物的同样遭遇,以重复手法增强故事的惊悚性。香曼陀伽宝石在小说的现代故事部分担负着重要的叙事作用,故事围绕寻找宝石而展开,它引起的矛盾冲突推动故事情节发展。香曼陀伽宝石的故事在《毗湿奴往事书》(*Vishnu Purana*)和《薄伽梵往事书》(*Bhagavata Purana*)中都有提及,据说这是太阳神脖子上佩戴的宝石,拥有它就不会遭遇干旱、洪水等灾害,还会非常富有。《薄伽梵往事书》中描写了萨陀罗吉佩戴香曼陀伽宝石的情形:"这宝石如此光辉璀璨,以致萨陀罗吉看上去就像太阳神的替身。"①可见,香曼陀伽宝石只是作为华美的珍宝而受赞叹,并不具有超凡的威力。而在小说正文故事中,宝石成为具有超凡核威力的古代神奇武器,宝石功能的改编为现代故事情节发展提供了合理依据。与宝石在古代的经历一样,拥有它的人在拥有荣耀的同时,也意味着与危险相伴,他们难免会被觊觎宝石的人杀害。史诗或往事书中都没有记载黑天死后宝石的最终归属,这也为现代故事中的"寻找"宝石开辟出想象空间,生发出追踪、暗杀、出逃等多种惊悚情节,形成类型小说所需要的要素。

现代故事仿写黑天被猎人射中脚掌而死的情节以增加小说悬疑色彩。副文本中的描写如下:"我(黑天)盘腿坐在菩提树下,左脚置于右脚之上,无意识地抖动着。一个叫贾拉(Jara)的猎人从灌木中看到我抖动的脚,错将它当成鹿耳,朝它射了一箭……甘陀利诅咒的第二部分也应验了。我任毒药流经全身,让生命消散。"②副文本写黑天之死无过多赘述,只着重点明两点:脚掌中箭、应验诅咒。小说现代故事部分中,瓦什内等人因脚部受伤而死,与黑天相似:"(蒙面人)俯身向昏迷的瓦什内,将一把手术刀精准地刺中他的左脚并把刀留在肉里。刀划破动脉,血喷了出来,毫无意识的瓦什内开始了他漫长而痛苦的死亡之路。"③显而易见,瓦什内等人的死亡情形比黑天要残酷、血腥得多。不过,印度人大多认为婆罗门的诅咒很灵验,黑天受到甘陀利的诅咒,自认无法摆脱命运安排就平静地接受死亡,黑天之死强调命运的不可违抗性。而瓦什内等人的

---

① 毗耶娑天人. 薄伽梵往事书[M]. 徐达斯,译. 西安:陕西师范大学出版社,2017:461.
② SANGHI A. The Krishna Key[M]. Chennai:Westland ltd., 2012:441.
③ SANGHI A. The Krishna Key[M]. Chennai:Westland ltd., 2012:5.

死亡并没有宿命性,小说从类型叙事效果出发,描写受害者具体的死亡情形(如,他们慢慢流血而死),无形中增强了读者阅读的恐怖感。小说还描写另外两位受害者以相同的方式被谋杀,身份不明的蒙面人以偷袭的方式屡次实施谋杀,通过互文重复描写增强情节的恐怖性,读者的好奇心和恐惧感也随着阅读的深入而逐渐增加。在印度宗教传说中,黑天是毗湿奴的第八个化身。在印度造像中,毗湿奴通常具有四臂,分别手持螺贝、神轮、神锤、神弓(或宝剑)和莲花。现代故事部分,受害者除了和黑天一样左脚受伤而死外,小说还增加了一条线索,即受害者头上被纹上一种毗湿奴的法器,如瓦什内额头标着圆形法轮样的图案,还有受害者标的莲花图案等,这些情节以及受害者相同的死亡方式都增加了小说的神秘性、惊悚性。桑基巧妙地利用黑天故事中的宝石传说和死亡的神秘因素,增加惊悚小说中历史故事的吸引力,也使小说的类型特色更为突出。

2. 正、副文本中古今人物形象对应关系

总体上看,小说叙事重点在于借古代宝石传说、黑天的死亡形式增加现代故事的神秘性和吸引力,古今故事里的人物形象并不像下文谈到的《考底利耶的圣歌》中那样具有明显的一一对应性,但杀手瓦克与迦尔纳(Karana)之间的人物象征联系具有一定新意。

迦尔纳是般度妻子贡蒂婚前生的孩子。贡蒂还是少女时,因为她尽心竭力殷勤服侍仙人,被赐予可以召唤任何天神的恩典,她为了检验仙人的咒语,招来太阳神后生下儿子迦尔纳。贡蒂羞于未婚生子,将迦尔纳遗弃河中。迦尔纳被车夫收为义子,由于种姓低,他不能学射箭术,就冒充婆罗门到毗湿摩那习得武功,身份被揭穿后,老师诅咒他关键的时刻忘记所学的知识。迦尔纳和阿周那比武时受到羞辱,难敌反而将他册封为王,两人成为好友。般度五子和难敌等人在俱卢之野展开决战时,贡蒂以母亲的身份要求迦尔纳归降般度,迦尔纳拒绝了她的要求,贡蒂又要求他发誓不伤害般度兄弟。迦尔纳在与阿周那交战前被因陀罗骗走金甲,战斗中他的车轮陷入大地,阿周那趁他抬车轮时将他杀死。尽管迦尔纳和同母所生的其他兄弟一样都是天神的后代,他却因被母亲遗弃、被低贱者抚养长大而处处受到轻视和排挤,只有代表非正义的难敌接纳他。迦尔纳先是被母亲抛弃,之后又迫于母亲的身份答应她的要求,使自己处于更加不利的境地。

瓦克和迦尔纳一样，都象征着被他人主宰命运的悲剧人物。瓦克从小接受普丽雅的教导和训练，盲目地遵从她的指令，是她实施计划的得力帮手。瓦克小时候上学时被教师责骂、殴打，一位女教师保护了他。瓦克对这位女教师言听计从，像尊敬母亲一样尊重她，称她为"母亲大人"(Mataji)。这位女教师就是普丽雅，她让瓦克习武，以"正义的使命"蛊惑他听命于自己。尽管瓦克对普丽雅的杀人命令抱着怀疑态度，但他一方面被救世的正义言论所迷惑，另一方面他也像迦尔纳一样抱着对"母亲"尊重的态度。瓦克和迦尔纳一样，都是受人指使、被人利用的棋子，用自己的生命报答所谓的"知遇者"。

黑天具有普通人形象的象征意义。黑天的故事广为人知，小说在讲述时依然注重故事裁剪，注意挖掘故事本身所具有的悬疑、惊险特质以吸引读者。在南亚古代文学中，黑天的形象既为普通人，又是大神毗湿奴的化身。有学者认为，黑天在英雄史诗中被描写为游牧民族的首领，并没有神性。他同时可能也是一位宗教创始人或某个教派始祖，他的主要理论就是《薄伽梵歌》中最早的部分，后来崇拜毗湿奴的黑天门徒把黑天说成了毗湿奴的化身。在《摩诃婆罗多》中，黑天和般度五子代表正义一方，但他为达到目的不择手段的行为，又给人留下欺骗、奸诈的印象。在《克里希那密钥》的古代故事部分，黑天凡人的一面体现得更为明显。如，黑天为了巩固自己的势力和很多公主成亲，"这些更多是政治联盟而非其他"①。在小说的现代部分，很多人物是黑天利己思想的不同化身，他们出于各自目的，为自己的权宜行为寻找借口。

正文本中的普丽雅在正义旗号下利用他人，是黑天形象的现代隐喻。普丽雅一心想获得宝石实现自己控制世界的目的，她培训杀手，在实现目标的过程中不停地杀害妨碍自己的人，哪怕对朋友也不手软。普丽雅以瓦克将是毗湿奴最终化身(Kalki Avatar)这个虚幻观念欺骗瓦克，告诉他印度自古屡受外族侵略，被掠夺财富，他的责任就是修正历史错误。在小说里，汗先生(Sir Khan)是普丽雅杀害的又一个妨碍她的人，汗先生从别人那里非法牟利，也是被别人陷害、牟利的对象。汗先生有一个祖传的瓷碟，据说它和四副印章一起就可以破解香曼佗伽宝石藏宝地的秘密。他的朋友偷走瓷碟并把它拍卖掉，汗先生找回瓷碟后，又被普丽雅杀害并被抢走瓷碟。

桑基在《克里希那密钥》中为追求惊悚、冒险小说的类型化特点，并不注重

---

① SANGHI A. The Krishna Key[M]. Chennai: Westland ltd. , 2012: 175.

深挖人物形象的性格特征和典型意义,而是借助传统文学中人物及其故事在人们心中形成的文化心理积淀,辅助塑造现代故事中的人物形象。

第二节 《考底利耶的圣歌》:双线互文叙事

在桑基的作品中,《考底利耶的圣歌》最能体现他在互文叙事中对历史素材的把控力。在小说中,古今叙事线始终在人物经历、情节节奏、故事内容相似性等方面保持平行,两条叙事线相互配合完成人物塑造,达到借古说今的叙事目的。

一、互文叙事与小说结构:古今平行对应

《考底利耶的圣歌》有两条并列叙事线索,以考底利耶(Chanakya)为主人公的古代叙事线和以密什拉(Mishra)为主人公的现代故事线。考底利耶帮助旃陀罗笈多(Chandragupta)建立统一、强大的孔雀王朝,在此过程中,他利用少年时的恋人苏瓦斯妮(Suvasini)成功实施离间计,事后却没有善待她,苏瓦斯妮诅咒考底利耶孜孜以求的权力并不为他所有。苏瓦斯妮还预言说,数千年后,只要有人念诵咒语,就可以再次使用考底利耶的谋略,但它只有用来帮助女性才能发挥作用。两千多年以后,密什拉像考底利耶帮助旃陀罗笈多一样,帮助普通姑娘昌蒂妮(Chandini)当上印度总理。小说的古今两条线索对应展开,在文本结构、人物设定、故事发展等方面互文并列。

1. 文本构成

在小说中,互文叙事使文本结构均衡。除前言和尾声外,小说由 20 章构成,古代故事以"大约 2300 年以前"(About 2300 Years Ago)为题,现代故事用"现在"(Present Day)为题。在章节内容上,古今部分所描写的主题类似。例如,第一章主要介绍考底利耶的背景,描写他父亲被害、家庭变故、逃离摩揭陀;第二章同样也是介绍密什拉背景和他早年学商经历。均衡的文本结构为文本内容对应提供了保证。

另一方面,文本内容模块组成也呈均衡对应。小说在塑造考底利耶和密什拉两位人物形象时,都采用提问－回答式对话和典型故事揭示人物性格、浓缩人物成长过程,这些机智、有趣的古今内容相映成趣,也增加了小说的可读性。考底利耶志在颠覆摩揭陀国,他的故事多用来表现他的谋略、智慧和胆量等。例如,小说写考底利耶刚进塔克西拉大学(Takshila Unviersity,这所大学被认为是世界上第一所大学,建立于公元前700年左右)学习时,先写他和考官的一系列对话,内容涉及政权统治目的、国王职责、王国税收等各个方面,考底利耶对答如流,简洁明了地显示出他的政治智慧与管理理念。小说接着又用考底利耶除草的故事来表现他战胜对手的勇气、信心以及方法的巧妙和狡猾。考底利耶的脚被利草割伤,第二天,他在草地上撒了一些白色液体,同学们纷纷嘲讽他对付"敌人"的新战术,调侃他用牛奶浇草地祈祷小草不再伤害他,考底利耶根本不回应他们的言论。次日,同学们惊讶地发现草消失了。原来,考底利耶利用草的天敌菌类和蚂蚁来对付它们,他把甜乳清倒在草上,蛋白质加速菌类生长,糖吸引更多蚂蚁啃噬草根。考底利耶认为"敌人的敌人就是自己的朋友"[①],利用菌类和蚂蚁清除了草。考底利耶的这个观点广为人知,小说借此故事引出观点,为密什拉的行为做铺垫,同样也为小说内容增加趣味性。

小说在塑造密什拉时同样采用对话、传说故事结合的方式,但内容重在表现他趋利、变通和为我所用的自利性。密什拉开始跟阿格拉瓦拉学做生意时,两人用一问一答的方式讲解商业案例。另外还有两则故事能说明密什拉的个性。密什拉小时候和父亲一起去一位富翁家赴宴,席间,密什拉突然担心地问父亲有一天会不会死,听到父亲肯定的回答后,他脸上现出悲切之色,父亲甚为感动,为密什拉的善良和孝心所感动,但密什拉只是担心父亲去世后富翁不再礼遇婆罗门,自己吃不到丰盛的食物。另一则故事是,父亲向密什拉说华盛顿小时候诚实地承认砍掉樱桃树的故事,当父亲让密什拉解释华盛顿的父亲不惩罚小华盛顿的原因时,密什拉回答说因为小华盛顿手里还握着斧头。结合密什拉不择手段利用朋友、冷酷地消灭妨碍者的做法,不难理解两则小故事揭示出的人物自私、冷酷的个性。

---

① SANGHI A. Chanakya's Chant [M]. Chennai: Westland Itd., 2010: 42.

2. 古今人物

在小说中,古今人物平行设置,在人物身份、性格、经历和叙事功能等多方面都呈现古今对应表现。

考底利耶在历史上确有其人,是古印度著名的政治家、哲学家,"公元前317年到前293年旃陀罗笈多孔雀王朝的大臣。在他的辅佐之下,旃陀罗笈多创造了一个和平繁荣的国家,成为在亚历山大离开印度之后印度最强大的王国"①。传说,考底利耶幼年丧父,由母亲抚养长大。母亲希望他成为有学识的教师,他刻苦学习,成为精通三吠陀的人,还通晓天文、地理等。考底利耶具有卓越的政治才能,他协助失意的旃陀罗笈多发迹称王,又让他利用亚历山大去世的机会,号召被占领的各国民众打击外族侵略者,建立起广泛的群众基础并发展起军事力量。他运筹帷幄,使旃陀罗笈多最终打败摩揭陀国建立起孔雀王朝。在印度,考底利耶是一位被神化的历史人物。传说,他一出生就长了满口牙齿,他父亲认为这是帝王之相,可他们却是婆罗门阶层,就拔掉他的牙齿,所以,考底利耶没成为国王而做了"缔造国王者"(King-Maker)。

小说通过细化人物性格、增加情节等策略使考底利耶形象变得具体、生动。考底利耶出身婆罗门家庭,父亲是摩揭陀国大学者。父亲被大臣陷害,考底利耶在夜里火化父亲后,在朋友卡塔亚衍(Katyayan)的帮助下连夜逃出都城去塔克西拉大学学习,他在那逐渐成为著名教师。考底利耶回到摩揭陀国伺机报仇,被捕入狱后被旃陀罗笈多的父亲等人救出,他把旃陀罗笈多带回塔克西拉大学进行培养。考底利耶一心要把旃陀罗笈多辅佐为摩揭陀国王,他瓦解摩揭陀国的盟国,从外部削弱它的势力,又在国王和大臣之间实施离间计侵蚀王国内部力量。最终,考底利耶毒死摩揭陀国王,旃陀罗笈多登基为王。考底利耶为了纪念被国王杀害的父亲,要求别人称呼他为"Chanakya",意思是"伟大博学的查那克的著名的儿子"。但有些人认为他擅长计谋,就喊他"Kautilya",意为"骗子"。只有他童年时期的至亲好友才喊他"Vishnugupta"。这些名称中,"考底利耶"暗含着他利用学识获得权势的过程,也暗示他攫取成功利益过程中所牺牲的亲情、友情,所以苏瓦斯妮才说:"毗湿,我真的爱你,但我痛恨你身上'考

---

① 金海鹏.考底利耶和马基雅维利的政治思想比较[J].学理论,2014(32):25.

底利耶'的一面。"①

在展现"考底利耶"性格特征、人生轨迹的基础上,小说平行复制出一个现代人物——密什拉。密什拉也出身于婆罗门家庭,父亲是当地著名教师,深受商贾富翁阿格拉瓦拉(Agrawal)敬重,他每年都会专门在家里款待密什拉的父亲以示对婆罗门的尊敬。密什拉在父亲去世后退学去阿格拉瓦拉先生公司上班,跟他学习经商之道。密什拉在商界取得成功后,将目标转向政界。他利用阿格拉瓦先生的财富和穆斯林政客伊克拉姆(Ikram)的权势,建立一个新政党逐步攫取政府领导权。密什拉从自己的学生中物色出能力出众的昌蒂妮,送她出国学习,又协助她从地方政坛走上国家和国际政治舞台。

除了考底利耶、密什拉两位主人公外,小说还根据情节发展需要,对应设置旃陀罗笈多和昌蒂妮及其各自的朋友、对手等人物形象。历史上关于旃陀罗笈多的出身说法不一,有人根据他的姓氏认为他出身低贱,是为王室饲养孔雀的人。也有传说认为,旃陀罗笈多的祖先是王子与首陀罗的后代,到他父亲这一代,只能失意地做王室将军,而他则想重获王权。小说中,昌蒂妮的父亲是家住贫民窟的小摊贩,她无处求学,正逢密什拉新办的学校需要学生。尽管旃陀罗笈多和昌蒂妮出身普通,但两人从小就显示出异于常人的胸襟,如旃陀罗笈多在儿童游戏中扮演国王时,可以沉着判案、礼待婆罗门,昌蒂妮很小就能理解甘地的非暴力思想。在某种程度上来说,这两个人物是考底利耶、密什拉实现自己政治抱负的工具,人物对应关系保证两条叙事线的情节平行发展。

小说所包含的丰富的故事为读者提供了多样的阅读体验,有些故事短小紧凑,像印度古代文学中《故事海》《佛本生故事》一样,用简单的故事表现人物性格、说明事理,有些则紧张刺激,满足惊悚小说的类型需求。

二、互文叙事和文化思想

考底利耶的政治谋略和治国思想受到后世政治家的关注,尼赫鲁(Jawaharlal Nehru)在《印度的发现》(*The Discovery of Inida*,1946)中说他是"印度的马基雅维利(Machiavelli)"②,在某种程度上,这个比拟是恰当的。美国政治家

---

① SANGHI A. Chanakya's Chant [M]. Chennai:Westland Itd.,2010:422.
② 贾瓦哈拉尔·尼赫鲁.印度的发现[M].向哲濬,朱彬元,杨寿林,译.上海:上海人民出版社,2016:101.

基辛格(Henry Kissinger)把考底利耶比作黎塞留(Cardinal Richelieu)和克劳塞维茨(Carl Von Clausewitz)。在著名的《政事论》(Arthashastra)中,他"作为孔雀王朝的三朝元老、首辅大臣,考底利耶在跟随君主治国安邦、对外征战的过程中,进行了不断地思考和总结,并将这些宝贵经验付诸笔端,成为著名的《政事论》。这部古代印度的巨著,清楚地阐述了关于国家、战争、社会结构、外交、伦理、政治和治国谋略方面的观点,涵盖了其政治思想的精粹"①。《政事论》自20世纪初被发现以来,就引起不少学者很大的兴趣,其中的明君治国的主张策略、外交政策等被当代一些政治家借鉴。《政事论》还被看作是关于"财富的科学"(The Science of Wealth)②,考底利耶也被比作"管理导师"(Management Guru)③,从家庭小作坊主到现代大型企业的老板都能从他的教导中获益。在印度,考底利耶这个名字则与"考底利耶的道德伦理"(Chanakya Niti)、"考底利耶语录"(Chanakya Sutra)等书籍联系在一起,这些也是寻常百姓的读物,20世纪30年代,有的家庭"家里所有的孩子都要在早上一起背考底利耶的教义(shlokas)"④。在当代社会,人们从各种角度解读考底利耶的思想,在不同行业、部门借鉴他的策略方法。《考底利耶的圣歌》中描写考底利耶、密什拉的性格特征,表现他们用人、行事策略中为达目的不择手段的做法。

1. 用人策略

考底利耶和密什拉都可以为了最终目的利用同伴、牺牲同伴,考底利耶"不仅将女性视为武器……还主张政治暗杀"⑤。考底利耶从小爱慕摩揭陀国首相的女儿苏瓦斯妮,众人均为知晓。苏瓦斯妮在父亲入狱后沦为妓女,深得摩揭陀国王和大臣宠幸。考底利耶用自己对她的爱慕之情感动她,利用她在国王与大臣之间使用离间计。计谋成功后,考底利耶并没有善待她,反而把她囚禁起来。考底利耶教唆旃陀罗笈多和马其顿占领军统帅塞琉古的女儿用印度传统的乾达婆式缔结婚姻的方式秘密成亲,利用女性感情达到邦交目的。密什拉和考底利耶一样,把人与人之间的感情都让位于自己的目的和利益。密什拉说服穆斯林伊克拉姆(Ikram)收印度教徒昌蒂妮为养女,这样就可以使昌蒂妮获得

---

① 金海鹏.考底利耶和马基雅维利的政治思想比较[J].学理论,2014(32):25.
② RAUTMANN T R. Arthashastra: The Science of Wealth [M]. London: Penguin, 2016.
③④ SEN D. Chanakya Today[M]. New Delhi: Unicorn Books, 2016: i.
⑤ 金海鹏.考底利耶和马基雅维利的政治思想比较[J].学理论,2014(32):26.

两个教派的选票,还可以名正言顺地得到伊克拉姆的帮助接受高等教育。昌蒂妮在英国学习时与人相恋生下一个私生子,密什拉得悉后,让人瞒着她带走新生儿,还派人暗杀了她的恋人。昌蒂妮做了中央邦部长后,密什拉派人做她的秘书监视她。他知道昌蒂妮与秘书坠入情网后,又让人开车撞死了秘书。对考底利耶和密什拉来说,道德训诫在政治目的、利益面前丧失了约束力。

考底利耶和密什拉信奉"政治上没有永远的朋友或敌人"[1],他们可以根据利益需要随时调整和朋友或敌人的关系。摩揭陀国大臣拉克沙斯(Rakshas)在国王达纳难陀(Dhanananda)杀害考底利耶父亲、追杀考底利耶时袖手旁观,他还在宴会上挑起事端引得国王囚禁考底利耶。但考底利耶为了从内部瓦解摩揭陀国,在拉克沙斯被达纳难陀赶出国时,让他在塔克西拉住下,后来还让他协助旃陀罗笈多管理国家。密什拉对待伊克拉姆的态度也一样,他起初一直在利用伊克拉姆培养、发展自己的政治势力,当伊克拉姆对待平民态度粗野引起民怨影响昌蒂妮选举时,他毫不犹豫地把他暗杀掉。

2. 国家间、政党间的交往策略

考底利耶在《政事论》中提出的治国安邦策略包含丰富的外交思想,这些帮助他巧妙地利用不同国家的利益施展纵横术。时至今日,他的外交思想仍然在政党、公司等领域发挥作用。考底利耶从"喝粥"得到启发的故事广为人知,小说也讲述了这个故事:一天,考底利耶在朋友家看到仆人在责备喝粥时被烫哭的孩子,"傻瓜!喝热粥时要从边缘喝,那里的粥要凉一点,不要从中间喝,那里的粥要热得多"[2]。这位母亲的话让考底利耶猛然醒悟:中心地区的权力自然要强大得多,边缘的地方要弱一点。考底利耶采用瓦解周边、削弱中心的办法对付自己的敌人达纳难陀。犍陀罗国王阿姆比(Ambhi)联合亚历山大王打败帕鲁斯(Paurus)国王,在他们两败俱伤之际,考底利耶趁帕鲁斯需要外援的时候与他交好,利用他的力量牵制达纳难陀。考底利耶打败达纳难陀后,又像铲除茅草一样彻底清除帕鲁斯的势力。密什拉对待妨碍自己目标的人也采用斩草除根的做法,他趁党派斗争之际,借用其他政党之手暗杀掉伊克拉姆,彻底清除昌蒂妮发展道路上的障碍。

---

[1] SANGHI A. Chanakya's Chant [M]. Chennai: Westland ltd., 2010: 254.
[2] SANGHI A. Chanakya's Chant [M]. Chennai: Westland ltd., 2010: 218.

《考底利耶的圣歌》通过双线叙事,在古今故事的比照中,展现印度传统的政治文化。小说将历史传说与现代政治斗志故事交替叙事,引人入胜。

第三节 《锡亚尔科特传奇》:双重双线叙事

《锡亚尔科特传奇》的故事可谓是印度独立后的发展简史。小说以1947年印巴分治事件开端,在锡亚尔科特开往阿姆利则(Amritsar)的火车上,两个幸免于屠杀的孩子分别被印度教徒和穆斯林两个家庭收养,小说主要讲述他们在不同的宗教背景和家庭环境下,在独立后的印度不同的成长故事。小说的双重双线叙事方式,一方面指章前副文本故事与主题呼应、概况主文本章节的主题,另一方面指主文本中主人公的故事在两条叙事线上各自发展。双重叙事还表现在故事时间的对比方面,副文本讲述古代历史故事,正文则以主人公故事为线索讲述印度从印巴分治后到2010年间的社会发展变化。在文本构成上,小说除序幕(Prologue)和尾声(Epilogue)外,还包括7篇古代故事、7章现代故事。古代故事部分以时间和地名为题,如"公元前250年,华氏城"(250 BCE, Pataliputra)、"公元817年,曲女城"(817 CE, Kannauj)等,故事内容各自独立,每篇讲述一位著名帝王的故事。每篇古代故事之后,设置以"书一,1950—1960"(Book One,1950—1960)形式为名的现代内容部分,一直到"书七,2010"(Book Seven,2010)。为了便于分析,下文将古代故事部分定义为副文本形式,将现代内容部分定义为正文本。

一、正文本中的双线叙事

《锡亚尔科特传奇》的正文本主要讲述两个孩子的人生经历,从他们的个体故事折射独立后印度的发展、变化。

1. 正文本的双线叙事框架

正文本部分讲述主人公艾尔巴兹(Arbaaz)和艾尔温德(Arvind)自1950年至2010年的人生故事。艾尔巴兹生活在孟买一个穆斯林苦力家庭,父亲不顾家贫,坚持让他上学读书。父亲去世后,艾尔巴兹为生计继承了父亲的苦力职业,他第一次发工资就被地头蛇勒索。艾尔巴兹用计除掉对手,受到黑帮老大赏识并被收为手下。他在黑帮老大的教导下成为黑帮重要人物,涉足商贸、政治领域。艾尔温德在加尔各答的一个印度教商人家庭长大,父亲教育他要不受束缚、没有限制地发展自己的才能。艾尔温德白手起家,凭借聪明才智周旋在商人、掮客世界,生意越做越大。随着时间推移,艾尔巴兹和艾尔温德两人在不同领域都发展得很好,成为富甲一方的成功人物,他们在商业、政治领域多次产生竞争和冲突。在生活上,艾尔巴兹救助了一位宝莱坞演员,和她结婚生了一个女儿。艾尔温德在父母安排下成亲,有了一对双胞胎儿子,其中一个孩子在证券所爆炸中遇害。他们的孩子在美国读书时相识、相恋并公证结婚,两人虽然都不接受子女成婚的事实,但渐渐地,双方家庭的紧张关系开始松动。孟买再次发生袭击事件,艾尔巴兹和艾尔温德双双遇难,他们的孩子将财产捐给慈善机构。

正文本的叙事时间单位以 10 年为一章,从这一点来看,正文本中的双线叙事也可称为双线平行叙事,每章在同样的时间跨度下分别叙述艾尔巴兹、艾尔温德的经历。每章选取所述时间内印度社会在政治、经济和宗教等方面发生的重大历史事件为背景,将它们与主人公的经历结合起来,以人物个体故事为基础从点的角度展现整个社会的变化。艾尔巴兹和艾尔温德两人的命运关系呈现合—分—存在交集—合的趋势。小说在尾声部分揭开他们的身世秘密:在印巴分治逃难的人潮中,一位妇女遗失了自己的孩子和她收养的孩子,孩子身上仅有刻着名字的标记牌,具体身份(穆斯林、印度教教徒还是锡克教徒)无从得知。本是一家人的两个主人公(合)分别被印度教徒和穆斯林家庭所收养。两人在不同的家庭长大(分),但两人又不是完全没有交集:两人曾搭乘同一班次飞机、互为生意对手、喜欢相同的女孩。两个人通过子女的婚姻再次成为一家人(合),最后又都在恐怖爆炸中双双遇难。每章在讲述他们各自故事的时候,同样会讲述两人"交集"部分的故事,避免叙事中两条故事线游离太远。在这种框架关系下,双线叙事表现为既平行呼应,又各自独立,在同一个故事时间中展现开阔的叙事空间。

2. 双线故事中人物、事件及意义

《锡亚尔科特传奇》讲述艾尔巴兹和艾尔温德半个多世纪的人生经历,折射出印度独立后的社会变迁,叙述时间跨度大,内容丰富,下文以其中两个章节的内容为例,从历史事件、人物形象等角度分析双线叙事的形式和意义。

印度的 20 世纪 70 年代主要是英迪拉·甘地(Indira Gandhi)执政时期,小说的"书三,1970—1980"(Book Three,1970—1980)一章讲述了艾尔巴兹和艾尔温德在紧急状态下的生活和事业发展。在"书六,2000—2010"(Book Six,2000—2010)部分,小说也从不同角度描写美国"9·11"事件和印度"高德拉(Godhra)暴乱"对两个人及其家庭的影响。英迪拉·甘地是印度著名的女政治家,她是印度国大党创始人之一、印度开国总理尼赫鲁的女儿,1971 年和 1980 年两次当选为印度总理。1975 年 6 月,阿拉哈巴德高级法院(Allahabad High Court)认为英迪拉·甘地在总理竞选过程中存在不合法的现象,要求她退位并在未来 6 年内不能参加选举。反对党在全国范围内发起示威,最后演变为骚乱,再加上人民群众对当时印度的经济环境和政府腐败不满,使骚乱愈演愈烈。英迪拉·甘地要求总统颁布国家进入紧急状态(State of Emergency,1975—1977),这种状态持续了 19 个月。在紧急状态下,印度混乱的局面得到控制,经济出现好转,政府效率也有所提高。不可否认,在紧急状态期间,一些政治人士被捕,报纸、文化事业发展受到限制。紧急状态让英迪拉·甘地的影响力下降,她在随后的大选中落选,并被获胜的人民党领导逮捕、审讯。另一方面,英迪拉·甘地的遭遇使她在公众心目中留下被政府迫害的印象,引起民众同情,她在公开场合为自己在紧急状态期间的错误道歉,重新树立形象。与紧急状态、英迪拉·甘地这些历史事件、历史人物的意义具有多面性一样,小说两位主人公在相关事件的经历也含有多重意义。而"书六"中的"9·11"事件和"高德拉暴乱"都从小说人物的个人角度展现了相关事件对普通人的冲击。

在个人事业和财富发展方面,艾尔巴兹和艾尔温德各自的事业经过初期创业阶段,在接下来的十年里进入发展时期。艾尔巴兹出身于底层苦力阶层,他从黑社会团体发展起来。就像美国电影《教父》里所描写的黑帮团体一样,他们拉拢、行贿政府官员,相互勾结"合作"做生意。他们也救助一些遭受暴力欺负的普通百姓,营救被绑架的孩子,为被强奸的女性讨公道时残忍地处罚强奸者等。艾尔温德白手起家做生意,开皮包公司,用弄虚作假、倒空卖空式欺骗手段逐渐做大企业,但是他没有实业,靠噱头宣传或伪造工厂骗取客户的投资。两个人在紧急状态时期也钻政府的空子趁机发展。拿艾尔巴兹来说,紧急状态的一些规定反而给他们从事非法活动带来更多便利,他们投资房地产、证券交易,利用政府外汇储备管理和预防走私措施进行国外洗钱活动。他们各自的发展都带着一定程度的不合法性,夹杂着钻营和虚假手段。两个人物不同的发家之路似乎也在暗讽、批判印度经济发展中的暴力、非法和泡沫属性。小说更是借人物之口,表达作者看待历史的态度。紧急状态加强了对民众的管制,扼制公民自由、推迟大选等,《印度快报》(India Express)等媒体"开天窗"表示抗议,小说也调侃道:"我太喜欢紧急状态了,火车准时运营,人们努力工作。我们甚至还开疆拓土了,锡金(Sikkim)成了我们的一个邦。"[①]国家政权更迭和社会动荡有时会成为富人敛聚更多财富的机会,从"书三"到"书六"阶段,艾尔巴兹和艾尔温德也到了事业发展的高峰时期,两人还在政府组织的工业和贸易机构担任理事。到2006年,两人已经成为印度较富有的20人之一。艾尔巴兹和艾尔温德两人从普通人凭借自身努力、巧妙利用机会最终获得成功,他们串起印度独立半个多世纪以来,尤其从20世纪90年代印度经济改革以后,印度经济、社会的变化和发展历程。小说同时也在他们的发迹过程中,批判了印度政府部门的腐败和官僚作风。

个人情感和家庭生活。就像独立后的印度进入成年时期的曲折发展一样,艾尔温德和艾尔巴兹也成家立业,感受情感、家庭生活的酸甜苦辣滋味。艾尔温德内心带着对初恋女友帕罗米塔(Paromita)的眷恋,在父母包办下成亲。婚后,妻子生了一对双胞胎儿子。在艾尔温德看来,他与妻子的婚姻是"伙伴关系",他负责管理生意,而妻子照顾家庭,至于"爱情",则是"随意的附件,如果我们运气好的话,它会是婚姻的红利"[②]。艾尔温德热衷于扩大生意、累积财富的同时,忽略了与妻子、孩子之间的亲情,以至于妻子和他最信任的朋友发生婚外情。艾尔温德在年少时并不是情感麻木之人,他给中意的女生写情书,赞美她温暖美丽的笑容。艾尔温德从纯情少年变为唯利是图的商人,小说通过他的性格变化折射出像他这样一类人的情感境遇。艾尔巴兹的爱情、婚姻和家庭情况与艾尔温德不同。艾尔巴兹也喜欢帕罗米塔,在她受到伤害时挺身而出救助她。他不介意帕罗米塔的出身和经历,也支持她做演员实现自我价值。他对帕罗米塔始终表现出尊重和理解、关心和爱护,结婚后也没有因为忙于生意而忽略她,经常陪伴她和女儿。艾尔巴兹和艾尔温德在人生相似的时间段成家立

---

① SANGHI A. The Sialkot Saga [M]. New Delhi: Westland ltd., 2016: 215.
② SANGHI A. The Sialkot Saga [M]. New Delhi: Westland ltd., 2016: 201.

业、结婚生子,但两人对待家庭生活选择不同的态度,这种内容设置也增加了双线叙事的对比性,表现出人物性格的差异性。

除了以帕罗米塔作为两位主人公命运交集点外,艾尔巴兹的女儿阿丽莎(Alisha)和艾尔温德的儿子维纳(Vinay)之间的感情、婚姻则形成了他们命运的汇合线。阿丽莎和维纳在美国读书期间相识、相恋,两人在经历过生死考验后,终于抛开宗教差异和家庭分歧在美国公证结婚。在"9·11"事件中,阿丽莎从世贸大厦的废墟中脱身,第一件事就是给维纳打电话。维纳到古吉拉特出差,正遇到印度教徒和穆斯林之间的冲突、暴乱和屠杀。艾尔温德的另一个儿子在孟买证券所的爆炸中丧命,他和妻子非常担心维纳的安全,他找到在当地警方工作的朋友利用权力动用救护车把儿子从骚乱中护送到孟买。阿丽莎和维纳的结合是恋人之间的感情归宿,它也象征着两个宗教背景不同、利益冲突的家庭的联姻,也包含着作者对不同宗教间和谐相处的美好愿望。就像小说在尾声部分所揭示的那样,艾尔巴兹和艾尔温德在宗教屠杀中双双"失去"宗教归属,不同的宗教家庭背景重新塑造了他们的宗教属性,这是后天人为的选择结果,宗教间屠杀的最终受害者都是普通人。小说通过子女间的婚姻将两个不同宗教信仰者的血脉合并到后代身上并延续下去,说明人间亲情将战胜一切差异。

二、正副文本关系:主题隐喻

在《锡亚尔科特传奇》中,除了正文本中作为故事发生背景的印度独立后的历史外,每章前面的副文本部分都讲述了一段历史事件。这些历史事件从时间上看也是按照时间顺序发生的,但间隔的时间长,彼此之间孤立并无直接联系。第一则副文本故事记述公元前250年,阿育王在华氏城和9位不知名者(The Nine Unknowns)之间的对话;第二则说的是公元350年时,沙摩陀罗笈多(Samudragupta)在拘睒弥城(Kosambi)的故事。副文本历史内容揭示的文化思想为正文本故事提供叙述主旨意义。副文本中历史故事的共性之处在于它们都讲述印度历史上著名帝王与宗教的故事,表达出宗教和谐的主题。副文本讲述历史上著名君王的故事所探讨的"永生"问题,说明人以何种方式被世界记录,说明正文本主人公命运殊途同归的轨迹。

1. 副文本：名君与社会

小说副文本中历史素材的运用方式别具一格，它们以简洁、短小的情节片段，凸显与 7 位帝王相关的著名历史时段与事件。

副文本的标题以年代和城市名组成："公元前 250 年，华氏城"（250 BCE, Pataliputra）；"公元 350 年，拘睒弥城"（350 CE, Kosambi）；"公元 644 年，普拉亚格"（644 CE, Prayag）；"公元 817 年，曲女城"（817 CE, Kannauj）；"公元 1521 年，毗奢耶那伽罗"（1521 CE, Vijayanagara）；"公元 1750 年，特里凡特琅"（1750 CE, Thiruvananthapuram）；"公元 1833 年，拉合尔"（1833 CE, Lahore）。七则副文本故事分别记述七位古代帝王与他人的对话片段：前两则为阿育王和沙摩陀罗笈多的故事；第三则故事记述戒日王（Harsha）和玄奘之间的对话；第四则故事讲纳伽巴塔二世（Nagabhata Ⅱ）计划修建索姆纳特神庙；第五则故事记述克里希那德瓦拉亚国王（Krishnadevaraya）与大臣之间对话，其中有他向蒂鲁马拉范卡德瓦拉神庙（Tirumala Venkateswara）等寺庙捐赠的事情；第六则故事描写国王贾衍特安（Jayanthan）将王国捐献给寺庙的情形；第七则故事是拉吉特·辛格国王（Ranjit Singh）与一位婆罗门的对话，讲述自己向不同寺庙捐赠黄金的故事。

七则故事里的国王代表南亚地区不同历史时期的强盛帝国及其文化输出方式。阿育王是古印度孔雀王朝的国王，大约于公元前 273 年即位，在他统治时期，孔雀帝国不仅成为南亚大陆最强盛的国家，印度也变成一个重要的国际中心。阿育王向外派出大量使者传布佛教，他在国内也积极发展文化及开展社会福利建设。如阿育王时期，呾叉始罗大学吸引了很多外国留学生；阿育王修建的一些建筑至今仍保存很好，他还"建造免费医院，修建客栈，实行低税，保证官员善待民众"①。"历史上有成千上万个国王，享受着陛下、殿下和其他等等尊号，而阿育王的名字像颗明星一样散发着光芒。"② 七则故事中最后一位国王是印度近现代史上的拉吉特·辛格。在拉吉特国王实现"萨特累季河以北至印度河的统一，还征服了克什米尔，建立了强大的旁遮普锡克教国家"③ 时，英国人已经完成了对大部分印度的征服，拉吉特在北部建立的统一国家，是印度人

---

① SANGHI A. The Sialkot Saga [M]. New Delhi: Westland ltd., 2016: 11.
② 贾瓦哈拉尔·尼赫鲁. 印度的发现[M]. 向哲濬，朱彬元，杨寿林，译. 上海：上海人民出版社，2016：111.
③ 林承节. 印度史[M]. 北京：人民出版社，2004：221-222.

民抵抗英国人完全殖民统治的最后抗争,他以强势的姿态在北方崛起,与英国殖民帝国对峙而立,是印度帝国最后的荣耀。拉吉特也是一位有作为的君主,他进行的一系列改革措施使经济有所发展,深得民众支持和拥护。七位帝王在不同历史时期、不同区域统治着强大的帝国,彰显了个人事业上的极大成功。

  副文本中的帝王是不同历史时期、不同宗教信仰的强大统治者,他们对宗教持宽容态度,并以积极开放的态度与其他国家进行政治、经济和文化交流。副文本巧妙地将帝王的丰功伟绩隐为背景,出现在读者面前的是他们与僧侣、婆罗门的交谈场面,谈话主题几乎都涉及他们对寺庙的捐赠。第一则故事中的阿育王早年征战、杀戮无数,他后来笃信佛教,在各地修建佛塔,还派人向海外传教。众所周知,阿育王是热心传播佛教的信徒,他也尊重和重视其他信仰。在第三则故事中,戒日王与中国和尚玄奘的一段对话,展现出一个强大的帝国对外开放、思想兼容的姿态。第七则故事中的拉吉特·辛格向西与阿富汗王朝作战,占领白沙瓦(Peshawar)后,他与阿富汗君主签订协议,积极追讨在11世纪被伽色尼的马茂德(Mahmud of Ghazni)抢走的索姆纳特寺庙檀香木大门,"条款的这一部分对他来说比什么都重要,就像恢复失去的荣耀一样"①,拉吉特·辛格将印度教寺庙之门看成历史文化的一部分加以维护。副文本中的历史故事说明,南亚地区历来是多宗教并存的区域,宗教差异不是发展障碍,宗教间和谐相处能保障王国发展壮大,不同宗教文化共同构成丰富多彩的南亚区域文化。

2. 副文本故事隐喻主文本叙述主题

  正副文本中的叙事时间、叙事方式不同,两者叙事内容的隐喻是相通的,通过历史上不同时期帝王的故事提倡宗教和谐、指明人生的终极目的。

  副文本中的帝王隐喻正文本中的人物。从前文叙述中可知,艾尔巴兹和艾尔温德经过不懈努力,在各自的领域获得成功,从普通社会一员成为可以左右国家政策的大人物。他们在成功过程中的尔虞我诈、不择手段等经历即古代君王开疆辟土、维持国家社稷的经历。小说以印度独立 70 年这一时段为故事发生时间,描写主人公在商界、政界各方面的斗争,虽在叙事方面囊括了过多内容,但从叙事时间角度来说,它也暗示着人生只不过匆匆百年,再显赫的功名利

---

① SANGHI A. The Sialkot Saga[M]. New Delhi: Westland ltd. , 2016: 543.

第五章　阿什温·桑基的惊险小说

禄,最终也会逝去,这与副文本中在历史上声名显赫的古代帝王一样,也隐喻着小说两位主人公的努力奋斗建立自己的事业"王国",为人物形象涵盖的深层思想隐喻做了铺垫。

副文本中帝王对待宗教的态度隐喻了正文中宗教和谐的思想。副文本中讲述的古代诸王出身、宗教信仰都有所不同,但他们都持有宗教宽容态度,在虔诚于自己的宗教信仰的同时,也礼遇其他教派、教徒。正文本部分以主人公不明确的宗教身份和子女联姻等表明小说隐含的宗教间和谐相处的愿望。桑基在小说中始终倡导不同宗教间和谐相处的思想。在印度历史上,印度教教徒、穆斯林的关系变动不居,政权、统治者之间的斗争让身为普通民众的教徒成为直接施害者和受害者。但正如小说中描写的那样,他们可能会是教派屠杀中被收养的不明宗教身份的孩子,也可能是被修改过宗教身份的人,他们相同的身份是生活在印度土地上的人们。

副文本中帝王的宗教活动隐喻正文本要表明的人生终极追求。小说正副文本相互呼应,共同说明人生完成利、欲等目的后,将在信仰中获得解脱。艾尔巴兹和艾尔温德从平民到权贵、富豪,他们通过努力奋斗实现对利欲、物质的追求,但最终他们的子女将这些财富都捐赠给教会组织的慈善事业,让父辈成为被人们永远记忆的传奇,而不仅仅是物质上的成功。

桑基的历史通俗小说建立在扎实的史料基础和自身人生经验之上。桑基每部作品所附的"参考文献和注释"(Bibliography and Notes)包含百条以上的书籍、网址和注释。拿《克里希那密钥》来说,小说附录部分列出参考书籍(Books)50种、文章(Papers and Articles)43篇、32个博客及网页(Blogs and Websites)、影音资料(Video and Audio)10份。另一方面,大众文化发展为多样化写作提供可能,桑基从个人爱好出发的写作,将生活经历和小说写作结合起来,多线叙事看似复杂,每条叙事线实则仍然按顺序发展,便于把握。桑基所学的专业、所从事的工作都是商业贸易,他把个人的专业知识和工作经验与小说创作结合起来,借助叙事方法将现实生活中自己熟悉的"商战"故事转化为引人入胜的小说情节。桑基的历史小说并不抛弃丰富的现实生活经验,以现代人的历史观取事,古为今用,在轻松有趣中或传承或批评传统文化思想,这不失为一件有意义的事。撇开桑基小说中历史人物、事件的可靠度不谈,超高的销售量和受欢迎程度,在某种程度上也说明他的作品是成功的。

桑基小说双线叙事为人物塑造、亚类型叙事提供了充分的空间。小说古今两条叙事线的时间线索清晰,古代内容是现代部分的故事背景、思想文化背景。双线叙事法能很好地服务于以历史内容为基础的亚类型结构的需要,增加类型小说的阅读效果。桑基在历史小说类型的基础上叠加上惊悚、惊险、犯罪、探案等元素,使作品变型为历史惊悚、历史探案等亚类型小说。桑基认为在作家中纳博科夫(Vladimir Nabokov)对他的影响最大。纳博科夫的小说以复杂的多重主题和精妙的结构著称,这就不难理解桑基在小说中利用多线叙事架构出多重时间、空间维度,广泛讨论历史、宗教、经济等内容,以历史关照现实,更真切地展现现实,揭示作品的社会意义。桑基历史小说的双线叙事策略在人物塑造、叙事空间等方面效果良好,增强了人物层次感、对比性和关联度,揭示了人物、事件的历史传承与变异。

  当然,古今双线叙事也有不足之处。桑基的小说有一个明显特点就是人物繁多,内容涉及多种文化背景及知识,这让读者在断裂、跳跃的叙事时空中难免无所适从。不可否认,作者在追求小说故事性、可读性的基础上,难免无法兼顾人物形象塑造。桑基小说都采用双线叙事模式,这有助于他高效产出商业畅销小说,维持读者的阅读热度,但一成不变的叙事模式难免让读者产生雷同感,这既是一些印度作家类型写作的特点,也是其缺点。

  小说的叙事方法清楚地表达出桑基古人今事、今人古法式的历史观。现代印度人的思想和行为不是无故产生的,它们是民族文化内化到基因里的集体无意识。人们可以回到历史中认识、理解当代印度人,在历史中既可知道印度人的"来龙"也可知他们的"去脉"。小说写的是印度人与印度历史的关系,其他民族、民族之史也未尝不是此种关系。塔鲁尔(Shashi Tharoor)说:"在印度,从历史中我们能吸收的经验就是历史总会给些错误的经验"[①],桑基小说双线叙事的目的或许就是希望人们不要再从历史中获取错误的经验。

  桑基并非历史专业科班出身,他在写作过程中参阅了大量资料,认真对待作品所涉及的历史事实。"与作家写作这些小说时的时间相比较,小说中故事发生的时间显然具有'历史性'。叙述的时态可以采用过去时,记述时间可安排在过去,也可在过去发生的事件之中,又包括个人私事,主人公既可以是历史上的真实人物,也可以是虚构的人物,不过他们的命运都与真实的历史事件息息

---

① THAROOR S. India: From Midnight to the Millennium [M]. New York: Arcade Publishing, 1997: 29.

相关"①,小说往往会通过一个人或一群人的眼睛来再现历史的状况。桑基将历史故事、历史人物与惊悚、侦探等亚类型结合起来,在尊重、重视历史的同时,也愿意以轻松的心态面对历史。正如尼赫鲁所说:"我们的生活受了过去枯朽的牵累,所有那些无生气的和已经完成使命的东西都应该退出历史舞台,但这并不意味着要弃绝或忘掉'过去'中的那充满活力而赋予生命的东西。"②

历史小说有真实性和拟实性的特征,取材于历史,书写的是过去,关照的却是当下,甚至是未来,"历史与文学的关系一直都很紧密,从表现内容到表现深度,一直都在不断发展"③。桑基继承了前辈英语小说家历史小说的风格,把握时代文化、文学特色和读者阅读习惯,进一步丰富了印度历史小说的类型特色和叙事样式。他在作品中透视历史、从现实回望历史的写作视角,将历史与现实紧密结合,增强了历史小说的叙事意义。历史小说对过去的描写和探索,不仅仅在于寻找导致当下现实的原因,更在于思索、寻找用来理解当下的视角及解决现实问题的方法。

---

① 福勒·罗吉. 现代西方文学批评术语词典[M]. 袁德成,译;朱通伯,校. 成都:四川人民出版社,1987:124.
② 贾瓦哈拉尔·尼赫鲁. 印度的发现[M]. 向哲浚,朱彬元,杨寿林,译. 上海:上海人民出版社,2016:469.
③ DHAR T N. History-Fiction Interface in Indian English Novel [M]. New Delhi: Prestige Books, 1999.

第六章　阿米什的奇幻小说

　　《罗摩衍那》《摩诃婆罗多》深刻影响了印度及南亚其他国家的文化发展,两大史诗构成的文化体系"涵盖了该社会所关心或忧虑的一切的宗教和历史启示"①。史诗故事和神话传说为印度历代作家提供了源源不断的创作灵感,随着文学的发展,作家们讲述、传递史诗故事的方式日益丰富,讲述内容也会有意识地融入一些大众的、世俗的内容。一代代的人们在接受、理解两大史诗故事的同时,也在进行着传承、阐释甚至更新、补充、吸纳新的文化,重写的史诗、神话在其传播过程中反映着当下社会对它们的接受过程。本章主要讨论阿米什在史诗、神话传说基础上创作的奇幻小说(Fantasy Novel)——"罗摩系列小说"(Ram Chandra Books)中对经典人物悉多、"希瓦三部曲"(Shiva Trilogy)中对神话人物湿婆的改写,解读重写经典的当代社会文化意义。

---

① 弗莱·诺思洛普.世俗的经典[M].孟祥春,译.上海:上海人民出版社,2010:10.

第一节 史诗、神话的重写传统和当代形式

史诗、神话故事是印度人民喜爱的文学内容，到了 21 世纪，这些代代相传的故事、人物、情节又被当代作家以现代文学类型赋予新鲜的思想和意义，让传统文学经典在新时代焕发新生命。

一、重写史诗、神话是印度作家的创作传统之一

在印度，史诗和神话的版本丰富多彩，不同地区流传着不同版本的具有地方特色的故事。史诗和神话"伴随着文化变迁而不断演变，不同版本反映着当时、当地的历史和人们看法的改变，也折射出这些地区所追求、所奋斗的理想"[①]。史诗和神话故事在各地流传的过程中，口耳相传的传播方式使它们不断被增减补改。就《罗摩衍那》《摩诃婆罗多》两大史诗来说，它们的故事框架相似，都是在叙述主线故事的同时夹杂各种插话，它们既对主线故事进行补充，又可以单独成篇传播。这些插话可能就是不同时期的"作者们"陆续添加上去的，开放的文本体例便于吸收、容纳当地各个时期的思想文化，也为后代作家进行再创作提供了叙事空间。

史诗和神话故事对印度人民的文学启蒙发挥了重要作用，也是历代印度作家写作的重要源泉，他们有重写史诗、神话的创作传统。作家们从小从长辈口中听来丰富多彩的史诗故事、神话传说，每位讲述者都把人们耳熟能详的故事以自己的理解和讲述方式演绎出来，无疑就是一次再创作的过程。这种传播中再创作的现象也鼓励了一代又一代印度作家对史诗、神话进行翻新和改写，各时期的印度作家们习惯于在两大史诗的框架内及神话故事的基础上进行自由发挥，他们按照自己的理解讲故事，从中截取部分素材进行再创作的情况也屡见不鲜。他们依照自己的意愿编写故事，让从小耳濡目染的故事和人物成为表

---

① 曼克卡尔·普尔尼马. 观文化，看政治：印度后殖民时代的电视、女性和国家[M]. 晋群，译. 北京：商务印书馆，2015：260.

达自己思想的载体。刘安武认为:"印度两大史诗里的人物、情节被反复改写,不厌其烦地改,听众、读者也接受,有人接受了之后自己又改写"①,他们改编作品时也会根据时代发展而变化,"神话传说中的人物一再被塑造,情节一再被改写,主题一再被改变,时代观念也一再被修正和更新"②。可以说,"世界上恐怕没有另外一个国家或民族的神话传说与文学的关系像印度那样密切、广泛而又长久了"③。

我们应在具体社会历史语境下研究被改写的史诗和神话。在印度古代文学中,有不少著名的史诗重述作品或以史诗故事为基础再创作的作品,迦梨陀娑的梵剧《沙恭达罗》是在《摩诃毗罗》插话的基础上再创作的作品,剧中的沙恭达罗焕发着自然之美、质朴之美和青春之美,歌颂的同样是悉多式的女性。在当代作家中,著名的印度英语小说家安纳德、纳拉扬和拉贾·拉奥等人都在其小说和文章中谈到两大史诗给他们留下的印象,拉奥在自传文章里说自己最着迷于《摩诃婆罗多》故事。安纳德不仅编辑过几册神话传说故事集,他的小说《高丽》就采用《罗摩衍那》中"悉多被弃"的故事模式,高丽和丈夫吵架被赶回娘家后,又被卖给商人为妻,她从商人家里逃出,被一位医生收留,并在他的诊所里学会了简单的护理技能。高丽被丈夫接回家后,家人和村民怀疑她的贞洁,已经怀孕的高丽选择再次离开家庭去工作以养活自己和即将出生的孩子。小说改写"悉多被弃"的故事模式,塑造坚强、自立的新女性形象,对此后写作该类型小说、塑造新女性形象具有启发作用。21世纪以来,印度英语作家以更为多样的小说类型和表现内容重写史诗和神话,使古老的民族文学焕发出时代意义,使其具有去殖民化的作用和意义。正如作家阿米什所说,尽管印度已经摆脱了英国殖民统治,但它还保留着殖民时期的教育体系,在教育理念和内容等方面都留有殖民痕迹,他认为印度人应该有自己的方式理解印度传统文学和文化。同样,史诗、神话等民族传统文学在新的时代中也有新的解读意义,南迪(Ashis Nandy)说自己对《摩诃婆罗多》中的众王子的教师毗湿摩有了新的理解和认识。随着社会发展,史诗中一些人物和故事情节以及作品所传递的思想观念等,都获得了现代印度人的再理解、再接受,作家们还试图通过对史诗中一些失语性的人物进行重新塑造,一些没有权利表达自己的女性或性格特征模糊的

---

①② 刘安武.印度两大史诗研究[M].北京:中国大百科全书出版社,2016:201.
③ 刘安武.印度两大史诗研究[M].北京:中国大百科全书出版社,2016:194.

人,被当代作家重新塑造,并给予他们"言说"的机会。

当代印度英语作家主要以小说的形式重写史诗和神话,从对源素材的利用方式上看,他们以复述和改写为主。

以小说的形式重新讲述史诗、神话故事是较为常见的方式,以班克尔(Ashok Kuamr Banker)的作品为代表。班克尔是小说家和剧作家,因重述史诗而广为人知,但他写作题材广泛,作品类型多样,包括散文、文学评论、文学性小说、侦探惊悚小说和神话故事等,他的侦探惊悚小说被誉为"首部印度英语犯罪小说"。班克尔共创作了8本"罗摩衍那"系列小说、6本"摩诃婆罗多"系列小说和8本"克里希那"系列小说。班克尔认为这些作品都是"复述故事"(retell the story),在不改变故事内容的基础上用现代小说手法重新讲述。他利用小说的叙述方法改造史诗枝蔓式故事结构的特点,将原来的插话内容利用章节重新设置,适当调整史诗叙事缓慢的问题,使故事节奏更紧凑。班克尔还利用人物对话、外貌和行动描写等叙述手法,让人们熟悉的人物形象更为丰满和生动。班克尔的写作思路和作品类型对其他作家起到示范作用,再加上作品出版产生的良好经济效益,吸引了不少作家投身同类型小说写作。

与对史诗和神话故事的重写相比,作家们利用人物、故事进行改编和再创作的作品更为丰富,出现一些销量好、影响广、风格独特的作品,他们以当代思想借古代题材说故事,重新诠释、解读旧故事,从不同维度展现当代印度社会文化。

乔杜里(Nilanjan P. Choudhury)的小说《巴利和乳海》(*Bali and the Ocean of Milk*,2011)是一部以史诗插话为故事原型的小说。与其他史诗题材小说不同,这部小说以传统文学中一直与众神为敌的阿修罗作为主人公,将他作为正面形象来褒扬的同时就是在批判众神以正义之名利用、压迫他的事实。帕特纳伊克的(Devdutt Pattanaik)的《怀孕的国王》(*The Pregnant King*,2015)取材于《摩诃婆罗多》的插话"怀孕的国王"。这个故事出现过两次:一次是在般度五子在流放过程中,罗玛沙(Lomasha)讲过。第二次是在般度五子与卡尔纳(Kauravas)的战斗中,诗人维耶沙(Vyasa)讲述过。此外,这个故事在多部往事书(Purana)中也出现过。帕特纳伊克的小说在此故事的基础上,通过增加人物和改编原故事中的人物身份设定等方法,讲述更加广泛的主题,如爱、法则、身份、性别、权力和智慧。道尔(Christopher C. Doyle)也是写作史诗传奇的重要作家之一,其主要作品有《摩诃婆罗多秘密》(*The Mahabharata Secret*,2014)、

《亚历山大秘密》(*The Alexander Secret*, 2016)和《大流士的秘密》(*The Secret of Druids*, 2016)等。这些系列小说均采用双线叙事：一条线索讲述现代故事，几位年轻人根据《摩诃婆罗多》中记载的超强杀伤性武器的线索，利用自己所学知识追踪真相；另一条叙事线索是和史诗故事相关的古代故事，为年轻人的故事线补充背景故事，暗示或说明情节。这些小说将史诗故事、神话传说和惊悚小说的类型元素结合起来，容量大，篇幅长。作者写作视野广阔，不仅有印度史诗，也有西方希腊、罗马、亚述国的传说。

史诗和神话中的人物意象、故事主题也是当代作家的写作源泉，较有影响的作品是阿拉尼(Samhita Arni)的《失踪的王后》(*The Missing Queen*, 2013)和萨克特(Pervin Saket)的《优哩弥腊》(*Urmila*, 2015)。阿拉尼是在卡拉奇长大的印度孩子，她从小就喜欢《摩诃婆罗多》，小小年纪就因为改编史诗而出名。1994年，阿拉尼回到印度，之后去国外学习。2004年，阿拉尼结束学习再次回到印度，她又被《罗摩衍那》吸引，尤其对作品中女性的作用和身份以及印度国家、政治等内容感兴趣。她开始以重述史诗故事的方式表达反战思想、探索史诗意义的明暗层次。她的小说《摩诃婆罗多：一个孩子的视角》(*The Mahabharata: A Child's View*, 2003)被译成7种文字，全球销售5万册，获得了艾尔莎·莫兰黛文学奖(Elsa Morante Literary Award)，得到德国媒体的褒奖和西班牙文化部部长的赞扬。她为图像小说《悉多的罗摩衍那》(*Sita's Ramayana*, 2012)创作文字文本，该作品登上纽约图像小说畅销榜。阿拉尼的第二部小说《失踪的王后》以悉多故事为背景，讨论当代印度社会中媒介和权力之间不断加强的关系。阿拉尼对文学作品和政治之间的关系充满兴趣，希望通过作品了解政治如何影响、定型叙事，她也希望知道叙事如何给社会以正面影响，用小说去批评、质询社会和激励人民。

萨克特的《优哩弥腊》用《罗摩衍那》中罗什曼那的妻子优哩弥腊的故事模式和人物意象塑造当代印度女性。史诗里，优哩弥腊的丈夫拉克什曼陪罗摩、悉多去森林流亡，她遵从丈夫的要求在他离开的14年间在家侍奉公婆。事实上，优哩弥腊被丈夫"遗弃"，失去妻子的身份意义，她对家庭的付出和履行的责任也没有获得相应的赞许。优哩弥腊是失语的女性，是失去生命价值和意义的女性。在《优哩弥腊》中，当代女性优哩弥腊遇到了与史诗中优哩弥腊相似的生活境遇，她的丈夫陪兄长去迪拜工作，兄弟俩甚至在父亲去世时也没有回来，优哩弥腊点燃本应由儿子点的火葬祭火。小说通过描写日常生活的点滴琐事，以朴实手法表现出平凡而伟大的印度女性形象,展现优哩弥腊身上印度女性的传统美德。与史诗中优哩弥腊不同的是,当代优哩弥腊14年间独自潜心侍奉公婆的同时,坚持发展自己的绘画爱好,并成为小有名气的画家。当代优哩弥腊并没有成为史诗里失去自我生活、个性和幸福的女性,她以独立、坚强重新诠释了这个名字的意义。小说借用史诗《优哩弥腊》的模式对比描写当代印度女性面对相似命运的不同选择,用新的"优哩弥腊"的故事解构相关人物在印度传统文化中凝聚的意象。

史诗文学和神话故事是对过去社会历史经验的总结,随着时代发展,它们所承载的思想文化被不断注入新内容,新的故事情节打破传统人物形象的完整性和完成性,也在不断地被注入新理念、新思想。让人们耳熟能详的传统文学在每个历史时期都能保持新鲜活力,是印度历代作家重写史诗、神话的动力,随着新小说类型、新表现载体的出现,作家们也为重写创作注入新的活力。

二、奇幻小说和图像小说是重写史诗、神话的新类型

在史诗、神话基础上创作的小说中,奇幻小说、图像小说是较受欢迎的新兴小说类型,印度作家将传统文学的人物、情节元素与奇幻、图像类型小说特点相结合,创作出具有印度民族特色的类型小说。

1. 婆罗多奇幻

1992年,朱学恒将"Fantasy Novel"译为"奇幻小说",当时,他在《软件世界》杂志上开设了为期一年半的"奇幻图书馆"(Fantasy Library)专栏后,"奇幻"一词被固定并沿用了下来。奇幻小说的故事内容、结构多以神话、宗教以及古老传说为基础,可以在现实世界、自然世界里加入超自然元素。奇幻文学有着悠久的历史,最早可以追溯到古希腊、罗马神话,而中世纪的骑士文学和18世纪的哥特文学为奇幻文学的兴起打下了基础。到了20世纪中期,《魔戒》《霍比特人》和《纳尼亚传奇》等广受欢迎的作品出现,让奇幻文学再次成为流行的通俗文学。印度有着丰富的神话故事资源,吠陀本经、两大史诗形成了本国文化的神话体系,"以自己的社会话语告诉那种文化它自身是什么,又何以如

此"①,这些神话具有永久的魅力,是了解印度历史、文学、宗教和艺术的百科全书,它们也为印度英语作家提供了奇幻小说的创作元素。

"奇幻类作品的作者通常用超自然的元素来创造他们想象中的世界,并以这些元素为基础构思故事和人物。"②在这类作品中,世界可以具有现实感,也可以非常梦幻,在史诗、神话故事基础上创作的奇幻小说,都拥有一个不同于现实的虚拟世界,并通过这些虚拟世界来吸引读者,它们的来源、构成元素大多又都来自读者熟悉的人物形象和故事情节。瓦鲁格斯(E. Dawson Varughese)将在印度神话故事、史诗故事等基础上创作出来的小说称为"婆罗多奇幻"(Bharati Fantasy),它们借古说今,表现的还是当代人的思想观点,在主题、人物方面体现出更多现代气息。这些作品由新生代作家创作出来,他们很多人本身非常年轻且有新技术、新知识的背景,这使他们的小说既充满新鲜感又不乏印度传统文学的趣味性。尽管印度英语读者能接触到世界各地不同风格的奇幻小说,但那些老故事借助新的类型方式,相比其他作品仍有着一定的优势。传统的史诗、神话承载着宗教、文化的信念,具有很高的权威性,用通俗文学的形式再叙经典,使文学走下神坛,让写作从原来的高贵、神圣的地位,变成人们日常生活的一部分,作品也不再仅仅具有传道功能,它们更多地表达着人们的简单愿望和普遍心理,这些以史诗、神话为基础的奇幻小说朝着大众化、通俗化的方向发展,我们不能否认它们存在的意义。

印度的奇幻小说更多表现的是印度教的印度。一方面,作家的个人宗教背景、社会背景等都极大影响了作品的写作、被接受和所传递的思想,这是此类作品的特点。另一方面,这也是此类作品的遗憾之处。印度作为多宗教的国家,文化呈现出强烈的多样性特点,只发出一种声音的文学作品,往往让其他少数群体失去表达的机会,掩盖了他们文化的特色。

2. 图像小说

近年来,图像小说成为改写史诗、神话的新类型之一,也有一些图像小说结合奇幻等其他类型小说元素。图像叙事在印度具有悠久的历史传统,早在公元7世纪的《罗摩衍那》版本中就绘有悉多观看描述罗摩生平事迹的图像的情形。

---

① 弗莱·诺思洛普. 世俗的经典[M]. 孟祥春,译. 上海:上海人民出版社,2010:10.
② 拉姆森·劳丽. 开始写吧[M]. 唐奇,张威,译. 北京:中国人民大学出版社,2016:10.

在比哈尔乡村,村民家的土墙上绘有取材于两大史诗的故事图像。20 世纪 60 年代,印度漫画出版人帕伊(Anant Pai)出版了系列儿童漫画读物《不朽的故事》(*Amar Chita Katha*),将众神传说、神话故事和英雄故事等引入图像读物。随着漫画读物发展,史诗、神话故事不仅成为儿童喜闻乐见的绘本读物,也成为成人图像小说的取材来源,以文字和图像间"看不见的叙事呈现当代印度和印度性"①。除了《德罗帕蒂》(*Draupadi*: *The Fire-Born Princess*,2012)之外,《悉多的罗摩衍那》和《悉多:大地之女》(*Sita*: *Daughter of the Earth*,2011)也很有影响。

《悉多的罗摩衍那》被《纽约时报》评为畅销书。该书采用帕杜瓦(Patua)绘画风格,画面色彩鲜艳明快,人物造型具有鲜明的印度传统特色。民族风格的画面与传统史诗故事搭配起来缩小了时代跨度感,让读者更容易接受。读者对画面的快速认可,也便于认同文字讲述的故事。小说从罗摩、悉多被流放到森林开始讲起,写悉多被劫、罗摩与十首魔王战争等故事,以及悉多获救后两次被弃。这部图像小说对史诗叙述视角、故事主题都做了相应改变。如作品标题所示,它以悉多的视角引导读者经历广为人知的故事、事件等,使读者更为直接地感受悉多遭受的伤害。此外,小说内容增加了对战争带给妇女、儿童的创伤的反思。《悉多的罗摩衍那》以悉多的视角展开故事,也对叙述时间进行调整,增加了故事的叙述层次。《悉多的罗摩衍那》从悉多第一次被弃于森林开始,写怀有身孕的悉多向森林里的花草树木讲述自己的遭遇,故事的顺序为悉多与罗摩兄弟被流放于森林,被魔王掳到楞伽岛,她终日盼望罗摩来搭救自己。一天,一只叫哈奴曼的猴子找到她,原来是罗摩派来寻找她的。这里,小说采用哈奴曼回忆的方式,向悉多讲述她被劫走后,罗摩千方百计找寻她的情形。哈奴曼回忆之后,接着写罗摩战魔王、救回悉多。小说在塑造人物上,继承人们对悉多传统特征的认知,增加其对自身处境、身份的思考,提高图像小说中悉多形象的现代女性特征。小说中悉多和罗摩的身份隐喻扩大到女性与男性群体,强调悉多的经历不仅是个人遭遇,也是女性群体的共性表现,增强人物的代表性和象征意义。悉多恳求森林里的花草树木道:"让我住在这吧,男性世界驱逐了我。"②悉多同情被战争伤害的民众,由于魔王一个人的欲望引起的战争让"男人战死,

---

① VARUGHESE E. D. New Way of Seeing in New India: Interview With Manta Ray Graphic Novels[J]. South Asian Popular Culture,2014(12): 133.

② SAMHITA A. Sita's Ramayana [M]. New Delhi: Tara Publicaiton,2012: 9.

女人当了寡妇,孩子成为孤儿"①。魔王的欲望和罗摩借战争维护丈夫、男性声誉一样,都是男性之间对权力的争夺,两人的行为没有本质区别。从表面上看,两大史诗中的"悉多被虏"和"德罗帕蒂受辱"是战争的起因,事实上,她们都是被物化的、男性的附属品,男性借拯救被侵犯的女性身体以实现王权争夺、权力更迭。

《悉多:大地之女》采用现代绘画风格,人物造型也更为现代,如画面会突出女性身体的曲线美,而不是传统丰乳肥臀式的身材。小说同样采用悉多的视角讲述故事,尤其增加了悉多出生、成长的故事,表明悉多在自我意愿的基础上选择了罗摩。

图像小说叙事方式生动、鲜明,老少咸宜,再加上读者原本就很熟悉史诗、神话故事内容,以图像小说这种类型改写传统文学会有更大的表现空间。两部图像小说的文字叙述有一些值得关注的共同特点。两部图像小说都采用史诗里失语的女性作为主人公,给她们以言说的权利。

"印度民族共有的这份宝贵的神话传说遗产,以及对这些神话传说加工、改编、再创作所产生的数不胜数的文学作品,虽然很可能妨碍了现实题材的选择和发掘,可是在维护印度民族团结、国家统一、共同的文化传统和民族心理方面却发挥了难以估量的精神作用。"②作家笔下的"人物和情节反映着社会对它们的接受度,它们有着权威性,没有一个作家仅仅通过今人所说的'创作力'就可获得这种权威性。这种传统的传递对神话作家和他的听众来说是明显的,有意识的。"③神话体系被当作信仰被接受,它本身具有至高的意义和权威性。当代英语作家用通俗文学的形式改写、改编、新写传统史诗、神话故事,将人们熟悉的神祇作为世俗人来描写,作家们的这种运用并没有削弱传统史诗、神话的感染力和文化承载力,而是将其体系所对应的社会文化信仰注入时代内容。不可否认,印度社会的主流信仰是印度教,取材史诗、神话的奇幻、图像小说对于塑造民族文化起到了一定作用。

"在崇高的时隔久远的一些体裁中,人物是绝对过去时的形象,是久远时代的形象"④,传统文学的写作素材和通俗小说的类型模式相结合,史诗、神话中

---

① SAMHITA A. Sita's Ramayana [M]. New Delhi: Tara Publicaiton, 2012: 113.
② 刘安武. 印度两大史诗研究[M]. 北京:中国大百科全书出版社,2016:213.
③ 弗莱·诺思洛普. 世俗的经典[M]. 孟祥春,译. 上海:上海人民出版社,2010:10-11.
④ 巴赫金. 史诗与长篇小说[M]. 石家庄:河北教育出版社,2009:529.

的奇幻元素借助类型小说模式呈现出绚丽的"异世氛围",更符合当代青年读者的需求,阿米什的成功正说明了这一点。

第二节　罗摩系列小说:多重叙述视角与悉多形象

阿米什祖籍圣城贝拿勒斯(Banaras),祖父是贝拿勒斯印度教大学(Banaras Hindu University)的教师。① 阿米什出生于孟买,父亲是位工程师,母亲是家庭主妇,父母笃信宗教。阿米什从小就生长在浓厚的宗教氛围之中,但父母给了他宽松自由的教育和阅读环境。因为父亲工作的关系,阿米什和家人们在印度很多地方居住过,对于这个家庭来说,在变动的住址中,不变的是各种各样、源源不断的书和家人们对书的如饥似渴所形成的良好的阅读习惯。阿米什上学时就极其钟爱读书,一个月至少读四到五本书,并且每天都坚持阅读。阿米什阅读广泛,最喜欢的是灵性、神话、历史和哲学方面的书籍。由于家庭资源有限,阿米什没有选择去学自己喜欢的历史等专业,而是以实用性作为自己受教育和工作的首选项,他从数学专业毕业后,又到印度管理学院学习并获得工商管理学位,之后到金融界任职。2015 年,阿米什以《罗摩衍那》为蓝本,创作罗摩系列奇幻小说(以下简称系列小说),已经出版了《罗摩:憍萨罗国的子孙》(*Ram:Scion of Ikshvaku*,2015)、《悉多:弥萨罗的武士》(*Sita：The Warrior of Mithila*,2017)和《罗波那:阿逾陀之敌》(*Raavan：Enemy of Aryavarta*,2019)三部小说。

《罗摩衍那》中的悉多形象是印度传统女性的代表,是"最完美的贤妻典型"②"妇女中履行神圣职责的圣洁化身"③,凝聚着印度文化中对女性美的规定。不可否认,史诗叙述手法对悉多的塑造、定型和传播起到推动作用。随着印度社会发展,女性身份所承载的文化、社会规定也在发生变化。系列小说中的《罗摩:憍萨罗国的子孙》《悉多:弥萨罗的勇士》(以下简称为《罗摩》《悉多》)

---

① 阿米什姓特里帕蒂(Tripathi),他作品署名只写名字"阿米什",没有写姓。贝拿勒斯现在被称为瓦拉纳西(Varanasi),阿米什谈及出生地时,都称其为"贝拿勒斯"。
② 刘安武.印度两大史诗研究[M].北京:中国大百科全书出版社,2016:224.
③ 刘安武.印度两大史诗研究[M].北京:中国大百科全书出版社,2016:240.

两部作品,利用多重叙述视角,通过变换聚焦者与聚焦对象等叙事手法,塑造出具有当代女性特点的新悉多形象,折射出印度社会中新型两性关系。下文在介绍叙述视角相关理论和系列小说基本叙述视角特点的基础上,选取"悉多择婿""悉多被劫"两个情节为例,分析史诗、系列小说中的叙述视角与悉多形象塑造的关系,解读当代重塑悉多形象的意义。

一、叙述视角:《罗摩衍那》叙述视角和罗摩系列小说的多重叙述视角

一般认为,叙事分析涉及"谁说"和"谁看"两个方面,也就是叙事文本中的"叙说声音"和"叙述视角"两个问题。近一个世纪以来,叙述视角一直是小说叙事研究的一个中心问题,它指叙述者或人物与叙事文中的事件相对应的位置或状态,或者说,叙述者或人物从什么角度观察故事。[1] 视角的承担者即作品中感知焦点的位置,它可以由叙述者进行观察和讲述故事,也可以是故事中的人物,包括以第一、第三人称叙事的各类人物。"看"不仅仅指视觉观察,还有心理或精神感受的感知,有的叙事文本中,感知者和叙述者合二为一,有的则相互分离。申丹在《西方叙事学》中将叙述视角分为"外视角"和"内视角"两个方面,外视角指观察者处于故事之外,它包括全知视角、选择性全知视角、戏剧式或摄像式视角、第一人称主人公叙述中的回顾视角和第一人称叙述中见证人的旁观视角等五种。内视角指观察者处于故事之内,包括固定式人物有限视角、变换式人物有限视角、多重式人物有限视角和第一人称叙述中的体验视角等四种。[2] 以上视角分类借鉴了热奈特的"聚焦"概念和与此相关的聚焦者、聚焦对象、聚焦者相对于故事的位置关系等。热奈特提出了三种聚焦模式:第一种,"零聚焦"或"无聚焦",即无固定观察角度的全知叙述;第二种,"内聚焦",其特点是叙述者仅说出某个人物知道的情况;第三种,"外聚焦",即从外部客观观察人物的言行,不透视人物内心。热奈特的聚焦模式和申丹提出的九种叙述视角,在类型说法上有重合之处。学者们对叙述视角的研究各抒己见,各有千秋,随着后经典叙事学的发展,叙述视角研究与意识形态或认知过程相关联,扩大对视角

---

[1] 胡亚敏.叙事学[M].武汉:华中师范大学出版社,2004:19.
[2] 申丹.西方叙事学[M].北京:北京大学出版社,2010:95-97.

叙事功能的解读空间。"悉多择婿"和"悉多被劫"两段故事在叙述视角的应用上各有特色,对塑造人物产生了不同的效果。

1.《罗摩衍那》的讲述者角度

《罗摩衍那》的故事在印度家喻户晓,它在2000多年漫长的传播历史中,对南亚其他国家文化发展都产生了重大影响。《罗摩衍那》的旧本约有24000颂,精校本约19000颂,共分为7篇,故事大意是:阿逾陀王子罗摩比武招亲娶悉多为妻后,他的父亲十车王准备立他为太子继承王位。但十车王受到小皇后要挟,不得不将罗摩流放到森林14年。罗摩带着妻子悉多、弟弟罗什曼那在森林中生活,魔王罗波那将悉多劫持到楞伽城。罗摩联合猴王,在神猴哈奴曼的帮助下救出悉多。罗摩和悉多回到阿逾陀,众人对悉多的贞洁风言风语,罗摩遂让罗什曼那把怀孕的悉多遗弃在荒山野岭。蚁垤仙人救下悉多,并教会她的两个儿子背诵《罗摩衍那》。罗摩听到两个儿子背诵《罗摩衍那》后,认出了自己的孩子,并与悉多相见。最终,悉多还是回归大地,罗摩将王位让与儿子,自己升入天堂回归毗湿奴本相。

《罗摩衍那》被称为"最初的诗",由口头文学演变发展而来,在老百姓创作并口头流传的基础上,可能由一个人做最后的加工而成书。《罗摩衍那》在文本表述中也显现出口头讲述的痕迹,如《童年篇》的第5章说道:"甘蔗王朝的国王富贵尊荣,这部伟大传奇产生在这世系中,它的名字就叫作《罗摩衍那》,现在就请你们诸位仔细倾听。我将把所有的情节,从头到尾一一叙述,这情节含有法、乐、财,请仔细听不要嫉妒。"①可见,《罗摩衍那》的叙述者是罗摩的儿子/歌者,他们处于故事之外观察和记录人物言行,这种戏剧式或摄像式视角是史诗的基本叙述视角,在此基础上,史诗在讲述某些事件、情节时,会转变为具体某一人物的讲述角度。"悉多择婿"故事按照事情发生顺序讲述了三次,即史诗讲述者讲述择婿、使臣讲述择婿和悉多讲述择婿,第一次是史诗故事讲述者描写罗摩成功拉开神弓赢取悉多;第二次、第三次分别转换为故事内使臣、悉多为讲述者。史诗用摄像式叙述视角按照故事发生顺序讲述"悉多被劫"经过,以罗什曼那与悉多、悉多与罗波那对话为主要文本形式,事件过程为:悉多见金鹿→罗摩离开追鹿→悉多、罗什曼那对话→悉多、罗波那对话→悉多被劫走,如图6.1

---

① 蚁垤.罗摩衍那:一[M].季羡林,译.北京:外语教学与研究出版社,2010:52-53.

所示。

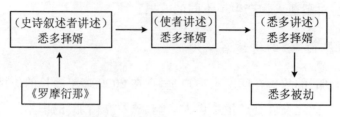

图 6.1 《罗摩衍那》故事发展顺序图

2. 罗摩系列小说中的叙述视角、视角对象

在分析系列小说视角时,《罗摩》《悉多》既可视为两个独立的个体,又能被看作一个整体。从整体看,系列小说采用故事外第三人称全知叙述视角,但在不同具体作品中,叙述视角的聚焦对象分别为罗摩、悉多。从单部作品看,《罗摩》《悉多》的叙述视角结合内视角中多重人物视角叙述法,借用人物视角观察其他人物、事件和环境,将人物的内心活动外化。由于每部小说具体视角发出者、视角对象不同,可以从不同角度、多方位表现同一事件和塑造人物。

从文本构成看,两部小说均以"悉多被劫"情节为开篇。作者在《悉多》前言中写道:"受'超链接'(hyperlink)又被称为'多线叙事'(multilinear narrative)的故事讲述方式启发,小说包括很多人物,他们由一个连接点聚到一起。主要人物是罗摩、悉多和罗波那,每个人物的各自人生经历塑造了他们,'悉多被劫'将他们的故事汇聚到一起。"[①]具体来说,《罗摩》写了"悉多被劫"后,继而以罗摩为聚焦对象,讲述罗摩出生、求学、悉多择婿、悉多被劫等故事。《悉多》在开篇故事之后,则以悉多为聚焦对象,讲述她的成长、择婿等故事。"悉多择婿"一节在《罗摩》《悉多》中以不同叙述视角,通过不同聚焦对象进行呈现,形成"罗生门"式故事模式,如图 6.2 所示。

在《罗摩衍那》和系列小说中,"悉多择婿""悉多被劫"都是故事发展的重要情节,但两者在不同作品中叙述长度、叙述视角的构成各有侧重,显示出悉多身份特征的差异性。

---

① AMISH. Sita:Warrior of Mithila [M]. New Delhi:Westland, 2017:xvii.

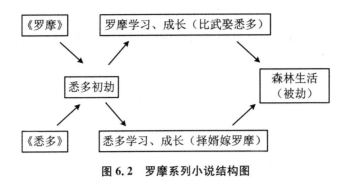

图 6.2 罗摩系列小说结构图

二、"悉多择婿":《罗摩衍那》和罗摩系列小说中的叙述视角与悉多形象

"悉多择婿"是悉多和罗摩故事中的重要情节之一,在悉多"择婿"的过程中,她本人自主性的强弱程度受制于其身份属性,叙述视角在史诗和系列小说中的运用情况有助于揭示人物个性和身份特征。

1.《罗摩衍那》:多人讲述、单一聚焦对象与悉多身份的从属性

"悉多择婿"的故事主要出现在《罗摩衍那》的第一卷、第二卷中。遮那竭王和王后多年无子,一天,国王犁地时,从犁里跳出一个女孩,他就把女孩带回家当女儿抚养,起名"犁沟"(梵文 sita,意为犁沟,音译为悉多)。遮那竭王以拉开神弓作为悉多择婿条件,谁拉开神弓,就把悉多许配给他。众友仙人带着罗摩、罗什曼那两兄弟外出降魔途经弥萨罗,罗摩参加择婿大会,拉断神弓,赢得悉多。遮那竭王请来罗摩父亲十车王,悉多与罗摩完婚。

史诗三次讲述这个故事,具体讲述者分别为史诗讲述者(故事外)、使臣以及悉多(故事内),在史诗整体的故事外摄像式叙述视角基础上,三次讲述的具体叙述视角发生变化。故事第一次讲述是"童年篇"第六十六章用故事外摄像视角,描写罗摩拉弓赢得悉多的经过。史诗讲述者既为叙述者也是感知者,感知、聚焦对象是悉多择婿过程中的罗摩及其言行。这是一场全景式描写,不仅写罗摩拉弓的经过,还写了在场其他人的反应,但悉多在这段描写中没有出场,只有遮那竭王提到说如果悉多有罗摩做夫婿,会给他们家族带来极大荣誉。故事第二次讲述是遮那竭王派使臣到阿逾陀城向十车王禀告情况。使臣见到十

车王后,先是转述遮那竭王的问候,随即以直接引语方式讲述国王的话:"毗提诃弥提罗城主,敬问你起居安乐,得到毗奢蜜多罗同意,他对你把话讲:'我从前曾把一个誓言立,谁有力量就把我女儿娶……国王呀!我的这个女儿,却为你的儿子所获取……大王呀,请你带着师尊……王中之王呀!请你接受,我对你的这一番情意。'"①从引文可以看出,具体叙述主体由故事外叙述者转为国王(事实上讲述动作的实施者为使臣),叙述内容仍为择婿过程中的罗摩及其行为,这段简短讲述意在告知十车王招亲结果并邀请他去参加婚礼。悉多在第二次讲述中同样没有出现,她只是作为罗摩成功的"奖品"被提及。第三次是悉多向别人讲述自己的"择婿"故事:"悉多听完了这一番话,就告诉那虔诚的妇女:'你且请听!'这样讲完,就把那故事来讲起……"②这里,讲述主体为悉多,讲述内容除罗摩拉断神弓外,还包括她的出生和招亲缘由等。

"悉多择婿"三次讲述的讲述者不同,但聚焦对象都是择婿大会上的罗摩,这个固定式聚焦对象。在第一次、第二次的故事讲述中,悉多均未正式出场,叙事无法起到塑造人物的作用。第三次由悉多作为叙述主体讲述,但她也未表述择婿过程中的自身感受,只是重复他人对罗摩的赞颂。从事件的三次讲述可以看出,悉多的身份是从属性的,需要通过附着于他者以验证、表明自己的身份,悉多使用的讲述语言也证明了这一点,她并没有话语权。以"择婿"起因为例,在悉多讲述中,遮那竭国王无法给没有父母的悉多找到门当户对的丈夫,"他不停地左思右想,他终于想出了一个主意;这个聪明人这样琢磨:'我让女儿自己挑选女婿。'"③事实上,择婿方式由遮那竭王决定,悉多并不真正具有决定权,她也没有选择权,因为她并不知晓哪些人参加比赛、也不能左右结果。三次讲述中,悉多都是以女儿/公主的身份依从父亲/国王的决定而择婿、成亲,从不同叙述视角以及视角固定的聚焦对象可以看出,悉多的单一身份产生单向叙事功能,为罗摩提供展现神力的平台,旨在塑造、宣传罗摩形象,她本身也成为罗摩战败其他国王的奖品。

另一方面,三次讲述中使用的人称代词也说明悉多身份的从属特征。国王(通过使臣)讲述时使用的人称代词是"我":"我从前曾把一个誓言立,谁有力量

---

① 蚁垤. 罗摩衍那:一[M]. 季羡林,译. 北京:外语教学与研究出版社,2010:397-398.
② 蚁垤. 罗摩衍那:一[M]. 季羡林,译. 北京:外语教学与研究出版社,2010:711.
③ 蚁垤. 罗摩衍那:一[M]. 季羡林,译. 北京:外语教学与研究出版社,2010:713.

就把我的女儿娶。"①,悉多在自己的讲述中多次使用"我的父亲""他"等做主语展开话语。在印度语言习惯中,女性称呼丈夫时一般会用"他(们)""孩子他爹"等代词。例如,印地语中,第三人称敬语使用复数形式,如在印度英语小说或英译印度小说里的"他们"(they)。受印度地方语言影响,早期一些印度英语小说中的女性语言也保留了这种习惯。在拉奥的小说《棋王与棋着》(*The Chessmaster and His Moves*,1988)中,男主人公的妹妹向别人谈及自己丈夫时,用"they"指丈夫。史诗中"悉多择婿"的多次言说本质上都以男性为叙述主体,女性以所属男性自指,处于失语位置,史诗语言对生活语言的复制、再现和模拟的同时也传达出女性身份、地位的真实状况。

在"悉多择婿"中,史诗以故事外摄像式叙述视角、单向聚焦对象建构起的悉多是缺乏层次感的符号,它的作用和意义在于宣传印度传统文化中女性身份的规定性。史诗中悉多坚持要陪伴被流放森林的罗摩,她需要尽妻子的义务,"人中英豪呀!只有妻子把丈夫的欢乐和忧愁分享"②,"在这个世界和另一个世界,只有丈夫是唯一的庇护"③,"任何时候都要服侍丈夫,这样才最使我快乐高兴"④。这里,悉多的身份彰显出其受家庭内部属性制约,即须遵循印度传统文化对女性的规定和要求,这在《摩奴法论》中可见一斑。《摩奴法论》第九章的"夫妇法"是"讲述坚守正道的男子和女子在共同生活期间和分离期间的不朽的法"⑤,其中规定:"女子应该昼夜被自己的男子置于从属地位"⑥,随着女子年龄的增长与变化,她要从属于父亲、夫主或儿子,在不同时期都被这些男子保护,她们"不配独立自主"⑦。正是在这种文化思想指导下,史诗中的悉多人物身份体现出《摩奴法论》中对印度女性附属于家庭(父亲、丈夫)的关系规定性。而在系列小说中,悉多身为女儿、公主的身份功能呈多元性,她辅助父亲治理国家,是父亲的帮手和依靠,她可以自主决定择婿对象,她这些身份特征通过多重叙述视角体现出来。

2. 罗摩系列小说:多重叙述视角、悉多身份主体性

《罗摩》和《悉多》都写了"悉多择婿"故事,把它们作为整体来看的话,"择

---

① 蚁垤.罗摩衍那:一[M].季羡林,译.北京:外语教学与研究出版社,2010:397.
②③ 蚁垤.罗摩衍那:一[M].季羡林,译.北京:外语教学与研究出版社,2010:168.
④ 蚁垤.罗摩衍那:一[M].季羡林,译.北京:外语教学与研究出版社,2010:169.
⑤⑥⑦ 摩奴.摩奴法论[M].蒋忠新,译.北京:中国社会科学出版社,1982:177.

婿"也被讲述了两次，与史诗中顺时序讲述不同，它表现为以罗摩、悉多为视角主体的多重叙述视角同时讲述。系列小说中"悉多择婿"的故事比史诗里要丰富得多，在故事外全知叙述视角的基础上，分别以罗摩、悉多为聚焦对象从不同角度进行扩充、细化式讲述，增加了择婿大会前两者会面、择婿大会会场情形等描写，从不同角度塑造悉多形象，以凸显人物身份的主体性。

系列小说中，悉多具有明确的"择"婿对象和目的，体现出人物的主体意识。悉多同意父亲提出以比武（拉弓）的方式为她选婿，比武的真实目的只是为选择、考察罗摩做准备，悉多用"比武"来测试她早已心仪的罗摩是否如传说中一样优秀，她希望能选出帮助自己管理国家的人才。悉多在选婿之前听说过罗摩的事迹，她请自己的导师（也是罗摩的导师）设法让罗摩来参加选婿大会，并在择婿大会前多次拜访罗摩，一是考察他的为人，二是确保他能在比武中胜出。两部小说在故事外全知视角的基础上辅以故事内人物视角，对每次会面基于不同叙述主体的视角进行描写，既写出罗摩视角中的悉多，也写出悉多眼中的罗摩，利用故事内人物视角描写人物，以促进人物之间、人物与读者之间交流，形成多重叙述视角共同描写见面这件事，从不同角度揭示人物性格，多维度展现人物身份特征。例如，悉多第一次去罗摩等人住处拜访他，两人见面入座后，罗摩问悉多："公主，请问有什么能为您效劳？"[1]在《悉多》中，这句话之后描写悉多的动作和她的内心想法："悉多转身看着这个她已经选作丈夫的人。很久以来，她已经听说了很多他的事，她觉得自己实际上已经了解他了。"[2]而在《罗摩》中却没有这段描写，两部小说除了做到在内容上相互补充之外，在叙事效果上也让罗摩更多地处于悉多的观察、评价之下，从悉多的主体感受角度描写罗摩。接着，系列小说同样利用叙述视角转换，从不同人物视角写两人彼此之间的感情交流。悉多为确保罗摩能拉开她家祖传的湿婆之弓，再次邀请罗摩去花园相见，她私自带着神弓想让罗摩事先练习。罗摩拒绝了悉多的好意，坚持要遵从规则，光明磊落地比赛。在这个情节中，《悉多》中以悉多为聚焦对象，写她对罗摩做出决定的感受："悉多很高兴自己选择嫁给罗摩。"[3]与史诗中悉多的失语和被动不同，系列小说中的悉多富有思想，积极主动"择"婿，让"比武大会"成为实现自己心愿的工具。

---

[1] AMISH. Ram：Scion of Ikshvaku[M]. New Delhi：Westland，2015：244.
[2] AMISH. Sita：Warrior of Mithila[M]. New Delhi：Westland，2017：204.
[3] AMISH. Sita：Warrior of Mithila[M]. New Delhi：Westland，2017：215.

再者，系列小说利用多重叙述视角描写择婿大会，将史诗中缺席的悉多推到讲述者的位置，让人物鲜明地出现在读者视野中。《悉多》在描写择婿大会时，基础叙述视角仍然为故事外全知视角，主要聚焦对象为悉多，但在故事讲述过程中，间或地将故事外叙述者和故事内人物视角（悉多）重合，变化聚焦对象，增强人物间的互动交流。如写罗摩拉弓，小说先以"罗摩""他"等人称代词做主语描写罗摩起身、拿弓等动作，接着叙述者变为悉多："悉多微笑着。愿肯娅库玛丽女神保佑你，罗摩。也愿女神保佑我能牵你的手。"①这句话将画面切换为悉多的同时，还短暂地将悉多变为叙述者，表达她的内心感受。叙述视角的变化将罗摩、悉多两人均设置为聚焦对象，扩大描写场景的纵深感，将悉多也置于择婿大会现场，并直接展现她的个人情感偏向，凸显人物主体性。

系列小说中的"择婿"真正是以悉多为主体的、独立自主的选择行为，她和罗摩之间的感情交流、发展使人物关系更加丰富、立体，显示出男女间平等、互助的现代两性关系样式。

三、"悉多被劫"：《罗摩衍那》和罗摩系列小说中的叙述视角与悉多形象

在系列小说中，"悉多被劫"的故事内容和文本位置与史诗相比都有很大变动，系列小说中该故事容量明显小于史诗内容，"被劫"故事开启了史诗主体故事，即罗摩救妻历程。而在系列小说中，悉多被劫之后，叙述时间倒回去描写人物成长。在此基础上，两类作品叙述视角展现的悉多形象、身份属性特征也不相同。

1. 《罗摩衍那》：故事内人物讲述、悉多的从属身份

"悉多被劫"说的是悉多和罗摩被流放于森林时，魔王罗波那劫走悉多的故事，它可以分成悉多失去罗摩兄弟保护、悉多怒斥罗波那两部分。在第一部分中，悉多先让罗摩离开自己去猎取罗刹幻化的金鹿，又逼罗什曼那去救罗摩。在第二部分中，悉多被乔装成婆罗门的罗波那所骗，她怒斥魔王未果被劫持到楞伽岛。史诗用故事外摄像式视角详细描写悉多被劫经过，描写她与不同人物

---

① AMISH. Sita：Warrior of Mithila[M]. New Delhi：Westland，2017：228.

之间的对话。如,她怒斥罗波那,托森林里的动植物带信给罗摩、罗什曼那。"悉多被劫"情节中虽然增加了对悉多的描写,从内容和叙事效果来看,悉多身份的从属本性并未改变,人物的身份功能仍为赞颂罗摩的工具。

由于悉多的从属性身份,她在失去罗摩、罗什曼那的保护后被劫。悉多受到金鹿的诱惑让罗摩去猎鹿,她救夫心切又粗暴逼走罗什曼那,她(女性)的任性、贪婪等"恶"的本性令她违背男性指令、失去所依附的男性保护而被劫持。在这一部分中,史诗故事外摄像式视角和故事内人物视角时有交替,并配合其他叙述方法表现悉多不听男性规劝(摆脱依附关系)的后果。悉多喊罗摩、罗什曼那观看金鹿时,罗什曼那提醒大家这种美丽的小鹿根本不会存在,它毫无疑问是个幻象,悉多不同意他的看法,"罗什曼那这样把话说,悉多笑了一笑阻挡他;妖怪的变形迷了她的心窍,她满怀喜悦地说了话"①,史诗先用介入性评价话语批评悉多控制不住感官诱惑,对金鹿心怀贪婪,接着又调整为悉多的视角,用直接引语的方式记录悉多劝说罗摩去猎鹿的种种理由。在接下来的情节中,悉多听到罗刹伪装的罗摩呼叫声后,她再次不听罗什曼那的解释和劝说,执意让他去救罗摩,两人你一言我一语地辩论,摄像式视角的对象在悉多、罗什曼那之间转换,并夹有故事外叙述者介入性评价话语,如,"遮那竭的女儿很生气"②、"她气得简直红了眼睛,她把非常粗暴的话,说给讲真话的罗什曼那听"③等,这些带有情感引导性的叙述结合悉多为叙述主体的直接引语,塑造出一个失去理智的女性形象,正如罗什曼那所说:"悉多呀!对女人来说,说难听的话不必吃惊。女人天性就是这样,在一切世界都可以看到;女人们轻浮,丢掉达磨④,她们尖刻,专把纠纷制造。"⑤罗什曼那指责悉多"丢掉达磨"也暗示她没有遵从丈夫的命令才导致自己被劫。同时也要注意到,罗什曼那的话不仅仅指责悉多,他将指责对象扩大为"女人们",不仅说明悉多失去丈夫(男性)保护后被劫,也指明以悉多为代表的女性都会有相似的结果,也暗示女性对男性的依附性。

"被劫"故事的第二部分写悉多与罗波那在言辞交锋之后像战利品一样被

---

① 蚁垤.罗摩衍那:三[M].季羡林,译.北京:外语教学与研究出版社,2010:259.
② 蚁垤.罗摩衍那:三[M].季羡林,译.北京:外语教学与研究出版社,2010:274.
③ 蚁垤.罗摩衍那:三[M].季羡林,译.北京:外语教学与研究出版社,2010:276.
④ 达磨(dharma),意为"法""正法"。
⑤ 蚁垤.罗摩衍那:三[M].季羡林,译. 北京:外语教学与研究出版社,2010:278.

劫走,确切地说,她期望通过赞颂所附属的男性主体来维护自身安全。罗波那看到只有悉多一人后,先乔装成婆罗门赞美悉多、追问她的身世,然后又夸耀自己的财富、权势引诱悉多。悉多得知罗波那的真实身份后,她在怒斥、咒骂罗波那时,歌颂罗摩的英勇、雄壮、美名等,用种种比喻表明自己对罗摩的忠贞之情。罗波那自我夸耀越多,悉多斥责得越多,也越表明罗摩地位、名声之高,悉多试图以赞颂自己附属的罗摩(男性主体)震慑罗波那。悉多缺乏自我保护能力,只能寄希望于身份的从属性,频繁地用不同的称谓向罗波那表明自己是遮那竭王的女儿、十车王的儿媳妇、罗摩的妻子,点明自己所依附的男性群体、社会身份,以达到自救目的。悉多身份的从属性进一步促使罗波那积极俘获悉多,既能为妹妹报被罗什曼那割鼻的羞辱,也能满足自己攫取美色的贪恋,更能打击罗摩,挑战他作为丈夫、男性的荣誉。"悉多被劫"处于罗摩故事的开端部分,它是罗摩、哈奴曼、罗波那等相关各方爆发战争的导火线,悉多作为战利品被罗波那劫走,她作为男性(罗摩)的附属品受到侵犯,也意味着罗摩男性权力受到挑战,这也是男性在权力斗争中将女性物化的具体表现。在"悉多被劫"中,悉多身份的从属性更加明显。

2. 罗摩系列小说:多重视角对象、悉多身份的独立性

在系列小说中,"悉多被劫"出现在每部小说的开篇和结尾部分,篇幅也短得多。两部均为故事外第三人称全知视角,通过罗摩、悉多两个视角对象描写悉多被劫经过,展现悉多的独立性。同时,多重视角对象增强故事共时、平行性,揭示人物之间平等并列关系。

系列小说改编了"悉多被劫"故事,将悉多塑造为独立、自主的女性形象。在《罗摩》中,罗摩、悉多等人被流放于森林,一日,罗摩和罗什曼那狩猎返家路上,听到悉多的呼救声,他们循声看到罗波那的飞车载着悉多从空中飞过。拥有神弓神箭的罗摩也无能为力,眼看着悉多被飞车带走。《悉多》中写悉多带着护卫在住地附近寻找食物,他们遭到楞迦兵袭击,悉多的卫兵被射死。悉多借着草丛掩护回到住地,看到她信任的那迦武士受伤被俘。楞迦士兵觉察到悉多就在附近,就虐待、逼迫那迦武士企图引出悉多。悉多为救那迦武士,放下武器,被楞迦人用迷药迷昏带上飞车。《悉多》中写悉多与罗波那及其士兵的战斗经过,《罗摩》主要写罗摩听到悉多呼喊后的行动,两部小说相互补充,共同描写悉多被劫经过。此外,《罗摩》《悉多》均以"悉多被劫"开篇和结局,以多重叙述

视角强调事件的共时性,显示人物之间平行、并列的关系,说明罗摩、悉多间相互依存、相互补充的夫妻关系,也揭示出男女间平等、融通的两性关系。从"悉多被劫"情节所处的文本位置看,系列小说在它两次出现的中间分别讲述罗摩、悉多的成长经历,为展现及描写人物身份的独立性、人物关系的平等性提供充分的叙事空间。

  在系列小说中,悉多以英勇的武士、果敢而善良的领袖身份被劫持。她"看起来像全副武装的女神,清瘦干练。她有着小麦色的皮肤,缠着米色腰布,穿着简单的白色短上衣,披巾的一端掖在腰布中,另一端缠在左臂上"①。悉多从遭遇兰卡士兵开始,一直在战斗,"悉多凭借精湛的技能杀死两个兰卡士兵,偷了他们的武器……她勇敢地试图搭救迦达育,但未能成功"②。她在飞车上还未完全清醒时,仍出于本能抓起近旁的刀跳起去袭击罗波那。悉多遇险时并非缺乏自我保护能力的弱女子,她没有宣称丈夫、父亲之名去震慑罗波那,而是与敌人战斗到最后。悉多是勇于自我牺牲的领袖。她的遮那竭王的女儿、弥萨罗公主、罗摩的妻子等称号不仅代表着她与父亲、丈夫的关系,也意味着她和他们一样具有领导士兵、保护国家的责任,悉多与罗摩的联合也代表着弥萨罗与阿逾陀双方联合抗击罗波那入侵。因而,罗波那所劫持的悉多是罗摩的合作伙伴和战友,而不仅仅是罗摩的妻子,更不是战利品。作为领袖的悉多关爱部下,她为了救护士兵才放下武器被俘。与史诗中被劫持的悉多不同,系列小说中被劫的悉多是独立的战士、领袖形象。

  悉多以罗摩伴侣的身份被俘。对悉多和罗摩来说,成亲结束了两人各自的孤独,彼此找到生活伴侣、事业伙伴和精神伴侣。罗摩在择婿大会上成功地拉开神弓后,多重叙述视角分别从罗摩、悉多各自角度描写两人相似的内心想法:"从此时刻起,他不再孤单。"③"悉多失去母亲后,她有一部分变得毫无生气,现在它又慢慢恢复生机了。我不再孤单了。"④悉多和罗摩是彼此不可分割的一部分。罗摩和悉多的婚姻建立在相互理解、信仰相同的基础上,如,两个人都信奉"正法"。史诗中,罗摩是正法护卫者。在古代印度,所谓"法",有"支持""事物的固定秩序"等意,也有"法律""规章""风气"的意义。罗摩作为信奉正法者,

---

① AMISH. Ram: Scion of Ikshvaku [M]. New Delhi: Westland, 2015: 230.
② AMISH. Sita: Warrior of Mithila [M]. New Delhi: Westland, 2017: 356.
③ AMISH. Ram: Scion of Ikshvaku [M]. New Delhi: Westland, 2015: 261.
④ AMISH. Sita: Warrior of Mithila [M]. New Delhi: Westland, 2017: 258.

反对以联姻缔结政治同盟的做法,但他不能违背老师的"法"令,只好去弥萨罗参加悉多的择婿大会。罗摩在弥萨罗街上看到抓小偷者想用私刑惩罚小偷,悉多则坚持依法进行惩处。这里,小说将故事外全知叙述视角调整为故事内罗摩的视角,写他第一次见面就被悉多外貌与言谈举止吸引,再写他从悉多处理小偷事件中坚持正法,进一步在情感上认同、接纳悉多,表现罗摩由表及里在思想上与悉多的惺惺相惜,也为下文悉多坚持正法、出于妻子的义务陪伴罗摩流放森林做了铺垫。

把"悉多被劫"故事放置在系列小说的整体框架看,多重视角对象立体地展现出悉多、罗摩遭受打击时各自的内心感受,表现出夫妻之间的深厚感情。悉多在生活中是罗摩的帮手,他们为了摆脱罗波那的追赶一路行军而食物匮乏、身体虚弱,罗摩、罗什曼那去打猎的同时,悉多也外出寻找食物,她和罗摩(男性)一样劳作。悉多孤身与围攻的罗波那的士兵战斗时,迫于无奈呼喊罗摩,罗摩听到喊声后扔掉抬着的猎物,拼命往住地跑,他看到悉多被劫走时,泪如雨下。印度很多地区流传的《罗摩衍那》版本都把罗摩称为毗湿奴化身。在印度教中,毗湿奴是地位较高的三大神之一,其性格温和,对信众施予恩惠。他既有阳性的一面,也有阴性的一面,他阴性的一面就是以其配偶的形式出现。系列小说继承罗摩是毗湿奴化身的神话传说,并明确将悉多作为毗湿奴女性化身(Lady Vishnu)的人物身份设定,突出罗摩、悉多两人事业伙伴和精神伴侣的关系。罗摩听说悉多也被国民视为毗湿奴后,对她说:"你会成为伟大的毗湿奴,我很荣幸能追随你。"①悉多回答说:"不是追随,是同伴。"② 正如系列小说所描写的那样,悉多、罗摩是毗湿奴阴阳化身,组合在一起才代表"神"的完整形象和意义。罗摩和悉多的夫妻关系折射出当代印度社会中的两性关系,男性和女性不应该成为二元对立的性别,互相补充、相互完善才是性别存在的意义。

罗摩系列小说中的"悉多"形象的塑造并不是单一、偶发现象。20世纪以来,让"女性自己发声"成为重写史诗的重要手法,越来越多的作品描写女性性别身份、社会身份的新状态。早在20世纪30年代,印地语诗人古伯德的《萨格德》(1932)和纳温的长篇叙事诗《被遗忘的优哩弥腊》(1934),之后,印地语著名剧作家帕勒登杜写出长诗《悉多林居》(1941),写悉多被遗弃后孤苦的生活。③

---

①② AMISH. Sita: Warrior of Mithila[M]. New Delhi: Westland, 2017: 331.
③ 刘安武. 印度两大史诗研究[M]. 北京:中国大百科全书出版社,2016:212.

这些作家在文学作品中试图让史诗中被掩盖的女性悉多、优哩弥腊等女性发出自己的声音。进入 21 世纪以来,印度女性在家庭、社会方面展现出的独立自主的新风貌更是被写进众多作品中。几千年来,悉多形象凝聚着人们对女性美的要求,她身上两个最重要的标签"罗摩的妻子""遮那竭王的女儿"点明女性从夫、从父的附属性特征。在印度,史诗被看作文学作品、宗教经典和历史典籍,悉多的形象也意味着女性在这些书写中被隐藏、被符号化、被抽象化的境况。系列小说弱化传统悉多形象的象征功能,强调她身份中的社会属性部分,作为公主对国家的义务、作为妻子与罗摩之间的关系等。小说利用多重叙述视角重构悉多形象,塑造出兼具传统女性美和当代女性气质的悉多形象,揭示女性身份的新变化以及新的男性和女性间互补、融通的关系。

尽管印度女性的地位和权利还亟待提高和改善,随着女性受教育程度、独立程度的发展,她们将不再作为男性附庸,而是和男性一样共同担负起建设家庭、社会的作用。悉多作为印度传统女性的代表,她以新的形象、新的身份内涵出现在当代文学作品中,对当代印度女性来说更具有激励意义。

第三节 希瓦三部曲:互文叙事与湿婆原型的改造

湿婆(Shiva)是印度教三大主神之一,在神话传说中,他的故事丰富而有趣,他的形象也最具多样化。湿婆形象混合了吠陀时代甚至可以追溯到吠陀时代以前他的前身的特征,具有多面性。湿婆的前身是吠陀时代的风暴和闪电之神鲁陀罗(Rudra),其身上就有鲁陀罗的暴力色彩。湿婆的前身还是居住在山中的医药和牲畜之神,他后来也被敬奉为长寿的赐予者和医药之神。湿婆作为兽主,也被看作是生殖力的象征,引申为创造者的湿婆,在林伽(Lingam)即男性崇拜中,他的最高创造力得到歌颂。湿婆的造像形式很多,他被塑造为"杀魔者",站在阿修罗身上跳舞。湿婆也作苦行者装扮,蓬头垢面,与低贱者出没于坟场墓穴。"湿婆",意为"仁慈"或"吉祥",湿婆也有善良、温和的一面,在某种意义上他施恩不加选择,对任何崇拜他的人都乐于帮助。① 湿婆的神话故事很

---

① 艾恩斯·韦罗尼卡.印度神话[M].孙士海,王镛,译.北京:经济日报出版社,2001:57-59.

多,总的来说,他的形象包含了桀骜不驯、追求自由、富有牺牲精神和善待卑微者等特性。

在神话研究方式中,热奈特的互文性研究区分并明确了重写神话的"过渡"步骤,在文学批评中具有很强的操作性。热奈特认为,重写神话的方法可以有浓缩法(剔除和简略)、应对法(对情节和蓝本的改编)、跨越主题法(非传统的现代主题)、升级法(增加人物的英雄特色)、缩减法、扩充法,通过这些步骤可以将一个故事无限地继续下去。[①] 印度是神话大国,梵天、毗湿奴、湿婆三大神的传说以及其他众多男神、女神、阿修罗等的故事,为印度传统文学提供了丰富的创作源泉,众神形象家喻户晓,神话更是印度人民寻根觅祖的文化根源。千百年来,在人们日常生活中,神话传说代代口耳相传,每个人既是读者也是作者,大家用各自的想象和细节讲述让故事生动而富有特色。印度作家也具有重写神话故事的传统,在神话为本、情节为用的基础上,每位作家对故事本身的意义更迭、人物变化等内容按照一定的写作策略进行整理、排列后创作出新文本。神话尽管细节千变万化,恒久的特征却日益根深蒂固,读者从中可以读出从前的故事及其承载的含义,新文本也能表达作家自己的思想和时代特色,成为具有当下意义的"新"故事。"重写神话绝对不是对神话故事的简单重复;它还叙述故事自己的故事,这也是互文性的功能之一;在激活一段典故之余,还让故事在人类的记忆中得到延续。对故事作一些修改,这恰恰保证了神话故事得以留存和延续"[②]。神话正是这样从一段记忆到另一段记忆中实现自我充实,内容有取有舍,但从不丧失自己的架构特色。

2004年的一天,阿米什突然生出一个念头,他想探索一下"邪恶本性"(nature of evil)及它对不同人的影响,最终,这种深刻的哲学主题思索成为以破坏之神湿婆为原型的小说《米鲁哈众神》(*The Immortals of Meluha*, 2010)。阿米什身为没有写作经验、没有名气的新作者,他的小说被数家出版社拒绝,他决定用自己的出版机构出版这本书。他花了数月时间为小说制订市场推广计划(新媒体和传统媒体并用),没想到小说获得读者的热烈反映。继《米鲁哈众神》获得成功后,阿米什又写了《那迦族的秘密》(*The Secret of the Nagas*, 2011)和《天神的誓言》(*The Oath of the Vayuputras*, 2013),构成"希瓦三部曲"(Shiva Trilogy),销量达270多万册,被译成16种印度地方语言和其他国家

[①②] 萨莫瓦约,蒂费纳.互文性研究[M].邵炜,译.天津:天津人民出版社,2003:108.

语言出版发行,广受读者喜爱。阿米什被看作是"印度的托尔金",塔鲁尔认为《米鲁哈众神》具有"引人入胜的叙事风格"①。阿米什写的故事富有浓郁的印度民族特色,瓦格鲁斯对作他作了专访,从作家经历、创作背景两方面对三部曲进行介绍和分析。三部曲借古说今,在主题、人物方面表现出更多现代气息②。

三部曲以湿婆、萨蒂等形象为原型,将民众耳熟能详的神话故事重新演绎,将诸神改造为具有现代思想意识的当代英雄,在文学性、思想性和商业性上都具有代表性。三部曲主要讲述山区部落领袖希瓦(Shiva)的成长故事。希瓦领导下的部落民众时常与其他部落作战,人们都希望能过上和平、安定的生活。一天,一位名叫南迪(Nandi)的人来到他的部落,邀请他带领大家去米鲁哈城,并承诺给他们土地、让他们过上和平的生活,希瓦听从了他的建议。希瓦到米鲁哈城后,无意中喝下苏摩(Soma)神液,脖子变成蓝色,被城民当作可以带领他们打败邪恶势力的救世主青颈(Neelkantha)。希瓦偶然救助了遇袭的公主萨迪(Sati),对她念念不忘。他去找萨迪时,正遇到她在练舞,希瓦心情激动,附和着她跳起自己的舞蹈,引起众人惊叹。希瓦不知道萨迪虽贵为公主,却是失去丈夫和孩子的不可接触者。米鲁哈城民屡受那迦族攻击,希瓦深入那迦都城查明真相,还帮萨迪找到儿子伽内什(Ganesh)、同胞姐妹伽丽(Kali)。希瓦同时还发现由于人们对神液的需求,它已经成为破坏人类生活和生存环境的罪恶之源。希瓦决心铲除这种罪恶,他发现在背后支持这种罪恶的竟然是萨迪的父亲、自己的岳父达沙(Daksha)③。希瓦联合那迦族等其他王国打败达沙团伙。但在战斗中,萨迪遭到敌人偷袭牺牲,伽内什也失去双臂。希瓦归隐到喜马拉雅山区的故乡,其他人也跟随他回到这里过着平静的生活。

希瓦三部曲以湿婆形象为原型,在继承古代神话故事人物核心本质的同时赋予其更多当代人的思想观念。三部曲作为商业类型小说继承并强化传统神话的故事性,在神话故事的底本上利用互文重复叙事手法对人物、情节进行升级、扩充,以适合当代读者的审美需求,用新情节填充到湿婆与萨蒂、湿婆与达刹等原有故事框架中,在保留湿婆核心性格的情况下,增加小说人物的当代英

---

① AMISH. The Immortals of Meluha[M]. Chennai: Westland ltd., 2010: covers.
② MENON A, VARUGHESE E D. Genre fiction of New India[M]. London: Routledge Taylor and Francis Group, 2017.
③ 小说人物名和印度教诸神名称拼写一样,小说人物名相对应的神名译为湿婆(Shiva)、萨蒂(Sati)、迦梨(Kali)、迦内什(Ganesh)和达刹(Daksha)以示区别。

雄性特点,还将传统神话中湿婆保护众生、视众生平等的仁爱精神与印度社会传统的种姓问题结合起来,赋予人物当代思想。下文在比较湿婆神话与三部曲故事情节、湿婆原型与希瓦形象的基础上,考察奇幻小说中希瓦与萨迪、达沙和底层民众的关系,分析互文叙事中希瓦与湿婆原型的相似性、差异性,解读奇幻小说中塑造的当代英雄形象的思想、意义及其所展现出的当代印度社会文化。

一、希瓦与萨迪:两性关系

三部曲改编湿婆与萨蒂的故事,通过希瓦和萨迪展现当代印度社会中爱情、婚姻里的两性关系。

1. 湿婆和萨蒂的故事

湿婆奉行苦行,是独身主义者,自由自在地在三界游玩。达刹的女儿萨蒂对湿婆有意,为了能得到他进行严格的苦行修炼,众神将此消息告诉湿婆。湿婆去探看萨蒂苦修时,萨蒂在冥思中听到动静睁开眼睛,正好看到一路赶来的湿婆,两个人瞬间被彼此深深吸引。湿婆把自己的独身主义抛到九霄云外,请求萨蒂成为自己的妻子。湿婆和萨蒂婚后回到北方群山中生活,过着琴瑟和鸣的生活。湿婆对仪式毫不在意,萨蒂的父亲达刹则是仪式的主宰,他对湿婆的行为和装扮也都不满意。在一次天神聚会上,达刹进来时,梵天和湿婆没有起身致敬,达刹对湿婆更加不满,一心想要报复他。达刹邀请所有的天神参加自己举办的祭祀典礼,唯独把湿婆排除在外,以此来羞辱他。萨蒂得知消息后回家质问父亲,达刹却在众神面前大骂湿婆,萨蒂为维护丈夫名誉纵身跳入祭火。湿婆得知萨蒂去世的噩耗后,显出最可怕的本相跑到会场大肆破坏,直到毗湿奴念咒语才制止湿婆。湿婆陷入失去爱妻的痛苦中,他抱着萨蒂的尸体四处游荡,毗湿奴意识到除非移除萨蒂的身体,否则湿婆的痛苦无法减轻。毗湿奴用神轮将萨蒂的尸体分割为50块,这些尸体散落各处,于是每一个地方都成了祭拜女神萨蒂的圣地。[①]

萨蒂是湿婆的第一个妻子,也是忠诚坚贞女性的象征,他们的关系具有多层含义。从宗教角度看,萨蒂修苦行追求湿婆隐喻着人们对神的崇拜、对终极

---

① 杨怡爽.印度神话[M].西安:陕西人民出版社,2010:49-69.

幸福的追求。萨蒂作为湿婆的伴侣,用其无所不能的阴柔力量保持湿婆的力量在阴阳之间平衡,激发他的创造力。湿婆失去萨蒂后伤心、愤怒,他重新回到苦修冥想状态,直到与萨蒂转世的帕尔瓦蒂(Parvati)结合后才又恢复创造和保护的神力。从普通夫妻角度看,作为丈夫的湿婆处于主导地位,萨蒂要依附、取悦于他。萨蒂和湿婆婚后生活幸福,象征着和谐的家庭生活、美满的两性关系。萨蒂为维护丈夫尊严投火牺牲,在印度文化中演变为寡妇殉夫的恶习,一定程度上说明了印度夫权制对女性的摧残和禁锢。

在湿婆和萨蒂的故事中,湿婆率真坦诚,个性自由狂放,不拘泥于神界的规矩和教条,无视仙界礼仪。湿婆还是一位多情、善良的丈夫,尊重妻子萨蒂、帕尔瓦蒂,在情感上依赖她们。湿婆和萨蒂的故事中包含湿婆与萨蒂、湿婆与达刹两个故事模式,经过改编后成为三部曲的两条叙事主线。

2. 希瓦与萨迪

三部曲弱化了湿婆和萨蒂关系中的神格特点和宗教意义,主要表现希瓦和萨迪之间两情相悦的世俗性关系,阿米什借助希瓦的形象表达对当代印度社会性别平等问题的理解。三部曲突出了萨迪在两人关系间的主导性,让希瓦成为她的追求者。希瓦从落后的山区部落来到文明之城米鲁哈,他初次见到萨迪时被她的美貌和气质所吸引,随后叹服于她遇袭时临危不乱的应变、处事能力。随着希瓦越来越多地了解萨迪的身世,他非但不嫌弃萨迪的寡妇、不可接触者身份,在对她的爱慕之情上又增添了敬佩和关心,主动担负保护萨迪外出的任务。萨迪在外出途中也认识到希瓦的人品与能力,逐渐接受希瓦的感情。当希瓦看到萨迪在月光下跳舞时,他情不自禁地附和舞蹈,两人在月光下以舞定情。

希瓦和萨迪的感情并非只停留在夫妻间两情相悦层面,他们在实现共同理想的过程中形成了多维平等关系,萨迪不是一味依附于丈夫的柔弱妻子,而是独立、勇敢的女性,是希瓦事业上的伙伴。希瓦深入那迦国领地去查明那迦族真相时,萨迪深夜独自一人游泳去孤岛,探查阿逾陀国王神秘行踪,发现他将异形的妹妹藏在孤岛上,让本该按规定降为不可接触者的她与父母一起生活。萨迪帮助希瓦揭开阿逾陀国国王的秘密,为他争取到反抗强敌的盟友。希瓦与敌人交战时,萨迪率领军队与敌人对阵以支持希瓦,是独当一面的女领袖。希瓦和萨迪是共同反抗达沙的伙伴,一起维护世间正义、共同救世的战友。萨迪知道达沙在利用希瓦、利用世人对那迦族的恐惧和仇恨去实现个人称霸目的,她并未因父女关系舍弃公平正义,而是选择和希瓦一起揭露、制止罪恶。与萨蒂以死抗议父亲羞辱湿婆不同,萨迪反抗父亲既是维护丈夫的个人行为,也是为了国家集体利益,她最后的死亡并非女儿不能忤逆父亲的"罪有应得",而是反抗代表独裁、强权的父亲之后的勇敢赴死。萨迪追求自由的反叛个性更加契合希瓦的品格,她是希瓦的妻子也是他的精神伴侣,正如神话中女神作为男神的阴性萨克提存在一样,萨迪是希瓦情感的寄托和力量的源泉,希瓦失去萨迪也就丧失了身体和心灵的重要组成部分。

  印度有一幅广为流传的年历照片,照片上,湿婆将帕尔瓦蒂包含在林伽之中。湿婆的神祇力量通常以阴茎的形式体现,图片的外在形式明显意为女神蕴含于男神之中,被男神的力量控制。这幅照片被一个小镇摄影师重新改造了一番,通过复杂的摄影手法,将新娘的正面照片肖像插入到了新郎的侧面像中,并用一张更大尺寸的新郎侧影包围了上述照片。① 这张人们日常生活中的普通照片,显示出男性对女性的控制权。三部曲中,希瓦与萨迪之间的关系却不同于这种传统的表述方式。萨迪身上既继承了印度传统女性的美好品质,又体现出当代印度女性独立自主的身份特征。"她美丽、诚实、正直、勇敢和智慧——男人可能想要的女人任何一个优点,她都有"②,希瓦追求萨迪是对她美丽、独立、坚强和富有创造性的传统而现代的身份特征的认可。萨迪形象客观上也起到了提升和改造希瓦形象的作用,他和萨迪的关系样式传递出现代家庭中夫妻间相互平等、理解、尊重和欣赏,也使以湿婆为原型的希瓦形象更富人情味,为奇幻小说增加了浪漫言情风味。

  三部曲巧妙地将湿婆与萨蒂神话故事中的元素运用到奇幻小说中,增加小说的类型样式和故事趣味。在印度宗教文化中,湿婆在欢喜和悲伤的时候都爱跳舞,或是独自跳舞,或是与妻子一起跳舞,"从用于情人间挑逗的阿难达舞到献给神明的庄严古典的婆罗多舞,都源自湿婆的创造",湿婆也被称为"舞王"。"舞蹈被视为一种魔术。在舞蹈中,舞者的角色发生了变化,超人的能量得以释放。当湿婆作为宇宙舞者时,舞蹈是一项创造活动"③,他按照宇宙的规律舞蹈,这种舞蹈被称为坦达罗舞,代表湿婆创造、保持、毁灭、隐没、恩典五项职能,

---

① 查特吉·帕沙. 政治社会的世系:后殖民民主研究[M]. 王行坤,王原,译. 西安:西北大学出版社,2017:230.
② AMISH. The Immortals of Meluha[M]. New Delhi: Westland ltd., 2010: 207.
③ 施勒伯格. 印度诸神的世界[M]. 范晶晶,译. 北京:中西书局,2016:73.

据说这是宇宙运动的原因。当每个时代结束,旧世界到达终点时,宇宙都会在湿婆可怕的舞蹈中轰然倒塌。湿婆深夜在墓地起舞时,连最污秽的恶灵和僵尸都会为之感动,得到净化,被纳入到他精神力量起作用的范围内。小说将湿婆神圣的宇宙之舞移用为希瓦向萨迪表白情感的载体,既没有违背神话中湿婆有时也与伴侣共同起舞的传说,又强调在两人感情发展过程中,萨迪的主动选择性和被追求地位,她的形象较之笼统、平面的女神更为立体、丰满。小说大胆巧妙地将"湿婆之舞"神话元素变换为宝莱坞电影歌舞抒情式的桥段,让希瓦和萨迪的故事模式降为俗世男女简单、直白的情欲之爱,适合奇幻小说更为通俗的阅读需要。

二、希瓦与达沙:救世与正义

神话传说中,湿婆与达刹之间的矛盾是女婿与丈人间不和、礼法是否被遵守的冲突,达刹的狭隘、小气反衬出湿婆的自由不羁。在三部曲中,希瓦与达沙之间为国家、人民利益等的斗争取代了湿婆与达刹两人之间的私人矛盾。三部曲将湿婆搅乳海、饮毒液救世和湿婆与达刹矛盾等神话元素并成一条故事线,描写希瓦重建社会正义、保护家国安全的现代救世故事,表现他铲除邪恶、救世为人的仁爱精神。

1. 神话故事

在三部曲中,传说中的苏摩和湿婆被称为"青颈"等神话元素都是推动情节发展的重要内容。苏摩树的汁液,发酵后成为乳状液体,通常被称为"蜜味的饮料"(madhu),但人们喜好称它为"晶莹的蜜滴"(indu),净化后的苏摩汁有时候被称为"sudha"(纯净的汁),或"sukra"(白色的汁)。苏摩汁被认为是一切生物的生命之源,是吠陀教祭祀中一种不可缺少的祭品。《梨俱吠陀》第9卷里载有制作苏摩汁的方法。苏摩汁被当作一种神圣饮品,是能让人长生不老的不死甘露,因而所有的神性生物都爱饮,期望能永生。传说诸神和阿修罗对关于长生不老的问题争论不休,梵天为了调停争论,就和诸神商议与阿修罗一起搅海,令大海长出长生不老的灵药苏摩。诸神和阿修罗们用巨蛇捆住高峰当作搅海的柱子开始搅动大海,当他们把大海搅成乳海、出现苏摩甘露时,被当成绳子的巨蛇却受不了剧痛,口里喷出毒汁。眼看这种毒汁就要滴进乳海,湿婆为了让众生免除苦难便张口吞下毒汁。湿婆的妻子帕尔瓦蒂扼住他的咽喉,才使他没有吞下毒汁而得救,但毒汁把他的脖子烧成青黑色,湿婆也被印度人成为"青颈"。在三部曲中,苏摩汁从使人长生不死的神药变成可以操控人行为的毒饮,它可以促使人的身体发育变快、体力变强,人们会像吸食毒品一样依赖苏摩汁。生产苏摩汁需要大量的水,对自然环境破坏严重,威胁人类的生活。达沙独霸苏摩汁生产企图控制人类,希瓦从发现苏摩汁的秘密入手,摧毁达沙这股邪恶势力,这比神话传说中湿婆与达刹之间单纯的翁婿不和丰富得多,从个人间冲突升级到家国矛盾和民族生存的高度。

2. 希瓦与达沙

希瓦与达沙的斗争,目的是打败达沙及其代表的恶势力。希瓦首先从扭转被达沙破坏的人伦亲情开始,重建社会正义。正如上文谈到的那样,湿婆与萨蒂的婚姻触犯了达刹的父权尊严。湿婆个性自由,不遵守仙神习俗,毫不在意宗教仪式的规矩与约束,常蓬头垢面出入坟场,与奇形怪状者为伍。达刹不满意湿婆粗鄙的外貌,他几次三番地阻挠湿婆和萨蒂的婚事,即使他们成亲后,他还设法侮辱湿婆,湿婆和达刹的矛盾是父与子女之间的家庭矛盾。三部曲中,达沙是父权代表,也是政治强权的代表。希瓦查明萨迪成为不可接触者的真相,暴露达沙的伪善面貌,他还揭露达沙利用权力拆散异形人家庭的事实,将解决个人家庭矛盾扩大到消除达沙对众多家庭的控制。达沙为政治利益暗杀了萨迪的第一任丈夫,人为使萨迪成为"不可接触者"。他表面上很爱萨迪,依然把她当公主对待,还积极促成她和希瓦的婚事,但随着故事的发展,达沙的真实目的逐渐呈现出来。达沙同意两人的婚事意在收买希瓦为自己称霸服务,他甚至用女儿作为人质要挟希瓦。他利用萨迪对自己的信任,欺骗她回家谈判,然后派人袭击她,使萨迪受伤身亡。希瓦找回达沙异形女儿伽丽、外孙伽内什,达沙为了维护统治仍然不顾亲情拒绝接纳他们,进一步展示达沙冷漠自私的家长形象,让世人看到他导演的亲人相残的景象,达沙向外界宣传那迦族为邪恶人群的同时,也把自己的亲人变为世人讨伐的对象。达沙不仅离散自己的家人,还利用权力迫使其他家庭亲人分离。阿逾陀的公主也是长着两颗头的异形人,她父母没有弃亲情、责任于不顾,不舍得将她送到那迦族,秘密地让她住在远离人群的孤岛上,经常去看望她,享受天伦之乐。希瓦反对达沙将异形人邪恶化的做法,洗除强加在那迦人身上的污名,不仅让他们与亲人团聚,也更正了被达沙扭曲的家庭亲情和人伦正义。

希瓦的救世行为破除了以达沙为首之徒称霸世界的目的。希瓦为了让部落民众过上和平、安定的生活，带领大家来到米鲁哈，一开始他和众人因米鲁哈的富裕和文明对达沙十分信服。他无意中因为喝了苏摩神液脖子变色，被众人认为是救世者。达沙为实现称霸的目的，积极宣传"青颈"是救世主，让世人知道只有脖子上有一道青痕的人才能带领大家避免那迦族和其他邪恶势力的危害。希瓦并没有假借众人崇拜去助纣为虐，他没有和达沙同流合污，他本着消除邪恶、救助世人的想法出发讨伐那迦人，但他在同伽丽、伽内什的较量和交往中，发现事实并不像大家传说的那样。希瓦不盲从众人的传言，他抛弃成见，亲自到那迦王国了解情况、查明真相。希瓦在知道达沙利用苏摩神液控制世界后，他不畏惧对手力量强大，积极消除隔阂、联合其他王国共同对抗邪恶。最后，希瓦像湿婆独自吞下毒液一样，只身深入险地引爆超级武器以彻底摧毁达沙集团。希瓦像湿婆一样具有仁爱之心，他让城里百姓看管俘获的米鲁哈士兵而不是杀死他们，既消减敌人的战斗力又不滥杀无辜。希瓦在和达沙的较量中表现出足智多谋的智慧和领袖气质，以真诚的态度联合各王国抗敌。他在说服被伽内什杀死王子的城邦的国王时，并没有向这位父亲隐瞒事实，而是向他说明王子行为不端以取得他的理解。与"青颈"湿婆以一己之力吞毒液救世相比，希瓦的救世过程是团结众人集体努力的结果。小说将湿婆故事顺序颠倒，先有"青颈"的传言再有救世的诸多故事，这为三部曲改造神话故事提供了更为广阔的叙事空间，在希瓦逐步揭开真相、拯救世人的一个个富有吸引力的故事中，完成人物塑造，表现希瓦身上集聚的忠诚、坦荡、值得信赖的个性，以及运筹帷幄的谋略技能和领导力。

三、希瓦与那迦族：阶层平等

三部曲将那迦故事内容和迦梨女神、迦内什神的相貌外形改编为奇幻小说的叙事元素，增加小说类型化特点。三部曲还翻新了那迦故事的意义，为主题思想单一的神话注入阶层平等的吁求。

1. 那迦传说、迦梨和迦内什故事

在印度神话中，那迦（Naga）蛇是梵天（Barham）的孙子迦叶波（Maha-Kassapa）所生，其辈分可以和许多天神并列。在印度古代文献中，那迦的特点是人、神相结合，他们习惯以人的相貌、身份活动，必要时可以显露蛇的本相，或以蛇的身份从事某些特殊活动。在《摩诃婆罗多》中有不少关于蛇的故事。《初篇》写镇群王为替父报仇，举行"蛇祭"，要消灭所有的蛇。镇群王和众仙燃起熊熊祭火，四面八方、各种各样的蛇受法力驱使纷纷自动投入祭火中烧死。蛇女阁罗迦卢和同名的修道仙人阁罗迦卢的儿子受蛇王派遣，去蛇祭场阻止蛇祭，使蛇族避免灭亡的厄运。《摩诃婆罗多》还讲述了阿周那和蛇女乌鲁比结合生子的故事。在阿周那被自己另一个妻子花钏女所生的儿子射杀时，乌鲁比救活阿周那，还让他们父子团圆。《备战篇》中还有一个大鹏鸟吃蛇的故事。因陀罗的驭者摩多梨看中蛇王后代苏幕迦，把他选为女婿，但苏幕迦拒绝了。苏幕迦的祖父说，大鹏鸟刚刚吃了苏幕迦的父亲，它下个月还要来吃苏幕迦，在这种情况下，蛇族不能答应婚事。苏幕迦的祖父为了促成这桩美满婚事，到因陀罗那里去求情，苏摩迦被添了寿。大鹏鸟知道后去因陀罗那里吵闹，被毗湿奴制服。在《梵天往事书》中，国王雄军没有儿子，他和王后求告天地后，生下了一条蛇王子。蛇王子逐渐长大，他要求像正常人一样生活，甚至要求成亲。邻国公主嫁过来后，听说王子是蛇，她没有嫌弃他，反而待之以鲜花、音乐，还抚摸蛇王子。原来新郎和新娘曾经都是湿婆的侍从，因为过失被湿婆诅咒变成蛇，只要妻子陪着他去恒河沐浴，就可以恢复人形。蛇王子沐浴后恢复人形，和公主幸福地生活在一起，最后都回到湿婆身边。可见，在那迦与人、神之间的传说故事中，那迦虽然可以有人的相貌，却摆脱不了作为鸟的食物在生物链中处于低下地位，他们虽然可以与人、神交往甚至通婚，但作为那迦种族仍然处于被嫌弃、被歧视、受压迫的处境。

在印度神话传说中，迦梨也是湿婆的妻子，她是帕尔瓦蒂身上掉下的"黑色"变成的。湿婆失去萨蒂后到喜马拉雅山苦修，对世界上的一切都失去兴趣和欲望。天神为了让湿婆生儿子帮助他们打败阿修罗，就想方设法让湿婆再成亲并生育后代。群山之王的女儿——"群山之女"帕尔瓦蒂是萨蒂转世，她每天去湿婆面前献花，照顾他，虔诚地礼拜他，但湿婆并不为所动。最后，帕尔瓦蒂修苦行才感动湿婆，两人成亲。湿婆有一天开玩笑地叫帕尔瓦蒂"Kali"（意为"黑姑娘"），帕尔瓦蒂听后大怒，当即宣布要修苦行获得一身白皮肤。帕尔瓦蒂离开湿婆去苦修，阿修罗变成帕尔瓦蒂的样子引诱湿婆。南迪看到湿婆抱着与帕尔瓦蒂一样的女子就跑去告诉帕尔瓦蒂，帕尔瓦蒂既伤心、又愤怒，发誓要变成铁石心肠的人。帕尔瓦蒂修完苦行后,梵天赐她一身金色皮肤,从她身上脱落的"黑色"就变成铁石心肠的女神迦梨。迦梨女神发怒时样貌非常可怕:她有四只手臂,各自拿着不同的武器,双眼血红,头发蓬乱,赤裸着身体,戴着骷髅头做的花环,腰带是从尸体上取下的残手做成的。迦梨女神凶悍的相貌和强大的法力,使她在三部曲中被塑造为那迦族女王。

象头神迦内什是印度人民喜爱的神祇之一。神话传说里,他是帕尔瓦蒂的孩子。一天,湿婆出门在外时,帕尔瓦蒂随手用泥捏了一个小人,小人一成型就活了,变成一个漂亮的小男孩,拉着她叫妈妈,帕尔瓦蒂心花怒放。她给孩子一根大棒,对他说:"妈妈要洗澡,你看住家门,谁也不许进来。"湿婆回来了,这小孩子毫不客气地拦住他。湿婆很生气,叫来梵天和毗湿奴劝说孩子,但小孩就是不让湿婆进门,湿婆一气之下砍掉了孩子的头。帕尔瓦蒂洗完澡出来看到孩子身首异处,大发脾气。湿婆向毗湿奴求助,毗湿奴说:"你让你的侍者向北走,遇到的第一个面向北的生物,就把它的脑袋砍下来安在孩子身上,他就能复活了。"南迪向北走,遇到一头白象,就把他的头砍下来了给孩子安上,孩子就复活成了象头神,小说同样巧妙利用迦内什与众不同的外貌特点,把他塑造成那迦人。

2. 希瓦与那迦族:阶层平等

一般来说,奇幻类型的小说中不可或缺的元素之一就是非人类的智慧生物或种族,那迦、迦梨女神和迦内什的相貌外形和传说中众神所携带的神秘性和文化意义都成为类型小说天然的故事元素。

(1) 蛇的动物习性:那迦族被隔离的社会境遇。

三部曲在改造神话原型的互文叙事中,将蛇的生物习性特点改编为那迦族远离人类社会隐居的奇幻小说元素,除增强小说叙事吸引力之外,也隐喻地说明现实社会中不可接触者的生活状况。

蛇类喜欢潮湿、隐蔽的地方,多在杂草丛生、树木繁茂、人迹罕至的地方活动。蛇是爬行动物,一般采用蜿蜒运动、履带式运动和伸缩运动等运动方式,受到惊吓、捕食或与遇其他动物攻击时,身体会快速伸缩、加快移动速度,蛇给人的感觉是动作干脆灵敏。蛇的毒液实际上是它的消化液,一些蛇的消化液功能强大,所以表现为"毒性",有些蛇的毒液可致人毙命。蛇的生活环境、外表和它的伤害性让人们对它心生忌惮,在文学作品中,蛇也多隐喻为具有伪装性、喜欢害人的坏人形象。三部曲充分利用人们对蛇的动物习性的情感认知,创作出一些情节增强故事可读性和吸引力。蛇的动作敏捷、反应快,会吐出蛇信、用毒牙攻击对手以求自保,三部曲将蛇的动物性本能反应变化为那迦武士打斗时的动作和招数。希瓦和一位那迦武士缠斗时,武士的剑太短接触不到希瓦,看起来像是一件无用的工具,当武士要被希瓦抓住时,他用拇指按了一下短剑上小柄,短剑突然就变成两倍长的双刃剑,希瓦猝不及防被砍到肩膀,剑毒瞬间发作,希瓦觉得像被电击了一般。这种情节设置与蛇偷袭敌人时的情形很像,小说描写形象生动,很有电影画面感。

蛇的生活习性和生存环境也被借用于描写那迦族隐蔽的生存环境,少与外界交往,外人对他们所知甚少。三部曲写那迦族的王国位于远离普通人的地方,他们远离人类生活,希瓦从米鲁哈出发需要经过长达一年的跋涉才能到达那迦人生活的城市,如果走近路,则需要经过风险重重的黑暗森林,这种环境描写一方面表明那迦族人被世人所弃,另一方面也增加他们的神秘感,营造悬疑吸引读者。那迦人在不为世人了解的空间里创建出自由、平等的社会环境,房屋整齐,人们生活井然有序,安定幸福。城里有学校,那迦族孩子接受教育,知书达理。那迦族人有着和普通世人一样的道德准则,那迦武士和萨迪打斗时发现她是孕妇后,不顾自身安全退出战斗,将对萨迪的伤害降到最低程度。那迦武士抢了别人的马,会扔给马主人数倍于马的价钱的金币。那迦人的道德品质契合了普通人的要求,拉近了他们与普通人的关系,增强了读者的接受度。

(2)蛇、神异形相貌:那迦族被歧视的处境。

在三部曲中,那迦故事中蛇在外形上可以人、蛇互换的情节与迦梨、迦内什等造像形象结合起来,描写那迦族人异形外貌,增加了小说叙事的奇幻类型特点,表明那迦人被歧视的处境,隐喻现实生活中不可接触者的社会境遇。

三部曲中,伽丽女王是萨迪的双胞胎姐妹,因为长着四只手臂,一出生就被达沙抛弃,长着象头的伽内什出生后也被送到那迦族。其他那迦人也都来源于米鲁哈和周围的其他王国,他们和伽丽、伽内什一样都因外貌异于常人被迫与家人分离。事实上,很多来自米鲁哈的那迦人是由于饮用苏摩神液造成畸形。这些不可接触者被隔离在正常社会之外,成为社会边缘群体,达沙等人更是夸大那人异形相貌的可怖,歪曲他们的生活习性,将他们描绘成邪恶部落,深化人们对他们的恐惧和敌视。

在印度,迦梨和迦内什是家喻户晓的大神,迦梨有嗜杀的一面也有保护众生的一面。迦内什是掌管智慧、财富之神,深受百姓喜爱。三部曲充分利用他们奇特的外形隐喻不可接触者被妖魔化的情况,并没有颠覆他们在传统文化中的性格设定和象征意义。拿象神迦内什来说,他常见的造像形式或为憨态可掬的孩童或为威武神勇的青年,表现他可爱可亲、值得信赖的性格特征。三部曲中的伽内什承继了大神的这些特点,他在路上遇到王子和部下强抢幼童,挺身而出救助母子,一人对抗群敌。他对母亲萨迪抛弃自己的行为耿耿于怀,但对她又充满爱和依恋、尊重与体贴。他知道事实真相、母子相认后,在母亲面前显露出幼童般腼腆、憨厚、幸福之情,这与神话故事中的迦内什和帕尔瓦蒂的关系一样温馨感人。萨迪遇到危险,伽内什不惜性命全力救护。伽内什作为儿子、兄长和部落将领同样体现出人们对象头神迦内什的传统认知。希瓦误会伽内什杀害自己亲如兄弟的好友,拒绝接受他,伽内什仍视他为父亲,对他敬爱、尊重有加,还冒险救护同母异父的弟弟。伽内什饱受伤害但不失尊严,保持自己的宽容、善良、勇敢和智慧等品质。三部曲借助印度人民对迦梨、迦内什的相貌、本性的认同和接受,隐喻地指出世人从外表判断不可接触者、卑微者、底层者的狭隘与错误。

从表面上来看,人们看待不可接触者的心理与厌恶那迦人的样貌、忌惮大神恶相的感受具有一定共通性,三部曲以此为生发点,描写希瓦帮助萨迪打破身份限制、揭开那迦人身份真相,表现不可接触者内在的美好品质,从希瓦对被压迫者的同情、理解和接受,批判现实生活中人们以外部条件判断人、隔离人的荒谬做法。三部曲同时也分析了人与人之间不平等产生的原因与解决办法。

(3)那迦族与阶层平等。

在三部曲中,一些像萨迪一样违反王国法规被贬为不可接触者的普通人,还有相貌异于常人的那迦人,都隐喻着现实社会中的不可接触者。不可接触者是印度种姓制度的产物,是被排除在婆罗门、刹帝利、吠舍和首陀罗四大种姓之外的人,是违反种姓规定失去种姓的人,他们从事最肮脏、低贱的工作,处于社会最底层。不可接触者是"不洁""邪恶"之人,高种姓者不能碰触他们,否则就会被玷污、被污染,不可接触者像洪水猛兽一样可怖,人们避之唯恐不及。种姓制度和不可接触者问题在印度已有数千年历史,时至今日,它依然受到社会普遍关注。三部曲以神话传说中那迦人的处境、大神奇特相貌等类比处于被歧视、被误解境地的被压迫者,将湿婆无区别庇佑众生的平等思想具体化为希瓦对被压迫者的同情、理解和认可,以此来讨论种姓平等问题。三部曲通过人物遭遇延续印度神话中那迦形象被压迫的隐喻,将"蛇"或人形"蛇人"的隐喻性扩大到传统文化层面,与印度种姓制度和不可接触制度相结合,暗示不可接触制度的不合理性和它对世人的压迫,揭示印度底层民众的生存本质。

三部曲借希瓦与萨迪、那迦人的故事尝试探讨解决种姓制度和不可接触者问题的方法。如果说歧视、误解是外人的态度,那不可接触者自身也应该意识到不公待遇进而敢于抗争、寻求改变。希瓦知道萨迪成为不可接触者的原因后,无法理解萨迪明知法规不合理却顺从遵守、甘心成为不可接触者的做法,希瓦和萨迪成亲的过程,也是说服她从接受不可接触法规到反对、打破法规的过程。那迦人与萨迪不同,他们被世人邪恶化后并没有自暴自弃,而是在被隔离的环境中形成自己的社会体系,遵循普世的真、善、美准则。他们渴望与普通人正常交往,真诚邀请希瓦去查明真相,积极争取获得理解和接受。三部曲在呼吁世人改变对待不可接触者看法的同时,也希望他们能有所觉醒,用行动改变现状。

三部曲写出了从制度上改变将人划分等级、不可接触的办法。印度古代典籍《梨俱吠陀》写道,从原人身体的不同部位生出的人等级不同:从原人口中生出婆罗门,从双臂生出刹帝利,从双腿生出吠舍,从双足生出首陀罗。不同等级的人从事相应的职业,且世袭。在小说中,希瓦看到米鲁哈城的小孩一出生就被抱走,由国家集体抚养、接受集体教育,到一定年龄后,再进行统一考试评定他们适合从事的职业,然后根据每个人的测试结果分配种姓,并交给相应种姓的家庭抚养,他们被划分好种姓归属之后,佩戴标识来标明身份。显然,这种"集体抚养孩子"的做法是应对种姓制度的文学性虚构。自印度独立以来,政府制定相关政策法规为种姓制度改革提供了可能的空间,但根深蒂固的种姓思想仍然影响社会分工和人们日常生活,阿米什的方法可谓一种缓解种姓问题的想象性书写,不失为作家的一种美好愿望。作家安纳德在印度第一部以贱民为主人公的英语小说《不可接触的贱民》中,寄希望于科技发展把贱民从打扫厕所的职业中解放出来,改变不可接触者的身份和处境。一直以来,印度作家在小说中对实现阶层平等的探讨也是他们希望文学联系社会、表现社会的努力。

三部曲指出是人为原因造成像萨迪这样的不可接触者、那迦人这样的异形人被抛弃、被压迫的境况,是达沙之流利用权力、借助法规的力量固化并延续了这种不平等。小说虚构的两类不可接触者从制度内在规定、生活外在表现两个方面揭示现实生活中不可接触制度问题,批评以"可"或"不可"接触区分人,将不可接触者看作怪物、邪恶者的做法。不可否认,三部曲将印度社会中种姓制度以及不可接触者经济、宗教、文化等方面制度性的问题表面化了,但他借助希瓦形象对人与人之间平等问题的讨论值得肯定。

阿米什在宗教氛围浓厚的家庭中长大,他喜爱读书,大学毕业后一直在金融界供职,因个人兴趣才开始小说写作。他熟悉印度神话、史诗故事,再加上自身的职业背景和生活经历,使他的小说充满新鲜感。例如,希瓦形象体现出商业社会里企业领导者的气质,他和伽丽等人的关系也包含朋友间的合作、互助和信任、支持等意义。希瓦联合其他王国力量对抗达沙,他们相互之间需要求同存异、暂时冰释前嫌来实现共同利益,就像现代企业之间在不同时段为了不同的利益调整策略寻求不同合作对象一样。阿米什在湿婆神话故事基础上创作的奇幻小说,通过改写情节、提升人物形象等方法,塑造出现代意义的希瓦形象,并借人物表现了对家、国发展和两性关系等社会传统问题的新观点。

阿米什对湿婆神话的再创作,使作为商业小说的三部曲满足了不同文化背景读者的阅读需求,使他们可以从自身实际情况出发对希瓦形象进行疏离宗教背景的再解读。印度宗教种类众多,各教派都拥有数量可观的教徒,有些教派间会发生冲突。湿婆是印度教中重要的神祇,他所代表的教义主张对印度教徒影响很大,以湿婆形象为原型的希瓦在一定程度上起到传播、巩固印度教的作用。但希瓦形象又不等同于湿婆,他身上体现出人类普世的价值观并不局限于印度教所宣扬的湿婆神格特征,希瓦以普通人的形象使印度教神祇走入不同宗教背景的读者中,促进宗教间的沟通和相互理解。

结语　舶来品落地生花

"英语教育给印度带来的显著礼物之一是散文体小说。尽管印度可能是讲故事的源头,但我们今天所知道的小说是从西方引进来的。"[1]对印度文学来说,英语、小说都是西方的舶来品。随着英国殖民统治的发展,它们逐渐融入到印度本土文学中,继而在作家构成、小说的内容、语言和叙事方法等方面形成具有本土特色的写作模式。在印度作家安妮塔·德赛看来,哈米德(Mohan Hamid)的处女作《蛾烟》(*Moth Smoke*,2000)意味着"次大陆小说写作的新时代"[2]的到来。在这个新时代中,印度英语通俗小说写作最为生动地表明了外来文学样式本土化所取得的成绩。

一、本土化的英语作家

早在20世纪90年代,英国学者在谈及后殖民文学的未来时,就指出了它越来越突出的妇女、本土居民和移民作家三大构成板块[3]。印度英语通俗小说作家群体就表现出本土、地方性的特点,英语作家的数量和写作水平都有所发展,这其中,女性作家日渐成为作家群体中不可忽视的力量。

印度本土英语作家成长为写作新时代的生力军。创作本土化是21世纪以来印度英语小说写作的最大变化。它表现在三个方面,即在国内成长起来的英

---

[1] NAIK M. K. Dimensions of Indian English Literature[M]. New Delhi: Sterling Publishers, 1985: 99.
[2] TICKELL A. South-Asian Ficiton in English[M]. London: Palgrave Macmillan, 2016: 1.
　　安妮塔·德赛在表达"时代"这个意思时候,用了乌尔都语"zamana"。
[3] 博埃默·艾勒克. 殖民与后殖民文学[M]. 盛宁,韩敏中,译. 沈阳:辽宁教育出版社,1998:256.

语作家群体的发展，反映本土社会、文化、民众生活的作品增多和本土英语读者群体扩大。"现在的情况是，不仅现有作家们写作，很多不同职业的年轻人——教师、记者、医生、电脑工程师和管理主管等人也从事写作。"①印度拥有数量众多、风格各异的英语通俗小说作家群体，他们呈现出年轻化、本土化的构成特点。他们身份多样，职业各有不同，受教育情况也不一样，每个人都有着丰富而独具个人色彩的生活、工作、学习经历和兴趣爱好等。本书论及的作家大多有着与众不同的写作经历。如，巴哈特从印度管理学院毕业后，先后供职过高盛公司、德意志银行等知名金融机构，2009年，他辞去国际投资银行的工作，全身心投入写作之中。他的金融、经济工作经历成为小说独具特色的素材。阿米什在金融界担任管理主管长达14年，一个偶然的念头使他走上写作之路。觉杭是三个孩子的母亲，在广告公司工作过，现在专心从事小说写作。作者们的学习、工作经历，为他们提供了广阔的创作领域。这些作者绝大多数没受过专业的写作训练，有人可能从未想过成为作家，出于"生活中一段悲剧的结果"②这样的偶然因素走上创作道路成为作家。这样，他们难免出现写作技巧单一、流于程式化、表面化记述的现象，还会出现人物形象单一、性格脸谱化等情况。此外，在追求作品写作数量和销量的情况下，这些作家们成为"技师型"的写作者，量化式写作叠加非专业的写作背景，使印度英语通俗小说在创作模式和内容上出现复制、雷同现象，作品相同主题、结构的重复再创作。然而，作者身份的多样性和写作内容的原生态特性，也使小说故事贴近生活，语言通俗易懂，更容易获得本土读者的认同和接受。

  本土女性英语作家在印度英语小说写作中占有越来越重要的地位。"印度英语小说繁荣最令人印象深刻的方面是女性作家的迅速发展"③，这也是其他两国英语作家发展的共同表现。女性作家的崛起扩大了女性言说、表达的渠道，她们的创作不仅是作家展现自我的过程，也是女性群体多方位、多层次的表述、吁求，代表着女性群体走向独立的过程。女性作家创作的通俗小说，既有轻松愉快、幽默讽刺型作品，也有语言严肃、话题沉重的作品，它们从工作、生活、

---

① BATRA J. 21st Century Indian Novel in English, Jagdish Batra [M]. New Delhi: Prestige Books International, 2012: 36.
② SINGH R. Can Love Happen Twice? [M]. New Delhi: Penguin Metro Reads, 2011: vii.
③ PARANJAPE M. Post-Independence Indian English Literature: Towards a New Literary History [J]. Economic and Political Weekly, 1998: 1053.

爱情、婚姻等各方面再现女性日益突出的个体特点、性别身份。她们作品中的女性人物和男性作家作品中的女性形象一起揭示了当代印度女性身份、社会地位的现状。男性作家小说中女性形象的新面貌、两性关系的新表现，是对当代南亚男性眼中女性的呈现，从另一个角度呼应女性作家作品出现的新型女性形象，也是两性间对话的渠道。

二、本土故事

如果印度英语小说可以被"描述为由精英写成的文学，由精英们界定，并由精英们捧为经典"[①]的话，那本土化发展则在一定程度上使英语小说从作家到作品、读者也经历了一次新的体验。本土英语作家生于斯、长于斯，经历并见证了国家的经济发展和社会文化变化。他们是了解本国读者需求的写作者，能写出普通民众对社会热点事件、家长里短问题的感受。他们创作的英语小说类型多样，兼顾文学性和商业性，通俗小说中含有严肃社会话题，以不同样式提出、呈现社会问题，从不同角度传播民族文化、反思历史，注重读者的理解度和接受度。印度英语通俗小说类型化写作突出，故事情节引人入胜，内容涵盖面广，并具有鲜明的民族特色。这些小说主要针对印度国内读者，因而在内容方面，多以描写当代印度方方面面的社会生活为主。

印度英语通俗小说以本土故事增加类型小说特色。学者在分析新千年以来印度英语小说时，主要从"城市空间""琪客文学和板球小说""青年印度""犯罪小说""奇幻和史诗""图像小说"等主题和类型进行论述。[②]"奇幻和史诗"以两大史诗、神话中的传统故事构建新的奇幻世界，将这种类型小说改造成"婆罗多奇幻"，解读在后殖民语境下，以史诗为创作来源的新史诗故事所蕴含的印度民族性。随着大众文化的发展，艺术样式多元化和传播技术、传播媒介日益更新，通俗小说类型更加细化，产生了很多亚类型小说，如，桑基的"惊悚三部曲"在历史小说的基础上，结合悬疑、惊悚和侦探等元素，这种亚类型小说更易于容纳包罗万象的印度故事。"生活在社会变动中的普通社会大众自然要关心身边那些与生活息息相关的重大事件和社会问题，通俗小说要获得市场自然要迎合

---

① 博埃默·艾勒克.殖民与后殖民文学[M].盛宁,韩敏中,译.沈阳:辽宁教育出版社,1998:275.
② VARUGHESE E D. Reading New India: Post-Millennial Indian Fiction in English[M]. London: Bloomsbury, 2013: vii.

普通社会大众的生活需求和心理需求。"[①]本土英语作家创作的类型小说,作品内容与时代、社会发展紧密相连,及时、迅捷地表现普通民众的生活百态、所关心的社会问题,传达他们的思想和文化。对于印度英语通俗小说来说,史诗传奇、青春成长小说、惊悚小说、犯罪小说、琪客小说等是主要类型,图像小说、科幻小说、酷儿小说等类型也有不少读者。奇幻小说、青春成长小说的读者群比较广,史诗小说也深受印度读者喜爱,"当你读着印度伟大史诗长大时,你必定要在自己的生活中体悟一些它们。事实上,它们弥漫于你整个生活"[②]。《罗摩衍那》和《摩诃婆罗多》是印度文学取之不尽的宝藏,在印度文学史上,改写、重述两大史诗故事的作品屡见不鲜。印度人从小就听不同长辈们对同一个故事进行不同讲述,每个人都有自己理解和讲述的方式,当他们成为可以用笔表达自己思想的作家时,再叙史诗成为不少作家的选择。对于印度读者来说,这些中产阶层新生代作家所创作的建立在印度文学基础之上的传统故事,有着独特的吸引力。

在小说创作类型化的基础上,作家们巧妙地将印度社会生活中常见的、人们比较关心的问题融入到类型故事中。如,印度社会中存在的贪污、腐败问题是民众最痛恨的问题,也是印度文学、影视作品中表现较多的内容。印度选举舞弊现象世人皆知,印度英语通俗小说并不回避这些内容。在觉杭的言情小说《为比图拉而战》描写了印度大选中各种常见的争夺选票的方法,相当于一本印度大选教科书。桑基的历史惊悚小说《考底利耶的圣歌》,描写一个老谋深算的政客如何将一位年轻女性培养成政党领袖、政府官员的故事。巴哈特的成长小说《革命2020》描写地方权贵使用各种手法威胁他人夺取土地、瓦拉纳西环保部门贪污恒河治污款项等内容,批判印度社会中的种种丑恶现象。

印度英语通俗小说与本国流行文化结合比较紧密。以板球为例,板球是印度的国球,它不仅是一项体育运动,更是一项大众娱乐项目。板球明星代言各种广告,参加各种电视节目等,是流行文化的代表人物,也是印度电影、小说的宠儿。在《美女幸运星》中,女主人公被认为是印度板球队的幸运星,小说围绕她和球队队长的爱情故事,再加上种种对板球比赛的描写,是一部风趣幽默的体育、言情小说。《三个傻瓜》中,三个青年人也是利用当地居民对板球的热爱,

---

① 汤哲声.中国当代通俗小说史论[M].北京:北京大学出版社,2007:6.
② HIDIER T D. Born Confused [M]. New York: Scholastic, 2002: 224.

通过卖板球用品而成功创业。其中还写到了三人不顾宗教差异,帮助一位穆斯林板球神童成为优秀运动员。

从拉奥笔下印度教框架下的印度到纳拉扬"马尔古蒂"(Malgudi)式的印度乡村,"一直以来,印度英语作家写的都是定义明确、可识别的印度"①,直至21世纪,众多印度英语通俗小说作家多角度、多层次地描写出古老而不失新鲜活力、传统而包容现代精神的印度。不可否认,给印度英语小说带来世界性声誉的是一些获得国际写作奖项的印度作家们,自拉什迪和洛伊之后,印度英语小说创作进入一个新阶段,作家笔下的印度不再是帝国时代神秘、遥远的国度,而是全球化背景下,与世界同步的新印度。与文学性印度英语小说的读者对象的设定(国外读者和国内精英阶层)不同,当代英语通俗小说主要以印度市场和国内读者为写作对象,作家们更多以表现印度普通百姓生活为主要目的,用简单通俗的语言描写当下社会百态和印度人的喜怒哀乐。21世纪以来,"与早期的作家关注小说的文学性和再现帝国相比,新兴作家们将眼光聚焦于城市印度人的生活和爱情"②,作者们的写作目的是"写改变,写那些印度社会中观念模式的改变"③,印度英语通俗小说写出了新世纪里的新印度。

三、印式英语

在通俗小说中,简单易懂的语言也是类型写作的要求之一。本书没有展开论述印度英语通俗小说中的语言现象和语言特色,在此进行简单总结。印度英语作家将外来语言英语与本国的地方语言相结合,使通俗小说在文本语言上兼有世界性与民族性的特色。"由于出生于一个新的后殖民世界,后来的小说家在处理英语时,摆脱了殖民包袱,产生了一种新的自信和不矜持。"④

英语作为一种全球性的交流、表达、接受和理解的语言,被称为"世界语言"

---

① MUKHERJEE M. The Perishable Empire[M]. New Delhi: Oxford University Press, 2002: 199.
② MONGIA P. Speaking American: Popular Indian Fiction in English[J]. Comparative American Studies, 2014(1-2): 142.
③ BHAGAT C. Half Girlfriend[M]. New Delhi: Rupa, 2014: vii.
④ NAIK M K. "Indian English Fiction 1864—1980: The Emergence and the Peaking", Twentieth Century Indian English Fiction[M]. Delhi: Pencraft International, 2004: 199.

"现代通用语"①。需要强调的是,英语的全球化从根本上引发了英语"合法性"和"标准化"的问题。在过去的若干年里,人们一直在研究和争论英语是否只局限于英式或美式,因为在不同的文化背景下可以观察到多种多样的英语语言。这些差异往往是由于在文化适应和"杂交"过程中,多元文化背景反馈到语言中时,不断、持续地语言转换形成的。1947年9月14日,在印度制宪大会上,英语被定为官方语言。现在,英语已经是很多印度人学习、工作、生活的语言,英语使用者从早前的精英阶层、中产阶层扩大到普通民众。昔日殖民者的语言在本土化和"杂交"过程中已不再是一种外来的表达方式,它已经成为一种主观手段,通过其在社会文化形式中的本地化、地方化的挪用,成为一种印度性的概念和语境展演,在词语、语法以及语言的隐喻等不同方面体现印式英语的特色。

在对《拉贾摩汉的妻子》的分析中,本书强调了小说中显而易见的文本表现,即对地方语言的直译使用。像《拉贾摩汉的妻子》中的语言一样,后来的很多印度英语作家本着语言本土化的理念,有意识地在小说文本中采用更实质性的语言形式,插入区域句法结构和特定的地方词汇,以融入本土化的意识形态与文化代码。印度一直实行多种官方语言并存的政策,印度英语作家基本可以进行双语写作,除英语外,还会使用一种(至多种)印度地方语言。将地方语言直译为英语并运用于小说中,这是印度英语作家写作中常见的小说语言现象。使用直译地方语言的做法突出了印度民族特色,同时,这些印度式的词语、句式也增强了小说的艺术感染力。拉奥说过:"对我们来说,英语并不真是门外语。我们的表达方式应该是种英语方言,将来会被证明像爱尔兰英语和美国英语一样优秀和丰富。"②经过数代英语作家的开拓和发展,英语作为印度英语文学语言已经形成自身的特点,通过创新词汇,引入印度地方语言的词、句等,拉近了英语与民族语言的距离,提高了读者的阅读兴趣。正如拉奥预言的那样,印度式英语已经逐渐成为一种英语"方言"并被世界所接受,"印度人在不是自己母语(英语)的语言中传递着自己的思想"③。在印度英语通俗小说中,语言在文本上构成的"文化标记"存在于叙事空间词汇、结构、语义和概念的不同层面。同样,在小说中,作家们在英语语言中的文化插入包括宗教、神话、政治、社会文化、文学和诗歌的象征和隐喻等也显而易见,小说中社会规范、宗教信仰、道德

---

① GRADDOL D. The Future of English? A Guide to Forecasting the Popularity of English in the 21st Century [M]. London: British Council, 1997.
②③ RAO R. Kanthapura[M]. New Delhi: Orient Paperback, 1970: 5.

立场、叙事以及与伦理有关的思想也可进一步研究。

当代印度文学建构似乎在一定程度上停止了对后殖民主题的描绘,印度英语文学的发展也伴随着英语的社会文化、历史、语言和文本的本土化而进行着创造性建构,以满足并实现本土作家们的创作需求。印度英语通俗小说以浅显、具有民族特色的印度式英语语言风格赢得了本土读者的喜爱。"实际上,在印度,即使一个人不是特别有能力,懂英语也能让所有的大门为他敞开。"[1]印度经济发展使英语具有更加广泛的使用领域,"英语是新商业语言,很多人受益于它"[2]。巴哈特在《兼职女友》的扉页上写道:"献给印度农村,献给非英语类(读者)。"[3]巴哈特小说的语言一直都简单易读,《兼职女友》中来自印度北方农村、英语水平不高的男主人公,他的英语口语和表达都带有明显的印度地方语言的痕迹,他到德里上大学的目的就是努力学习英语,回去后能服务自己的乡村。英语使用者的平民化、大众化为印度英语文学提供了新的读者群,英语通俗小说也希望以浅显、通俗的语言吸引更多的读者。

21世纪以来,印度注重发展经济、国家建设,民族文化重新焕发活力,英语通俗小说以多样式的小说类型多角度描写当代社会和民众生活,记录和见证着社会发展。

---

[1] 森·阿玛蒂亚,让·德雷兹. 不确定的荣耀[M]. 唐奇,译. 北京:中国人民大学出版社,2015:179.
[2] IAN J. The Granta Book of India[M]. London:Granta Books, 2004:14.
[3] BHAGAT C. Half Girlfriend[M]. New Delhi:Rupa, 2014:vii.

参 考 文 献

[1] 阿罕默德·阿吉兹.在理论内部[M].易晖,译.北京:北京大学出版社,2014.
[2] 阿帕杜莱·阿尔君.消散的现代性[M].刘冉,译.上海:上海三联书店,2012.
[3] 阿希克洛夫特·比尔,等.逆写帝国[M].任一鸣,译.北京:北京大学出版社,2014.
[4] 艾恩斯·韦罗尼卡.印度神话[M].孙士海,王镛,译.北京:经济日报出版社,2001.
[5] 巴尔·米克.叙述学[M].3版.谭君强,译.北京:北京师范大学出版社,2015.
[6] 巴特勒·朱迪特.性别麻烦[M].宋素凤,译.上海:上海三联书店,2009.
[7] 巴特勒·朱迪特.消解性别[M].郭劼,译.上海:上海三联书店,2009.
[8] 巴沙姆.印度文化史[M].闵光沛,陶笑虹,庄万友,等译.北京:商务印书馆,1999.
[9] 拜厄特.论历史与故事[M].黄少婷,译.南京:译林出版社,2016.
[10] 博埃默·艾勒克.殖民与后殖民文学[M].盛宁,韩敏中,译.沈阳:辽宁教育出版社,1998.
[11] 查尔斯·E.布莱斯勒.文学批评:理论与实践导论[M].5版.赵勇,李莎,常培杰,等译.北京:中国人民大学出版社,2015.
[12] 查特吉·帕沙.政治社会的世系[M].王行坤,王原,译.西安:西北大学出版社,2017.
[13] 德布·西达尔塔.美丽与诅咒[M].白榆,译.北京:中信出版社,2012.
[14] 杜蒙·路易.阶序人[M].王志明,译.杭州:浙江大学出版社,2017.
[15] 费伦·詹姆斯.作为修辞的叙事[M].陈永国,译.北京:北京大学出版社,2002.
[16] 弗朗辛·R.弗兰克尔.印度独立后政治经济发展史[M].孙培钧,译.北京:中国社会科学出版社,1989.
[17] 弗莱·诺思洛普.世俗的经典[M].孟祥春,译.上海:上海人民出版社,2010.
[18] 弗莱·诺思洛普.批评的剖析[M].陈慧,等译.天津:百花文艺出版社,2005.
[19] 格里哈拉达斯·阿南德.印度的呐喊[M].李亦敏,译.北京:中信出版社,2013.
[20] 葛红兵.小说类型学的基本理论问题[M].上海:上海大学出版社,2012.
[21] 郭星.二十世纪英国奇幻小说研究[D].天津:南开大学,2010.

[22] 胡亚敏. 叙事学[M]. 武汉:华中师范大学出版社,2004.

[23] 巴特·穆尔·吉尔伯特. 后殖民理论[M]. 陈仲丹,译. 南京:南京大学出版社,2007.

[24] 季羡林,刘安武. 印度两大史诗评论汇编[M]. 北京:中国社会科学出版社,1984.

[25] 孔海龙,杨丽. 当代西方叙事理论新进展[M]. 北京:科学出版社,2017.

[26] 苏珊·S. 兰瑟. 虚构的权威[M]. 黄必康,译. 北京:北京大学出版社,2002.

[27] 李宝芳. 维多利亚时期英国中产阶级婚姻家庭生活研究[M]. 北京:社会科学文献出版社,2015.

[28] 林承节. 印度史[M]. 北京:人民出版社,2004.

[29] 刘欣如. 印度古代社会史[M]. 北京:商务印书馆,2017.

[30] 勒帕普·皮埃尔. 爱情小说史[M]. 郑克鲁,译. 北京:商务印书馆,2015.

[31] 克洛德·列维-施特劳斯. 神话与意义[M]. 杨德睿,译. 郑州:河南大学出版社,2016.

[32] 马丁·华莱士. 当代叙事学[M]. 伍晓明,译. 北京:北京大学出版社,2005.

[33] 麦克罗比·安吉拉. 文化研究的用途[M]. 李庆本,译. 北京:北京大学出版社,2007.

[34] 曼克卡尔·普尔尼马. 观文化,看政治[M]. 晋群,译. 北京:商务印书馆,2015.

[35] J. 希利斯·米勒. 解读叙事[M]. 申丹,译. 北京:北京大学出版社,2002.

[36] 梅泽伊·凯茜. 含混的话语[M]. 北京:外语教学与研究出版社,2019.

[37] 梅丽. 当代英美女性主义类型小说研究[M]. 上海:复旦大学出版社,2013.

[38] 那达斯·微依. 生命与言辞[M]. 侯俊丹,译. 北京:北京大学出版社,2008.

[39] 南地·阿希斯. 贴身的损友[M]. 丘延亮,译. 北京:人民出版社,2017.

[40] 彭刚. 叙事的转向[M]. 2版. 北京:北京大学出版社,2017.

[41] 琼斯·希安. 族属的考古[M]. 陈淳,沈辛成,译. 上海:上海古籍出版社,2017.

[42] 热奈特·热拉尔. 叙事话语新叙事话语[M]. 王文融,译. 北京:中国社会科学出版社,1990.

[43] 热奈特·热拉尔. 热奈特文集[M]. 史忠义,译. 天津:百花文艺出版社2001.

[44] 芮小河. 曼布克文学奖的文化生产研究[D]. 北京:北京外国语大学,2015.

[45] 萨莫瓦约·蒂费纳. 互文性研究[M]. 邵炜,译. 天津:天津人民出版社,2003.

[46] 斯科尔斯·罗伯特,等. 叙事的本质[M]. 于雷,译. 南京:南京大学出版社,2015.

[47] 阿玛蒂亚·森,让·德雷兹. 不确定的荣耀[M]. 唐奇,译. 北京:中国人民大学出版社,2015.

[48] 尚必武. 当代西方后经典叙事学研究[M]. 北京:人民文学出版社2013.

[49] 申丹. 叙事、文体与潜文本[M]. 北京:北京大学出版社,2018.

[50] 申丹,王丽亚. 西方叙事学:经典与后经典[M]. 北京:北京大学出版社,2010.

[51] 申丹,韩加明,王丽亚. 英美小说叙事理论研究[M]. 北京:北京大学出版社,2005.

[52] 生安锋. 霍米·巴巴的后殖民理论研究[D]. 北京:北京语言大学,2004.

[53] 史景迁. 大汗之国:西方眼中的中国[M]. 阮叔梅,译. 桂林:广西师范大学出版社,2013.

[54] 斯道雷·约翰. 文化理论与大众文化导论[M]. 5版. 常江,译. 北京:北京大学出版社,2010.

[55] 陶东风. 大众文化教程[M]. 修订版. 桂林:广西师范大学出版社,2012.

[56] 谭君强. 叙事学导论:从经典叙事学到后经典叙事学[M]. 北京:高等教育出版社,2014.

[57] 汤哲声. 中国当代通俗小说史论[M]. 北京:北京大学出版社,2007.

[58] 汤哲声. 流行百年:中国流行小说经典[M]. 北京:文化艺术出版社,2004.

[59] 托多罗夫·兹维坦. 奇幻文学导论[M]. 方芳,译. 成都:四川大学出版社,2015.

[60] 王树英. 民族政治学:印度的族裔问题及其治理研究[M]. 北京:中国社会科学出版社,2017.

[61] 韦勒克·勒内. 批评的诸种概念[M]. 罗钢,等译. 上海:上海人民出版社,2015.

[62] 罗伯特·扬. 白色神话[M]. 赵稀方,译. 北京:北京大学出版社,2014.

[63] 杨洪. 印度弱势群体:教育与政策[M]. 北京:人民出版社,2011.

[64] 杨劼. 普通小说学[M]. 南京:江苏文艺出版社,2011.

[65] 蚁垤. 摩诃婆罗多[M]. 黄宝生,等译. 北京:中国社会科学出版社,2005.

[66] 张万敏. 认知叙事学研究[M]. 北京:中国社会科学出版社,2012.

[67] 赵中建,等. 印度基础教育[M]. 广州:广东教育出版社,2007.

[68] 奇坦·巴哈特. 革命2020[M]. 林冠,译. 北京:新世界出版社,2013.

[69] 奇坦·巴哈特. 三个傻瓜[M]. 林冠,译. 北京:新世界出版社,2012.

[70] 奇坦·巴哈特. 高潮[M]. 蔡保学,译. 北京:新世界出版社,2012.

[71] BANDYOPADHYAY S. Indianisation of English[M]. New Delhi:Concept Publishing Company Pvt. Ltd.,2010.

[72] BATRA J. 21st Century Indian Novel in English[M]. New Delhi:Prestige Books International,2012.

[73] CHAKRAVORTY M. In Stereotype:South Asian in the Global Literary Imaginary[M]. New York:Columbia University Press,2014.

[74] DAS K S. Indian Ode to the West Wind:Studies in Literary Encounters[M]. Delhi:Pencraft International,2001.

[75] APARAJITA D,GHOSH A. Subaltern Vision:A Study in Postcolonial Indian English Text[M]. Cambridge:Cambridge Scholars Publishing,2012.

[76] DHAR T N. History-Fiction Interface in Indian English Novel[M]. New Delhi:Prestige Books,1999.

[77] FERRISS S,MAALLORY Y. Chick Lit[M]. New York:Routledge,2006.

[78] GHOSH T K,DHAWA R K. Chetan Bhagat:The Icon of Popular Fiction[M]. Delhi:

Prestige Book International, 2014.

[79] GLOVER D, MC CRACKEN S. The Cambridge Companion to Popular Fiction [M]. Cambridge: Cambridge University Press, 2012.

[80] IAN J. The Granta Book of India [M]. London: Granta Books, 2004.

[81] JACKSON E. Feminism and Contemporary Indian Women's Writing [M]. London: Palgrave Macmillan, 2010.

[82] JAKAITIS J, JAMES F. Crossing Boundaries in Graphic Narrative [M]. London: McFarland & Company Inc. Publishers, 2012.

[83] JOSHI S, Rethinking English [M]. New Delhi: Oxford University Press, 1994.

[84] KING B. The Commonwealth Novel Since 1960 [M]. Hampshire and London: The Macmillan Press Ltd. , 1991.

[85] LAU L. Re-Orientalism and South Asian Identity Politics [M]. London: Routledge, 2011.

[86] MOHANTY C T, ANN R, LOURDES T. Third World Women and The Politics of Feminism [M]. Indiana: Indiana University Press, 1991.

[87] MUKHERJEE M. The Twice Born Fiction [M]. New Delhi: Arnold-Heinemann Publishers, 1974.

[88] MUKHERJEE M. The Perishable Empire [M]. New Delhi: Oxford University Press, 2002.

[89] NANDY A. A Very Popular Exile [M]. New Delhi: Oxford University Press, 2007.

[90] NANDY A. Exiled at Home [M]. New Delhi: Oxford University Press, 2005.

[91] NANDY A. The Romace of the State [M]. New Delhi: Oxford University Press, 2003.

[92] NANDY A. Return from Exile [M]. New Delhi: Oxford University Press, 1998.

[93] NITONDE R. In Search of Feminist Writer [M]. London: Partridge, 2014.

[94] PRAJAPATI A D, CHAUDHARY L. Chetan Bhagat: The Global author of India [M]. Dediyasan, Mehsana: RET International Academic Publishing, 2013.

[95] PRASAD G J V. Writing India, Writing English [M]. New Delhi: Routledge, 2011.

[96] ROY A. Walking with the Comrades [M]. London: Penguin Books, 2011.

[97] SABLOK R. The Emergence of the Indian Best-seller: Chatan Bhagat and His Metro Fiction [M]. New Delhi: Altantic Publishers and Distributors, 2014.

[98] SEN K, ROY R. Writing India Anew [M]. Amsterdam: Amsterdam University Press, 2013.

[99] SWAMI I. The Woman Question in the Selected Novles of Nayantara Sahgal, Manju Kapur and Arundhati Roy [M]. New Delhi: Sarup Book Publishers Pvt. Ltd. , 2009.

[100] THAROOR S. Inglorious Empire: What the British Did to India [M]. London: Hurst & Company, 2017.

[101] VAGHELA, BALDEVBHAI M. Tematic Studies of Chatan Bhagat's Novels [M]. Jaip-

ur: Paradise Publishers, 2015.

[102] VARUGHESE E D. Reading New India: Post-millennial Indian Fiction in English [M]. London: Bloomsbury Academic, 2013.

[103] VARUGHESE E D. Genre Fiction of New India [M]. New York: Routledge, 2017.

[104] VISWAMOHAN, AYSHA I. Postliberalization Indian Novels in English: Politics of Global Reception and Awards [M]. London: Anthem Press, 2013.

[105] WALDER D. Post-Colonial Literatures in English: History, Language, Theory [M]. Oxford: Blackwell Publishers, 1998.

[106] WEUNER R G. Marvel Graphic Novels and Related Publications [M]. Jefferson: McFarland & Company Inc Publishers, 2008.

[107] AMISH S. Raavan: Enemy of Aryavarta [M]. New Delhi: Westland, 2019.

[108] AMISH S. Warrior of Mithila[M]. New Delhi: Westland, 2017.

[109] AMISH S. Ram: Scion of Ikshva[M]. New Delhi: Westland, 2015.

[110] AMISH S. The Immortals of Meluha[M]. Chennai: Westland, 2010.

[111] BHAGAT C. The Girl in Room 105[M]. Seattle: Westland, 2018.

[112] BHAGAT C. One Indian Girl[M]. NewDelhi: Rupa, 2016.

[113] BHAGAT C. Making India Awesome [M]. New Delhi: Rupa, 2015.

[114] BHAGAT C. Half Girlfriend [M]. New Delhi: Rupa, 2014.

[115] BHAGAT C. Five Point Someone [M]. New Delhi: Rupa, 2010.

[116] BHAGAT C. One Night at the Cell Center [M]. New Delhi: Rupa, 2010.

[117] BHAGAT C. Revolution Twenty 2020 [M]. New Delhi: Rupa, 2010.

[118] BHAGAT C. 2 States: The Story of My Marriage [M]. New Delhi: Rupa, 2009.

[119] CHAUHAN A. Those Pricey Thakur Girls [M]. Noida: Harper Collins Publishers India, 2013.

[120] CHAUHAN A. Battle for Bittora [M]. Noida: Harper Collins Publishers India, 2010.

[121] CHAUHAN A. The Zoya Factor [M]. Noida: Harper Collins Publishers India, 2008.

[122] KAPUR M. Custody[M]. Gurgaon: Random House India, 2011.

[123] KAPUR M. The Immigrant[M]. Noida: Random House India, 2010.

[124] KAPUR M. Home[M]. Noida: Random House India, 2007.

[125] KAPUR M. A Married Woman[M]. London: Faber and Faber, 2003.

[126] SANGHI A. The Sialkot Saga[M]. New Delhi: Westland ltd. , 2016.

[127] SANGHI A. The Krishna Key [M]. Chennai: Westland ltd. , 2012.

[128] SANGHI A. Chanakya's Chant [M]. Chennai: Westland ltd. , 2010.

[129] SANGHI A. The Rozabal Line [M]. Chennai: Westland ltd. , 2008.

后 记

我始终记得多年前,时任德里大学教授的哈里希·特里维迪(Harish Trivedi)问我的问题。那时,我第一次去印度,和朝华师姐一起游历斋普尔、瓦拉纳西和海德拉巴等地后回到德里。哈里希是师姐的导师,他邀请我们去家里用餐。闲谈时他问我,你所见的印度和安纳德小说里的一样吗?安纳德是早期印度小说家,作品主要描写独立前的印度,安纳德也是我博士论文的研究对象。我不记得自己是怎么回答哈里希的,但这个问题后来总是会以其他面貌一次次出现:当我读到某一本印度小说后,它变成"这描写的是印度吗?";当我走在印度街头,它又成了"这如某部作品所述吗?"。在此,我并非想讨论小说与生活的关系,但小说所写,都会指向生活,尤其是当下的生活。这也是我想把书中涉及的作品介绍给读者的原因,它们写于 21 世纪以来的最近 10 多年,是能够感受当下的印度的小说,是我喜欢的作品。

书里讨论的 5 位作家,除奇坦·巴哈特有 3 本小说被译成汉语外,其他几位作家在中国鲜为人知。但在印度,他们的作品有的销量高达百万册,影响力可想而知。当然,这些作品都是通俗小说,无法与严肃文学的地位、重要性相提并论,哈里希就说过巴哈特不过是"一种现象"。言外之意作品不过尔尔,热度难免会消失。我无意辩白通俗文学的意义与价值,但如果过去的这些年有些让人类欢欣鼓舞的时光,正是这些作品在一定程度上记载、再现了那些时光以及其带给人类的生机和活力,这也是我想让读者知道它们的原因。

本书是我主持的国家社科基金项目:当代南亚英语流行小说研究(15BWW025)的结项成果的一部分,不成熟之处仍然很多,之所以要出版,是想对自己前几年的工作进行一个总结。阅读的快乐和写作的辛苦,现在都已经模糊了，而"一直在路上"的感觉让自己忙碌而充实，不敢懈怠。

在此，我想对帮助过我、鼓励过我的老师、同门和朋友们表示感谢。感谢姜景奎老师，您一直忙碌着，主持杂志专栏，建立南亚研究出版中心，还筹办了南亚语种学会……将一群志同道合的南亚研究学者凝聚在一起。我收藏了您给我的一段语音留言，是我交给您一篇论文后，您对我的表扬。我时而重听一下，鼓励自己坚持下去。

做外国文学研究，搜集作品的过程既有趣又困难。我在伦敦的时候，一大乐趣就是逛旧书店、淘旧书。我还会从亚马逊上买一些旧书，快乐地等着它们从四面八方而来。买书时，根本没考虑如何把它们带回国。后来，幸好有一位复旦大学的李老师提供了帮助，它们才都顺利安全地来到中国。收到书的时候，我跟那位李老师说：喜极而泣。在特别绝望的时候，不料能得到陌生人的慷慨相助，那种感觉我至今记忆犹新。谢谢您，李老师！

还要感谢贾岩师弟，你去印度搜集自己的论文资料，却被我"拉壮丁"去找书、买书。你回到伦敦，不无委屈地说："师姐，书太贵了，钱不够了。"还有春景，几十万字的书稿，你一遍遍悉心审阅，总是提出切中肯綮的建议，真是太为难你了。

感谢安庆师范大学外国语学院领导们一直以来给予我的支持，只是我平平泛泛，愧对你们的厚爱。感谢我的研究生涂沁，帮我修改书稿格式、校对书稿内容。

感谢我的女儿曹阅微，我们相互鼓励，在生活里做到各有各的精彩，也有着共同的精彩。

张　玮

2022年1月24日

于全椒花芊墅